Sommerglück im Leuchtturm

von

Karin Koenicke

Karin Koenicke
Beckstettener Str. 2
87656 Germaringen
karinkoenicke.de
karinkoenicke@gmx.de

Cover: Rebecca Russ, Sturmmöwen.at
Einzelne Bilder über Midjourney

Vorwort

Liebe Leserin, lieber Leser,

Willkommen in Möwenitz! Ich wünsche dir fröhliche Lesestunden in dem kleinen Ostseeort mit dem ganz besonderen Leuchtturm.

In meiner Liebeskomödie spielt Humor eine große Rolle und deshalb möchte ich dich bitten, auch die „Gesundheits-Passagen“ mit einem Augenzwinkern zu lesen. Nimm nicht alles ernst, was im Text vorkommt, koch nicht jeden Tee nach und sei gnädig mit meinen Figuren, die sich teilweise als steinharte Sturköpfe erweisen, wenn es um Medizin geht. Halt einfach deine Nase in den Ostseewind, streck die Füße in den Sand und genieße deine kleine Auszeit im Leuchtturm!

Deine Karin

Karin Koenicke

1. Es wird ernst!

„Moin, Lenja“, rief Hinnerk, als er meinen Laden betrat. „Was für ein herrliches Wetter! Die Touristen werden dir heute die Bude einrennen. Du hast mir aber doch zwei von deinen berühmten Zitronen-Spatzen zur Seite gelegt?“

Er schielte über die Schulter der Frau, die vor ihm an der Kuchentheke stand und mit ihren beiden Kindern über die Gebäckauswahl diskutierte.

„Es sind Möwen, keine Spatzen“, korrigierte ich ihn lachend. „Zitronen-Möwen. Und natürlich habe ich für dich und Hedi welche zurückgelegt. Aber du musst trotzdem warten, bis du dran bist.“

Hinnerk murmelte etwas in seinen grauen Bart. Während die Kundin schließlich für sich und den Nachwuchs ihre Bestellung aufgab, stieg er ungeduldig von einem Fuß auf den anderen. Ich schmunzelte vor mich hin. Typisch Rentner, die hatten nie Zeit!

Die blonde Frau, offenbar eine Touristin, ging mit ihren Kindern die schmale Treppe nach oben, wo sich mein Café befand. Oder besser gesagt meine Teestube, denn hier an der Ostsee gab es eine Menge Einheimischer, die statt

Kaffee lieber starken Schwarztee mit Kluntjes und Sahne tranken. Und selbst ein paar eingefleischte Kaffeetrinker hatte ich dank meiner umfangreichen Tee-Auswahl und meiner unermüdlichen Überzeugungsarbeit inzwischen zu Teetrinkern umerzogen.

„Möchtest du eine Tasse Lavendeltee mit Orangenblüten? Ist frisch aufgebrüht. Und sehr gut für die Nerven.“ Ich zwinkerte Hinnerk zu.

Neben den üblichen Teesorten hatte ich vielerlei Kräutertees im Angebot, mit denen ich auch manches Wehwehchen der Möwenitzer kurierte. Hier gab es weit und breit keinen Arzt, also kamen die Leute zu mir, wenn sie von Magendrücken geplagt wurden oder sie nachts nicht gut schlafen konnten.

Doch Hinnerk ging nicht auf mein Angebot ein. Stattdessen sah er nach rechts und links, als wollte er sich davon überzeugen, dass niemand uns belauschen konnte, dann beugte er sich über den Tresen.

„Hast du es schon gehört?“, flüsterte er mir mit Verschwörermiene zu.

Ich hob die Augenbrauen. „Was denn? Gibt es in Kurts Kombüse ein Fischbrötchen-Wettessen? Oder warte – hat sich etwa der Naturalistenverein wieder für einen Besuch in Möwenitz angekündigt?“

Die Nacktbader waren im letzten Jahr hier gewesen und hatten Hinnerk schwer verstört. Oder beeindruckt. So genau hatte man das nicht unterscheiden können. Er hatte jedenfalls wochenlang von nichts anderem geredet. Bis seine Frau Hedi ihm vorgeschlagen hatte, gemeinsam regelmäßig nach Rostock in eine Sauna zu fahren, wenn er offenbar so gern nackte Menschen sah.

„Da müsste ich mich ja selber ausziehen, kommt nicht

in die Tüte!“, hatte er geantwortet. Hedi hatte breit gegrinst und das Thema war erledigt gewesen.

„Red keinen Tinnef, es geht um etwas ganz anderes!“, ereiferte er sich.

„Dann verrat es doch endlich!“ Nebenbei machte ich die Bestellungen fertig und schickte sie mit meinem praktischen Lastenaufzug nach oben. Im Café konnten die Gäste dann ihre Kuchenteller und die Teekanne dem kleinen Aufzug entnehmen, was besonders Touristen regelmäßig in Entzücken versetzte.

„Es geht um nebenan“, raunte Hinnerk mir zu, als ich mich wieder zu ihm umdrehte. „Der Bücherladen.“

Ich verstand nicht, was er meinte. „*Odas Ostseebücher und mehr*, meinst du? Der Laden ist doch schon lange fast geschlossen. Oda kommt nur noch einmal die Woche für ein paar Stunden in die Buchhandlung.“

„Ja, eben“, nickte er. „Und jetzt hört sie ganz auf. Das heißt, der Laden kann wieder vermietet werden. Geht alles über die Gemeinde. Hach, das wird spannend! Was tippst du, wer dort einziehen wird? Hedi und ich haben schon überlegt, ob wir ein Wettspiel veranstalten. Sie glaubt, es kommt ein Fischladen rein, aber ich tippe eher auf eine Metzgerei. Groß genug wäre der Laden natürlich auch für eine Galerie, da könnte man dann die Fotos von mir ausstellen.“

„Der wird frei?“ In meine Stimme hatte sich ein aufgeregter Kieker eingeschlichen. Was wäre der Wahnsinn!

Hinnerk nickte, war aber mit seinen Gedanken ganz wo anders. „Weißt du, die Jessica hat viele Bilder von mir geschossen. Den Rest von Möwenitz hat sie natürlich auch fotografiert, aber die Aufnahmen von mir sind eben besonders ...“

„Woher weißt du das?“ Mein Magen kribbelte urplötzlich, als hätte ich eine Schüssel Brausepulver gefrühstückt.

Er zuckte mit den Schultern. „Spricht sich herum. Ich bin viel im Dorf unterwegs.“

Das stimmte, er war so etwas wie die Tratschzentrale von Möwenitz.

Odas Laden! Ich schritt im Geiste die Räume ab. Die Buchhandlung umfasste das komplette Erdgeschoss des alten Fachwerkhauses nebenan, es gab unzählige Nischen, Winkel, Nebenräume. Genau das hatte den Charme der Buchhandlung ausgemacht. Und genau das wäre perfekt für unser Vorhaben.

„Ich muss sofort Nele anrufen!“, beschloss ich und lief zum Telefon.

„Halt! Meine Zitronen-Amseln!“, rief Hinnerk panisch.

Oh je, die hätte ich um ein Haar vergessen. Ich schlug mir gegen die Stirn, schenkte ihm ein entschuldigendes Lächeln und holte die Gebäckstücke. Es waren flache Törtchen mit knusprigem Mürbeteigboden und einer süßsäuerlichen Zitronencreme, die sich jetzt im Sommer zum Verkaufsschlager entwickelt hatten. Die Möwenformen hatte ich extra dafür bestellt und die Investition hatte sich absolut rentiert. Sogar aus den umliegenden Orten kamen die Kunden inzwischen zu mir, um sich mit den Zitronen-Möwen, Leuchttürmen aus Blätterteig mit Aprikosen-Mandel-Füllung oder meinen Sanddornlikör-Muffins einzudecken. Besonders die fertigen Geschenkpäckchen in allen Größen mit meinen selbst gemachten Pralinen und verschiedenen Tees kamen gut bei den Kunden an. Teilweise musste ich sie sogar verschicken, weil sie sich nicht nur als Urlaubsmitbringsel, sondern auch als Geburtstagsgeschenke eigneten.

In den letzten Jahren hatte ich viel gearbeitet, was mir nicht schwerfiel, da ich erstens überzeugter Single war und zweitens meinen Laden liebte. Auf diese Weise war ein ordentliches Geldsümmchen zustande gekommen und ich träumte zusammen mit meiner Freundin Nele schon lange davon, etwas ganz Besonderes zu erschaffen. Mit Odas Räumen nebenan könnte das tatsächlich möglich sein!

Ich gab die Gebäckteile vorsichtig in eine Tüte und reichte sie Hinnerk. „Die gehen aufs Haus. Als kleines Dankeschön für die tolle Nachricht, die du mir gebracht hast."

Er sah mich so skeptisch an, dass seine buschigen Augenbrauen sich fast trafen.

„Du willst doch wohl nicht deinen Teeladen und das Café erweitern? Und am Ende so einen dämlichen Touristenshop aufziehen, wo man Kaffee in Plastikbechern kauft mit lauter komischen Namen wie *Himberry Dabbl fettarm Latte-free Mariachi* oder so?"

„Mariachi? Du meinst Macchiato!" Lachend schüttelte ich den Kopf. „Du liebe Zeit, ich will doch keinen Starbucks eröffnen! Nein, Nele und ich haben etwas ganz anderes vor. Etwas sehr Entspannendes. Wird Hedi und dir sicher auch gefallen."

Mein verheißungsvolles Zwinkern ließ ihn erbleichen.

Erneut sah er sich um, beugte sich ganz nah zu mir herüber und flüsterte: „Ihr wollt so einen Club eröffnen, wo sich Paare mit anderen treffen, um Schmuddelkram zu machen?"

„Hinnerk, was denkst du von mir!" Ich kicherte. „Wir planen doch keinen Swingerclub hier in Möwenitz! Es geht vielmehr um Gesundheit. Lass dich überraschen."

Er sah mich finster an. „Ich hasse Überraschungen."

War ja klar. So neugierig, wie Hinnerk war, konnte er es schlecht aushalten, etwas nicht zu wissen. Aber ich blieb stur. Erst musste ich mit Nele sprechen. Das war das Allerwichtigste.

Da Hinnerk allmählich klar wurde, dass er aus mir nichts mehr herausbekam, trollte er sich missmutig. Ich musste noch fast eine Stunde warten, bis endlich mal keine Kunden im Laden standen oder oben im Café zu betreuen waren. Dann erst konnte ich zum Telefon greifen.

„Nele, stell dir vor!“, rief ich aufgeregt, sobald meine Freundin sich gemeldet hatte. „Unser Traum könnte wahr werden. Ich habe die passenden Räume!“

2. Wohlfühl-Träume

Noch am Abend des gleichen Tages kam Nele vorbei. Sie wohnte erst seit einem Jahr in Möwenitz und pendelte für ihre Arbeit als Physiotherapeutin täglich nach Bad Doberan.

Wir standen nebeneinander am Schaufenster der Buchhandlung und drückten unsere Nasen platt.

„Das geht hinten noch weiter", erklärte ich. „Da gibt es mehrere Räume. Ich war oft bei Oda, um zu stöbern."

„Wieso hat sie denn aufgehört?", erkundigte sich Nele.

„Sie ist schon Mitte sechzig. Und hat irgendwie den Anschluss verpasst. Schon allein das Schild über der Tür ist unpassend, denn sie verkauft natürlich nicht nur Reiseführer für die Ostsee. Aber viele dachten das und sind dann gar nicht reingegangen. Und ihr Schaufenster, na ja, das siehst du selbst."

Nele seufzte tief. „Ist nicht wirklich modern, das stimmt. Nichts gegen *Agatha Christie*-Romane, aber ein paar moderne Küstenkrimis sollten schon in die Auslage."

„Ganz genau. Aber sie hat eine Menge Enkelkinder und wird einen tollen Ruhestand haben. Für uns jedenfalls ist der Laden ideal. Komm, wir gehen rauf zu mir und ich zeichne eine Skizze. Dann können wir planen."

Nele war sofort Feuer und Flamme.

Eine Viertelstunde später saßen wir in meiner Dachgeschosswohnung, die über dem Café lag, tranken grünen Tee und beugten uns über einen karierten Block.

„Eine ganzheitliche Wellness-Oase in Möwenitz, das wird super!", jubilierte Nele. „Ich kriege dann mein Zimmer für Osteopathie und meine geliebte Cranio-Sacral-Therapie. Außerdem könnten wir in einem Raum Yoga anbieten. Eine Kollegin von mir ist Lehrerin, auch für Qi Gong."

„Und ich kann mir endlich richtig viel Zeit nehmen für die gesundheitlichen Probleme der Menschen in Möwenitz."

„Und aus der Umgebung!", ergänzte Nele. „Ich wette, unser Laden wird sich rasend schnell herumsprechen und wir können uns bald nicht mehr vor Patienten retten."

„Zur Feier unseres eigenen Gesundheitsparadieses habe ich uns etwas in den Ofen geschoben", sagte ich grinsend.

„Echt?", quietschte Nele und stürmte sofort in die Küche, wo sie vor dem Backofen in die Hocke ging.

„Ein Flammkuchen!", freute sie sich. „Du weißt das also noch?"

Mit strahlenden Augen drehte sie sich zu mir um. Ich war ebenfalls in die Küche gekommen und lächelte.

„Wie könnte ich das jemals vergessen?"

Nele und ich hatten uns vor einigen Jahren in einer Heilpraktikerschule kennengelernt. Nein, eigentlich nicht in der Schule, sondern in der benachbarten Kneipe, wo wir uns beide einen Flammkuchen bestellt hatten, der Wirt aber nur noch einen vorrätig hatte. Den hatten wir uns schwesterlich geteilt, uns an einen Tisch gesetzt und für den Rest des Abends blendend unterhalten. Just an diesem Abend war auch die Schnapsidee entstanden, irgendwann einmal eine gemeinsame Praxis für ganzheitliche Medizin zu eröffnen. Wir wollten einen Ort schaffen, an dem die Patienten nicht im Schnelldurchgang abgearbeitet wurden wie bei vielen Ärzten und in manchen Physiopraxen. Nein, wir wollten uns richtig viel Zeit nehmen können für die Menschen, wollten ihnen zuhören, statt nur ein Schmerzmittel zu verschreiben und „der Nächste bitte" zu rufen.

Die Kräuterkunde hatte ich bereits von meiner Großmutter gelernt, mich seither aber ständig weitergebildet. Natürlich schickte ich meine Kunden oft genug zu Fachärzten in den größeren Städten, wenn sie ernste Probleme hatten. Aber für die alltäglichen Wehwehchen stand ich immer gerne zur Verfügung und hatte schon manchen Heuschnupfenanfall, verspannten Rücken oder kratzigen Hals mit meinen Mitteln aus der Natur kuriert. Auch dadurch, dass ich die Leute, die zu mir kamen, ernst nahm, ihnen manch aufmunterndes Wort schenkte und mich immer wieder erkundigte, wie es ihnen ging.

„Er ist fertig, hol ihn raus!", forderte Nele und ich musste wieder einmal lachen.

„Du hörst dich an wie ein Kind, das auf seine Zuckerwatte wartet", neckte ich sie.

„Kann ja nicht jeder so ernst und erwachsen sein wie du", sagte sie und streckte mir die Zunge heraus.

Wir lachten beide und machten uns kurze Zeit später über den Flammkuchen her, den ich stilecht auf einem Holzbrett servierte.

Während Nele in schillerndsten Farben erzählte, wie sie ihren Raum einrichten wollte, betrachtete ich sie.

Wenn wir zusammen unterwegs waren, hielt man uns

manchmal für Schwestern, weil wir beide blond waren und blaue Augen hatten. Was das Temperament anging, waren wir jedoch grundverschieden. Nele war lebhaft und lustig, sie stand bei jeder Party sofort im Mittelpunkt und genoss das. Bei ihren Patienten war sie empathisch und die Ruhe selbst, abseits der Behandlungen jedoch versprühte sie pure Lebensfreude. Das fiel auch der Männerwelt auf und Nele war ständig frisch verliebt, frisch verlobt oder frisch getrennt.

Ich war in dieser Hinsicht das Gegenteil. Mit Menschen konnte ich gut umgehen, das schon. Aber ich war eher der nachdenkliche Typ, vergrub mich lieber in einem Roman als mich auf einer Party zu vergnügen, stand gern am Rande des Geschehens. Ein gutes Gespräch war mir tausendmal lieber als eine sektfröhliche Tanznacht. Ich liebte klassische Musik, las gern die Gedichte von Emily Dickinson und hörte von Nele regelmäßig, dass ich flippiger sein sollte. Und auch, dass ich mir endlich mal einen One-Night-Stand gönnen sollte.

Das war aber nicht mein Ding. Überhaupt waren Beziehungen nicht mein Ding. Vielleicht hatte meine Oma recht gehabt und das passte nicht zu der Kräutertee- und Heilkunstsache.

„Weißt du, min Deern", hatte sie oft gesagt, „man muss sich entscheiden. Will man für viele Menschen da sein oder nur für einen einzigen? Beides zusammen geht nicht."

Ich hatte mich für meine Kunden entschieden. Für die Nachbarn, die meine Hilfe brauchten. Für die einsamen alten Frauen im Ort, denen ich gerne mein Ohr und eine Tüte Mandelkekse schenkte. Für die junge, alleinerziehende Mutter, der ich am Sonntag das zahnende Baby für einen Spaziergang mit dem Kinderwagen abnahm, damit sie Schlaf nachholen konnte.

Für mich waren das Selbstverständlichkeiten, schließlich lebte ich in einem kleinen Ort und da half man sich gerne. Und ein glückliches Lächeln war genug Dank.

„Du tust es schon wieder“, unterbrach Nele meine Gedanken.

„Was denn?“, sagte ich verwirrt.

„Sinnieren. Und nicht über unseren Wellnesstempel, das sehe ich dir an der Nasenspitze an.“

„Du hast recht“, gab ich zu und nahm mir ein Stück Flammkuchen, bevor Nele alle verdrücken konnte. „Mir ging meine Oma durch den Kopf.“

„Die dir abgeraten hat, dich auch mal mit Kerlen einzulassen? Mit der würde ich gern ein paar Takte reden!“, regte Nele sich auf.

„Geht leider nicht mehr.“ Meine Großmutter war schon vor fünf Jahren verstorben. Arne, der örtliche Kunstschmied, hatte ihr ein wunderschönes Kreuz geschmiedet. Ich besuchte oft ihr Grab und redete mit ihr. Aber das verriet ich Nele lieber nicht, sonst würde sie mich endgültig für verrückt halten.

„Ich weiß. Aber trotzdem hat sie unrecht. Man kann für andere Menschen da sein und dennoch eine tolle Partnerschaft haben. Ist doch totaler Quatsch, dass das nicht geht. Du bist kein katholischer Pfarrer oder so was. Und Nonne auch nicht, obwohl du dich manchmal so verhältst.“

Sie biss krachend in das letzte Stück Flammkuchen.

„Hey! Jetzt übertreibst du aber“, erwiderte ich.

„Gar nicht. Erinnerst du dich an diesen Gianfranco neulich? Der kam nicht nur wegen deiner Nussecken täglich in deinen Laden. Was für ein sexy Kerl! Und diese italienischen Glutaugen! Den hätte ich nicht von der Bettkante geschubst, aber du hast ja wieder die Eiskönigin gegeben."

Du liebe Zeit, dieser Italiener mit gegeltem Haar und Ziegenbärtchen? Ich verdrehte die Augen. „Der war nur für eine Woche hier, was soll ich mit einem Mann aus Padua?"

Nele riss die Arme nach oben. „Ein paar heiße Nächte erleben, was sonst! Oder dieser Däne. Marten hieß der. Ihr wärt so ein schönes Paar gewesen. Lauter blonde Kinder mit strahlenden Augen hättet ihr produziert. Ich wette, man hätte euch sofort als Model-Familie für den IKEA-Katalog gecastet." Sie bekam einen schwärmerischen Blick.

Ich musste angesichts ihrer Miene lachen.

„Du bist wirklich einmalig. Aber dir wird es noch vergehen, dich über mich lustig zu machen. Denn uns steht eine Riesenladung Arbeit bevor."

„Machen wir auch Ayurveda-Behandlungen? Das kommt bei den Touristinnen sicher gut an. Wir können Flyer drucken und bei dir im Laden auslegen. Bei Tjarks Küstenmarkt dürfen wir sicher auch ein Plakat aushängen. Und Arne kann welche verteilen, der ist doch überall unterwegs."

„Stopp", unterbrach ich ihren sprudelnden Redefluss. „Bevor du halb Möwenitz für die Werbung einspannst, brauchen wir eine Zusage für den Laden."

Sie ließ die Schultern hängen. „Stimmt, da gibt es noch Papierkram. Lästig! Wo bekommen wir den Mietvertrag?"

„Bei der Gemeinde. Die Bürgermeisterin selbst ist für so etwas zuständig, schätze ich."

„Oh Gott", stöhnte Nele theatralisch. „Die taffe Tilda persönlich. Aber die kriegen wir doch rum, oder?"

„Na klar. Mit einem irre guten Businessplan. Kannst du in den nächsten Tagen ein paar Bilder erstellen, wie unsere

Wellness-Oase am Ende aussieht? Und ich setze mich an die Zahlen. Fürs Café und den Laden brauche ich dann auch eine Aushilfe, aber das sollte kein Problem darstellen. Hedi ist froh, wenn sie ein paar Stunden unter Leute kommt. Und vielleicht stelle ich auch noch jemanden ein. Wichtig ist erst mal, dass wir Tilda ein richtig gutes Konzept vorlegen."

Nele kaute auf ihrer Lippe herum. „Wir haben aber doch super Chancen, oder? Glaubst du, es gibt noch andere Bewerber?"

Ich hob die Schultern. „Keine Ahnung. Aber Tilda ist seit Jahren scharf darauf, mehr Touristen nach Möwenitz zu holen. Mit unserem Angebot schlagen wir genau in diese Kerbe. Ich gehe davon aus, dass sie uns den Mietvertrag mit Handkuss unter die Nase halten wird."

„Yo!" Nele strahlte übers ganze Gesicht. „Wir schaffen das!", rief sie in bester *Bob, der Baumeister*-Manier.

Auch ich prustete los.

Es lag in den nächsten Tagen eine Menge Arbeit vor uns, keine Frage. Aber wenn der Businessplan stand, würde ich mir sofort einen Termin bei Tilda geben lassen. Ich kannte sie seit einer Ewigkeit, hatte ihr schon mehrmals eine Kur mit Schüßler-Salzen gegen Stress verkauft. Außerdem war sie süchtig nach meinen Eierlikör-Cupcakes.

Wäre doch gelacht, wenn ich nicht in Nullkommanix eine Zusage für die Räume nebenan hätte!

3. Böse Überraschung

„... und deshalb ist unsere Praxis für ganzheitliche Gesundheit der perfekte Nachmieter für Odas Buchhandlung“, schloss ich eine Woche später meine kleine Präsentation ab und sah gespannt auf unsere Bürgermeisterin.

Mein Herz klopfte wie verrückt und mein Bauch fühlte sich an wie ein schwarzes Loch, aber der Vortrag war mir gut gelungen. Tilda saß mir gegenüber, natürlich an ihrem protzigen Mahagonischreibtisch, und blätterte durch die Mappe, die ich gemeinsam mit Nele zusammengestellt hatte.

Allmählich legte sich meine Nervosität. Tilda schien sehr interessiert zu sein, wir hatten eine aussagekräftige Mappe mit Entwürfen vorgelegt, nichts konnte mehr schiefgehen. Das Beste an der Sache war, dass die Miete so günstig war, das wusste ich von Oda. Ein weiterer Pluspunkt war die Nähe zu meiner Wohnung und dem Laden.

Tilda musste mir nur noch sagen, wo ich unterschreiben sollte, dann wäre alles geritzt. Ob wir gleich loslegen konnten mit dem Umbau? Oda hatte seit Tagen ihre ganze Familie im Laden, um die restlichen Bücher auszuräumen und die Regale abzubauen.

„Möwenitz wird um eine Attraktion reicher sein, wenn wir eröffnet haben“, schob ich hinterher, weil Tilda immer noch blätterte. Sollte ich ihr einen Gutschein für eine Nackenmassage mit Arganöl versprechen? Oder fiel das schon unter Bestechung?

Wahnsinnig viele Attraktionen hatte Möwenitz nicht zu bieten, wenn man ehrlich war. Tilda wollte das nicht hören, aber es stimmte. Gut, wir hatten einen Leuchtturm, den man als Ferienwohnung mieten konnte. Einen kleinen Sandstrand mit ein paar Strandkörben gab es ebenfalls. Und natürlich den idyllischen Dorfkern mit seinen pittoresken Häusern. Aber Möwenitz war so ziemlich der einzige Ort an der Ostsee, der nicht über kilometerlange Strände mit entsprechenden Freizeitangeboten verfügte. Wir hatten die Besonderheit, dass einige Strandabschnitte felsig waren und die Landzunge mit dem Leuchtturm sogar recht rau daherkam. Deshalb fuhren die meisten Touristen lieber weiter nach Rügen oder an die ewiglangen Sandstrände der beliebten Badeorte in der Gegend.

Nun aber konnte Tilda auf der Homepage unseres Ortes anpreisen, dass Möwenitz auch für Wellnessurlauber ein Traumziel darstellte. Eine feine Sache! Also nichts wie her mit dem Mietvertrag.

Endlich sah sie auf. Und legte die Mappe zur Seite.

„Klingt alles sehr spannend“, sagte sie. „Aber leider geht das nicht. Tut mir leid, Lenja.“

„Was?“, krächzte ich. „Wie meinst du das?“

Sie schenkte mir ein joviales Politikerlächeln. „Es gibt bereits einen anderen Mieter.“

„Dann musst du dem wieder absagen! Wir haben doch etwas viel Besseres zu bieten, von unserem Vorhaben profitiert die ganze Region, wir können ...“

„Du verstehst nicht“, unterbrach sie mich. „*Ich* habe den anderen Mieter zu uns geholt. Weil ich – als Bürgermeisterin von Möwenitz – ihn hier haben will.“

Hatte die gute Tilda einen Vogel?

Ich konnte mich nicht zurückhalten. „Weil es ein Bekannter ist von dir, oder was? Das kannst du nicht machen, Tilda. Wir sind hier nicht in Berlin, hier gibt es keine solchen Politikermauscheleien, das lassen die Möwenitzer nicht zu!“

Tilda verengte ihre Augen. „Was unterstellst du mir da? Du bist ja von allen guten Geistern verlassen! Ich habe selbstverständlich nichts gemauschelt, wie du es nennst. Sondern das Beste getan, was man für seinen Ort nur tun kann.“

„Und das wäre?“ Ich hatte die Hände zu Fäusten geballt und funkelte sie an. So gutmütig ich sonst auch war – für unseren Traum würde ich kämpfen! Mit allem, was ich zur Verfügung hatte!

Doch Tilda hielt meinem giftsprühenden Rachegöttinnenblick stand. „Ich habe geholt, was Möwenitz am dringendsten braucht. Einen Arzt.“

Volle fünf Sekunden starrte ich sie nur an.

„Einen Arzt?“, krächzte ich schließlich. Meine Hände begannen zu zittern.

Sie nickte zufrieden. „Ganz genau. Seit Jahren jammern mir die Leute die Hucke voll, dass sie weite Strecken fahren müssen für eine einfache Blutabnahme oder Untersuchung. Nicht nur unsere Senioren liegen mir ständig in den Ohren, sondern auch die jungen Familien. Deshalb strecke ich seit Monaten meine Fühler aus. Und jetzt, als Odas Laden freiwurde, hat endlich jemand zugesagt.“

„Du hast Odas Laden an einen Arzt vermietet?“,

wiederholte ich fassungslos.

Tilda neigte den Kopf. „Sag mal, hast du Probleme mit den Ohren, Lenja? Dann kannst du ja bald in die Sprechstunde von Doktor Bohnenberg kommen."

„Doktor Bohnenberg", wiederholte ich tonlos. Ich kam mir vor wie eine kaputte Schallplatte. Eine mit einem gewaltigen Knacks.

„Der kriegt also die Räume von Odas Bücherladen?", fragte ich zur Sicherheit, weil ich es nicht glauben konnte.

Der Name des Mannes klang, als stammte er direkt aus der Muppetshow. Doktor Bohnenberg! Ernsthaft? Der teilte sich wahrscheinlich mit Professor Bunsenbrenner dessen Assistenten Beaker, der immer nur „mimimi" machte. Überhaupt hatte ich bei dieser ganzen Szene den Eindruck, in einen völlig falschen Film geraten zu sein.

Dummerweise verwandelte sich Tilda aber nicht in einen leuchtend grünen Kermit, sondern sah noch immer aus wie eine Kommunalpolitikerin in gedeckten Farben.

„Der Doktor hat den Mietvertrag schon unterschrieben. Er kommt übrigens jeden Moment vorbei, weil er noch ein paar Dinge mit mir klären will. Warte, ich frage Erna, ob er schon da ist. Dann könnt ihr euch gleich kennenlernen. Schließlich seid ihr Nachbarn."

Ohne auf meine Antwort zu warten, drückte sie einen Knopf auf ihrer Telefonanlage. „Ist Doktor Bohnenberg schon da? Ah, gut, dann schick ihn rein."

„Moment mal, ich will doch gar nicht ...", protestierte ich, denn auf irgendeinen grauhaarigen Doktor Brinkmann, der vorhatte, mir meine Räume wegzuschnappen, hatte ich absolut keine Lust. Ich musste doch erst einmal meine Gedanken sortieren und einen Plan ausarbeiten, wie ich den Weißkittel vergraulen konnte! Vielleicht das Gerücht in die Welt setzen, dass die Wände nebenan von fiesen grünschwarzen Schimmelpilzen befallen waren, die man keinem Patienten zumuten konnte? Nein, halt, das würde auch uns betreffen. Einen Dudelsackverein anheuern, der täglich auf der Straße probte?

Doch es war zu spät für irgendwelche Überlegungen.

Die Tür öffnete sich und ein griechischer Gott trat ein. Für einen kurzen Augenblick vergaß ich, dass ich den Kerl unbedingt hassen wollte, und starrte ihn nur an. Ich schätzte ihn auf Mitte dreißig, sofern man für Bewohner des Olymps weltliche Zeitrechnung anwenden konnte. Er war groß, wirkte sportlich, hatte dichtes braunes Haar und unverschämt lange Wimpern. Sein Blick aus dunklen Augen streifte mich kurz, wanderte aber weiter zu Tilda. Erst jetzt fing ich mich wieder, schickte das verzückte Teeniegirl in mir zurück ins Kinderzimmer und musterte ihn als erwachsene Frau, der er die ersehnten Praxisräume weggeschnappt hatte.

Der Mann trug eine Edeljeans, dazu ein weißes Hemd und ein dunkelblaues Sakko. Mit Goldknöpfen. Pah! Kein Mensch in Möwenitz trug ein Sakko. Und ein weißes Hemd erst recht nicht, von Goldknöpfen ganz zu schweigen. Ich straffte die Schultern und war froh, dass der kurzzeitige hormonelle Ausrutscher vorbei war. Der Typ sah aus, als wäre er einem Werbespot für eine Hausratversicherung entsprungen. Und passte absolut nicht in unser legeres Dorf.

Das Modellächeln, mit dem er jetzt Tilda begrüßte, bestätigte meine Meinung. Für Zahnpastawerbung wäre der Mann ebenfalls geeignet. Diese ebenmäßigen Züge, das volle Haar, die perfekten Zähne! Jeder Werbefotograf würde bei diesem Gesicht hingerissen aufseufzen. Ich hingegen konnte Coverboys nicht ausstehen, selbst wenn sie nicht meine Träume sabotierten. Die meisten Männer, die so dermaßen gut aussahen, waren eingebildet und selbstverliebt, sagte mir meine Erfahrung.

„Schön, Sie zu sehen, Frau Bürgermeisterin", umschmeichelte er Tilda mit dieser warmen Stimme, die seinen Patienten sicher vorgaukelte, dass er wahnsinnig an ihrem Schicksal interessiert wäre, und streckte Tilda die Hand hin.

Sie war aufgestanden, stand jetzt neben mir und schüttelte dem neuen Ehrenbürger von Möwenitz mit einem verzauberten Strahlen die Hand.

Sah doof aus. Himmel, wieso mutierte Tilda plötzlich zu einer Teenagerin, die ihren Popstar mit dümmlichen Blicken anhimmelte? Das war ja peinlich! Als Bürgermeisterin sollte sie sich im Griff haben und nicht dahinschmelzen wie eine Kugel Erdbeereis, sobald ein Adonis mit Goldknöpfen ihr Büro betrat.

Ich hingegen blieb supercool, stopfte meine Hände in die Taschen der hellen Leinenhose, die ich zur Feier des Tages trug, und warf dem aufgetakelten Kerl einen feindseligen Blick zu.

„Das ist Ihre Nachbarin, Herr Bohnenberg. Unsere Lenja. Sie hat eine sehr gemütliche Teestube", stellte Tilda mich vor.

Er wandte sich mir zu und wollte mich offenbar mit seinem Strahlegrinsen bezirzen, doch ich kam ihm zuvor.

„Odas Räume gehören mir!", stieß ich aus. „Meine Geschäftspartnerin und ich, wir haben ein perfektes Konzept ausgearbeitet. Sie können mit Ihrer Praxis doch wirklich auch woanders unterkommen."

Er hob die Augenbrauen. „Konzept? Oh, das tut mir

sehr leid. Ich wusste gar nicht, dass es andere Bewerber für die Räumlichkeiten gab."

„Es gibt sie immer noch. Ich werde mir nicht gefallen lassen, dass so etwas hinter dem Rücken der Bürger entschieden wird", sagte ich und baute mich kampflustig vor ihm auf. Okay, ich reichte nur bis zu seinem Kinn, aber mein funkensprühender Blick glich das locker aus.

Mister Supermodel mit Doktortitel wirkte tatsächlich etwas eingeschüchtert. Er sah erst zu mir, dann zu Tilda, und klang jetzt deutlich unsicherer.

„Mir war nicht klar, dass die Vergabe erst im Ort ausgeschrieben werden muss."

„Muss sie auch nicht", grätschte Tilda dazwischen.

Er wandte sich vollends mir zu. Seine dunklen Augen, bei denen sicher alle Patientinnen dahinschmolzen, hielten mich fest. „Was für einen Laden wollen Sie denn dort eröffnen?", fragte er interessiert.

Ich straffte die Schultern. „Ein Zentrum für ganzheitliche Gesundheit!", verkündete ich stolz.

So, nun wusste er Bescheid! Ihm war jetzt sicher klar, dass er dagegen keine Chance hatte und sich eine andere Bleibe suchen musste.

Doch dieser Kerl sah mich einfach nur an – und stieß anschließend ein kleines Lachen aus. So, als hätte ich einen flachen Witz gerissen.

„Sie nehmen mich auf den Arm, oder?" Er sah abwechselnd zu Tilda und mir, ein amüsiertes Lächeln auf den perfekt geschwungenen Lippen.

„Von wegen. Wir haben bereits genaue Pläne für das ganzheitliche Wellnesszentrum", stellte ich klar.

Er riss die Augen auf. „Reden wir von so einer Wohlfühlstube mit Duftkerzen und Walgesängen im Hintergrund, wo Sie Menschen vorgaukeln, dass eine Handvoll Zuckerkügelchen sie wirklich heilen kann?“ Er schüttelte den Kopf und hatte ein ungläubiges Grinsen im Gesicht.

Ich war ein äußerst empathischer und friedliebender Mensch – aber diesem Kerl hätte ich am liebsten eine Ohrfeige verpasst!

„Es geht nicht nur um Globuli“, gab ich mit eisiger Stimme zurück. „Sondern generell um die Kraft der Natur. Um Heilkräuter und Tees, um ausführliche Gespräche mit den Patienten, um Osteopathie und andere Körperarbeit.“

„Oh, ich verstehe. Handauflegen, Energieaustausch und die Abwehr von schädlichen Magnetstrahlen durch das Tragen eines Salbeibüschels um den Hals“, gluckste er.

Was für ein überheblicher Mistkerl!

Ich holte tief Luft, um ihm eine gepfefferte Antwort um die Ohren zu hauen, doch er sprach ungerührt weiter.

„Seien Sie mir nicht böse, liebe Nachbarin, aber ich habe Medizin studiert, sogar als einer der Besten abgeschlossen. Von langjähriger Praxiserfahrung ganz zu schweigen. Und ich weiß, dass all diese Dinge nur auf Einbildung basieren. Nichts davon ist wissenschaftlich belegt. Schlimmer sogar, diese angeblichen Heilmethoden können furchtbare Schäden anrichten. Ich glaube, Ihre Bürgermeisterin hat die richtige Entscheidung getroffen, indem sie mich hierhergeholt hat.“

„Da bin ich mir ganz sicher, mein lieber Doktor Bohnenberg“, säuselte Tilda sofort ihre Zustimmung.

Mein Blick schoss zu ihr. „Du hast dir doch selbst schon oft bei mir Magentee geholt, wenn du wieder mal an Feiertagen zu viel Fettes gegessen hast!“, fuhr ich sie an.

„Nur aus Höflichkeit. Ein echter Arzt hätte mich da natürlich viel besser behandelt.“

Sie warf ihrem *Dr. McDreamy* ein strahlendes Lächeln zu. Wahrscheinlich hatte sie sämtliche Staffeln von Grey's Anatomy inhaliert und deshalb unbedingt einen attraktiven Dorfarzt haben wollen, um ihn anschmachten zu können.

Mir wurde schlecht. Leider auf eine Weise, gegen die selbst mein bester Magentee nichts ausrichten konnte.

„Aber du kannst doch nicht ...", begann ich voller Verzweiflung, doch Tilda hatte offenbar genug von meinen Einwänden.

„Schluss damit!", stellte sie lautstark klar. „Das Haus neben deinem gehört der Gemeinde. Und nur die Gemeinde entscheidet, an wen die Räume vermietet werden. Möwenitz braucht schon lange einen Arzt, hier ist einer. Doktor Bohnenberg hat mit mir einen Mietvertrag geschlossen, dagegen kannst du nichts ausrichten, Lenja. Akzeptier es. Und gib deinem neuen Nachbarn jetzt endlich die Hand!"

Ich kochte vor Wut. Einen Moment lang dachte ich darüber nach, hinauszustürmen und die Tür laut zuzuknallen. Aber auch das würde nichts bringen, außer mich als lächerliche Zicke bloßzustellen.

Zähneknirschend streckte ich also dem Neuen meine Hand entgegen.

„Ich bin Lenja", sagte ich und ärgerte mich gleich darüber. Klar, hier bei uns im Dorf duzte man sich. Aber bei diesem Typen hätte ich mich mit meinem Nachnamen vorstellen sollen!

Er ergriff meine Hand und schüttelte sie. „Und ich bin Jannis. Tut mir sehr leid, dass es wegen der Räume ein Missverständnis gab. Aber ich glaube, ein echter Mediziner ist das Beste für diesen Ort. Ich als richtiger Arzt kann Menschen nun mal wirklich helfen."

Ich entriss ihm meine Hand, presste einen knappen Gruß heraus und verließ Tildas Büro.

Draußen schnaubte ich erst einmal lautstark. Was für ein arroganter Mistkerl!

Ein Blick auf mein Handy zeigte, dass Nele mehrere Nachrichten geschickt hatte. Ich rief sie an.

„Wir kriegen die Räume nicht“, sagte ich und hatte mit den Tränen zu kämpfen.

In wenigen Sätzen erzählte ich ihr, wie das Gespräch mit der Bürgermeisterin gelaufen war.

„Das gibt's ja nicht!“ Nele schnappte hörbar nach Luft. „Tilda hat einfach einen Arzt gesucht und Schwupps sind die Räume weg? Unfassbar. Ich meine – dass sie einen Doc nach Möwenitz holt, ist ja okay. Aber doch nicht in unsere schöne ganzheitliche Oase!“

„Und nicht ausgerechnet so einen arroganten Besserwisser und Sturkopf. Wie der unsere Arbeit ins Lächerliche gezogen hat! Salbeibüschel um den Hals, von wegen. Ich sag's dir, Nele, das ist garantiert einer von denen, die Patienten überhaupt nicht zuhören, sondern ihnen einfach ein Rezept für Pillen über den Tisch schieben.“

„Weil sie nur die Symptome behandeln, genau. Ohne mal genau hinzuschauen und den gesamten Patienten einzubeziehen“, ereiferte sich auch meine Freundin. „Was machen wir jetzt?“

Ich seufzte. „Keine Ahnung. Der Zug ist erst mal abgefahren, fürchte ich. Aber wenn der Kerl meint, er kann mit mir eine harmonische Nachbarschaft haben, hat er sich geschnitten!“

4. Besucherin mit Folgen

Einen knappen Monat später standen Jessica und Arne vor mir, warfen einen Blick auf die Kuchenauswahl und sprachen das leidige Thema an.

„Die Praxis nebenan ist ja schon fast fertig. Ging irre schnell", sagte Jessica und deutete mit einem Nicken nach rechts.

„Ja, leider", brummelte ich vor mich hin.

Noch immer brodelte Wut in mir hoch, wenn ich an die verpasste Chance dachte. Die Erfüllung unseres Traums war so nah gewesen! Aber wir hatten all unsere Pläne umsonst gemacht. Und das wurmte mich gewaltig.

Seit dem Gespräch mit Tilda waren mehrere Wochen vergangen. Wochen, in denen dieser Jannis es irgendwie geschafft hatte, sämtliche Handwerker des Umkreises nach Möwenitz zu locken.

„Ich frag mich wirklich, wie er den ganzen Umbau so schnell regeln konnte. Wenn ich einen Elektriker brauche, muss ich monatelang warten", fügte ich an.

Arne nickte mitfühlend. „Soweit ich weiß, hat Tilda ihre Beziehungen spielen lassen. Weil sie den Möwenitzern baldmöglichst ihre tolle Leistung präsentieren wollte."

„Dass sie einen Arzt hierhergelockt hat? Pah“, machte ich. „Ich wette, sie hat ihm die Wohnung im ersten Stock für ’n Appel und ’n Ei vermietet. Nur damit er hierherzieht.“ Hinnerk hatte dieses Gerücht jedenfalls großflächig gestreut.

„Hattest du schon Kontakt mit ihm?“, wollte Jessica wissen. „Also in den letzten Wochen.“

Ich schob die Mandelhörnchen auf dem Tablett in der Theke zusammen. „Er war mehrmals hier im Laden, um sich Essen zu kaufen. Und jedes Mal hat er mein Regal mit den Heiltees, der Arnikasalbe und den Schüßlersalzen gemustert, als hätte ich Gläser mit toten Kröten herumstehen.“

Jessica lachte. „Optisch ist er ein Sahneschnittchen.“

Arne knuffte sie in die Seite. „Du willst doch wohl nicht sagen, dass er attraktiver ist als ich?“

„Niemals“, erwiderte Jessica eilig, grinste jedoch breit.

„Absolut nicht mein Typ“, stellte ich klar. „Mal abgesehen davon, dass ich keinen Kerl in meinem Leben brauche und auch gar keine Zeit für eine Beziehung hätte: so einen nun wirklich nicht. Aber etwas ganz anderes: Wollt ihr meinen neuen sommerlichen Grüntee mit Ananasstückchen probieren?“

„Gern! Aber vorher will ich wissen, was genau dir denn nicht gefällt an deinem neuen Nachbarn. Angeblich ist er Single. Und hässlich ist er wirklich nicht.“

Ich drehte mich nach hinten, um die Teedose vom Regal zu nehmen, während ich antwortete.

„Was mich an diesem Herrn Doktor stört? Ganz einfach, der hält sich für was Besseres. Läuft immer total geschniegelt herum, als wäre er auf dem Weg zur Elbphilharmonie. Dabei sind wir hier in Möwenitz doch alle ganz leger angezogen! Außerdem hat er so ein künstliches Lächeln, so etwas kann ich nicht leiden."

„Äh, Lenja", hörte ich Jessica sagen, aber ich war gerade in Fahrt. Während ich das Wasser genau richtig temperierte und dann in die Kanne goss, sprach ich weiter.

„Wir sind doch hier im wahren Leben und nicht bei einem Werbespot für Zahnpasta! Natürlich kauft er ausschließlich Vollkornbrötchen, joggt absichtlich jeden Morgen bei mir vorm Fenster vorbei, als müsste er mir seinen supersportlichen Body präsentieren und mich darauf hinweisen, mich mehr zu bewegen. Der soll erst mal wie ich täglich hundert Mal von hier unten nach oben ins Café stiefeln, dann vergeht ihm sein aufgesetztes Grinsen schon."

Schwungvoll schloss ich die Kanne, stellte zwei Tassen bereit und drehte mich zu Jessica und Arne, eine Antwort erwartend.

Doch sie starrten mich mit betretenen Mienen an. Eine Sekunde später verstand ich, wieso. Direkt hinter den beiden stand nämlich Jannis. Von einem Zahnpastalächeln war allerdings weit und breit nichts zu sehen. Vielmehr funkelte er mich ausgesprochen finster an.

Schiet! Vor lauter Teekochen hatte ich gar nicht bemerkt, dass er meinen Laden betreten hatte.

„Ich jogge hier vorbei, weil ich nun mal nebenan wohne", sagte er mit einer Stimme, die klang wie aus dem Tiefkühlfach. „Und wenn mein Lächeln so schrecklich aufgesetzt ist, kann ich es bei künftigen Begegnungen gerne weglassen. Das ist kein Problem für mich."

Er machte auf dem Absatz kehrt und verließ meinen Laden.

Autsch. Mir stieg die Hitze ins Gesicht. Da hatte ich

mich ja ordentlich danebenbenommen. Gut, dass kein weiterer Kunde hier gewesen war.

Arne sah mich mit verengten Augen an. „Lenja, ich versteh das alles nicht. Wir kennen uns schon ewig und ich habe dich immer als total freundlich und ausgeglichen erlebt. Jeder hier mag dich, du hast ein liebes Wort für jeden Kunden, hilfst überall, wo du gebraucht wirst. Weißt du, wie man dich hier nennt?“

Ich schüttelte betreten den Kopf.

„Die gute Seele von Möwenitz. Das sagen ganz viele Leute über dich. Und genau so kenne ich dich. Also sag: Was zum Henker ist denn los mit dir, dass du wie eine Furie auf diesen Kerl losgehst?“

Seine Frage brachte mich aus dem Konzept. Mit bebenden Fingern strich ich mir eine Strähne aus der Stirn.

„Keine Ahnung“, musste ich zugeben. „Ich weiß ehrlich gesagt auch nicht, wieso er mich so wahnsinnig macht. Vielleicht, weil er gleich bei der ersten Begegnung so auf mich herabgesehen hat und sich über ganzheitliche Heilmethoden lustig gemacht hat.“

„Dabei bist du doch eine große Anhängerin davon, jedem eine zweite oder auch dritte Chance zu geben“, sagte Jessica weich.

Sie hatte recht. Normalerweise verurteilte ich niemanden. Und kam mit allen Leuten aus. Selbst die griesgrämige Dortje Kröger, die es sich mit fast allen im Dorf verdorben hatte, kam gern in meinen Laden, um ein wenig zu klönen.

Ich seufzte. „Ihr habt recht. Wahrscheinlich sollte ich mich entschuldigen. Und genau überlegen, wieso der Mann mich so auf die Palme bringt. Neudeutsch würde man wohl sagen, der triggert etwas in mir.“

Mich beschlich eine Ahnung, was das sein konnte. Er war ein Weißkittel. Und zwar einer der besonders engstirnigen Art. Mit solchen Menschen hatte ich leider schon sehr schlechte Erfahrungen gemacht. Erfahrungen, die auch jetzt noch die Wut in mir zum Köcheln brachten, sogar heißer als der Grüntee, den ich Jessica und Arne eingeschenkt hatte.

„Lenja“, rief jemand von oben. „Können wir noch etwas nachbestellen?“

„Bin sofort bei euch“, erwiderte ich, legte zwei Muffins auf einen Teller und stellte diesen vor meinen beiden Freunden ab.

„Tut mir echt leid. Ich sollte mich besser im Griff haben. Nehmt das als kleine Entschuldigung.“

Arne schüttelte lächelnd den Kopf. „Nicht bei uns musst du dich entschuldigen, sondern bei deinem Nachbarn. Jannis heißt er, oder?“

Leider hatte er recht. „Mache ich. Es stimmt alles, was du sagst. Ich reagiere bei ihm total dämlich. Aber das werde ich ändern, versprochen.“

Es konnte wirklich nicht sein, dass ich bei Jannis immer so ausflippte. Das war doch gar nicht ich! Ich war die Verständnisvolle, Nette, überall-Beliebte. Und keine Xanthippe, die über andere Leute herzog oder sie anzischte.

Vielleicht sollte Nele mal wieder bei mir eine Cranio-Therapie machen, um irgendwelche Verknotungen zu lösen. Sie erzählte oft davon, wie sich bei dieser Behandlung mit sanften Berührungen auch innere Blockaden lösten und manche Patienten sogar weinten, weil sie endlich verschüttete Teile ihrer Seele wieder spüren konnten.

Andererseits: Ich kannte den Grund sehr gut, wieso ich Menschen nicht ausstehen konnte, die auf meine Art der

Heilkunst herabsahen. Aber daran wollte ich jetzt nicht denken, ich hatte einen Laden zu führen. Also eilte ich die Treppe nach oben in den ersten Stock, um neue Bestellungen entgegenzunehmen und abzukassieren.

Ich war eine Viertelstunde beschäftigt, das alles zu erledigen. Jessica und Arne verabschiedeten sich, sobald ich wieder an der Theke stand. Wobei Arne mir erneut einschärfte, mich dringend nebenan zu entschuldigen.

„Ich werde eine Friedenspfeife backen und ihm bringen“, erwiderte ich lächelnd. „Aus Marzipan. Nein, lieber aus gesundem Körnerbrotteig.“

Arne lachte. „Ich sehe schon, ihr werdet irgendwann die besten Freunde sein.“

Bei dieser Vorstellung musste ich dann doch die Augen verdrehen. „Niemals. Wir sind wie Feuer und Wasser. Aber zumindest freundlich miteinander umzugehen, das sollte machbar sein.“

Möglicherweise war die Idee mit der gebackenen Entschuldigung gar nicht so dumm. Ein geformter Hefeteig vielleicht?

Als hätte sie meine Gedanken erraten, tauchte Hedi in der Tür auf. „Ich muss ein bisschen unter Leute“, sagte sie, kaum dass sie die ersten Schritte in den Laden gemacht hatte. „Brauchst du zufällig eine Aushilfe?“

Hedi und Hinnerk waren einfach klasse. Sie kannten jeden im Dorf und boten überall ihre Hilfe an. Auch beim Ausräumen von Odas Buchhandlung hatten sie einige Kartons gepackt. Und bei mir im Laden sprang Hedi regelmäßig ein, wenn ich mal wegmusste. Die Bezahlung für diese Stunden nahm sie nur widerwillig an und betonte immer wieder, dass es ihr einfach Spaß machte, viele Menschen zu treffen.

„Rentner sollen sich eigentlich erholen und viel Ruhe gönnen“, neckte ich sie.

Doch sie schüttelte ihre graue Mähne. „Hinnerk ist neuerdings unter die Köche gegangen. Er bildet sich ein, bessere Kohlrouladen als ich hinzubekommen. Ich kann nicht zuschauen, wie er meine Küche verwüstet. Kriege ich Asyl bei dir?“

Ich lachte. „Oh je, das kann ich mir vorstellen. Ich muss tatsächlich etwas in der Backstube erledigen. Einen Hefeteig ansetzen.“

„Mach das. Und während der Teig geht, kannst du ein paar Einkäufe erledigen oder deine Balkonpflanzen umtopfen. Ich komme alleine bestens zurecht.“ Sie schenkte mir ein warmes Lächeln. Gerade so, als spürte sie, dass ich ein wenig Abstand brauchen konnte.

Hedi war ein Engel. Ich ging spontan auf sie zu und umarmte sie. „Du bist ein Schatz, weißt du das?“

„Ach was“, wiegelte sie ab. „Du tust doch auch ständig was für andere. Und nun los, mach dich vom Acker. Jetzt bin ich hier die Chefin.“

Mit entschlossenen Schritten ging sie um die Theke und griff zu einer bereit hängenden Schürze, auf der eine lustige Teekanne mit Tassen aufgedruckt war. Mein Logo. Bei dem Anblick schluckte ich trocken. Wie gerne hätte ich ein neues Logo entworfen! Eines mit Gesundheit und Natur und Wohlfühlen.

Aber das konnte ich mir fürs Erste abschminken. Dank Tilda. Und dem Nachbarn.

„Ich mache einen kleinen Spaziergang am Strand, glaube ich“, kündigte ich an.

Hedi nickte. Also rührte ich den Hefeteig an, stellte ihn warm und verließ meinen Laden. Ein schneller Blick auf das Nachbarhaus ließ mich zusammenzucken. An der strahlend weißen Haustür prangte ein Schild mit großen Lettern. „*Praxiseröffnung! Ich bin ab sofort für Sie da.*“

Neben diesem Computerausdruck, der mit Klebestreifen befestigt war, befand sich das eigentliche Schild.

„Dr. Jannis Bohnenberg, Hausarzt, alle Kassen“, las ich. Darunter waren die Öffnungszeiten aufgeführt.

Für eine Sekunde schloss ich die Augen. Stellte mir unser Schild vor, das von Nele und mir. In einem hellen Grün hatten wir es uns ausgemalt. Ja, die gesamte Praxis hatten wir in Lindgrün einrichten wollen, außerdem mit riesigen Zimmerpflanzen, hellem Holz und warmem Licht. In der Mappe, die ich Tilda präsentiert hatte, waren sogar Fotos unserer geplanten Einrichtung gewesen, die wir als Beispielbilder dem Internet entnommen hatten.

Alles für die Katz‘.

Ich drehte mich weg. Schlug den Weg zum Strand ein. Versuchte, nicht an die verpasste Chance zu denken, und stattdessen meinen Spaziergang zu genießen.

Heute war ein typischer Ostsee-Sommertag. Die Sonne strahlte zwar vom Himmel, aber es standen schon mehrere Wolkenberge bereit, um sich vor sie zu schieben. Auch der Wind gab sein Bestes und blies mir Haarsträhnen ins Gesicht, während ich den Küstenweg einschlug.

Ich liebte den Wind. Schon als Kind war ich ihm entgegengelaufen, hatte mich ihm mit ausgebreiteten Armen in den Weg gestellt und laut lachend von ihm durchpusten lassen. „Mama, schau, er fegt mich fast um“, hatte ich gerufen und mich lebendig gefühlt wie selten.

Egal, ob im eisigen Winter oder jetzt im Sommer, er gehörte zu Möwenitz. Er gehörte zu mir. Einen Urlaub an einem völlig windstillen Strand irgendwo an der Riviera oder auf einer heißen Südseeinsel konnte ich mir beim besten Willen nicht vorstellen.

Mir half der Wind, mich zu fühlen. Er fuhr in jede Ritze der Kleidung, glitt kühl über meine Haut. Er wirbelte meine Haare herum, er stemmte sich mir entgegen. Der Wind war mein Freund und mein Liebhaber, er gab mir das Gefühl, echt zu sein. Mit dem Boden verbunden zu sein. Zuhause zu sein.

Ich könnte niemals in einer Stadt wohnen, wo im Sommer der Asphalt glühte und die Hitze sich zwischen den Häuserblöcken hielt. Nein, ich gehörte an die Küste. Direkt hierher, nach Möwenitz, in meinen Heimatort, wo die Leute ein bisschen eigenbrötlerisch waren, aber zusammenhielten. Wo sich Touristen meist nur kurze Zeit aufhielten. Wo die Küste auch mal rau und felsig war, genau wie die Einwohner. Und wo der Leuchtturm stand, auf den ich jetzt zuging.

Wie gemalt erhob er sich vor mir mit seinem rotweißen Kleid, voller Stolz und Selbstsicherheit. Ich blieb stehen, lächelte in mich hinein und musterte unser Wahrzeichen. Früher hatte dort oben in der kleinen Wohnung tatsächlich ein Leuchtturmwärter gewohnt. Doch schon seit vielen Jahren befand sich im Turm eine Ferienwohnung, die sehr beliebt war. Ich war seit dem Umbau nicht mehr dort gewesen, hatte mir aber von Jessica alles genau beschreiben lassen. In luftiger Höhe lag das Wohnzimmer, natürlich rundherum mit Fenstern und einem traumhaften Blick über die Ostsee. Jessica hatte im Frühjahr für ein oder zwei Wochen dort gewohnt und eine Menge Fotos geknipst, deshalb hatte ich eine Vorstellung vom Ausblick. Unten gab es einen kleinen Anbau, dort befanden sich Küche, Bad und Schlafzimmer.

„Ich muss mal mit Hinnerk reden“, murmelte ich vor mich hin. „Der soll mir eine Führung spendieren.“

Er war so etwas wie der Verwalter und kümmerte sich um die Gäste, deshalb hatte er einen Schlüssel. Und würde mich beim Gästewechsel vielleicht mal einlassen können.

Möwen flogen über meinen Kopf, ihr Kreischen, das sich ins Meeresrauschen mischte, ließ alle Anspannung von mir abfallen. Ich nahm den Weg nach unten, hatte mich für das steinige Küstenstück entschieden, weil es hier einsamer war. Weiter vorne, an dem Stück flachen Ostseestrand wie aus dem Prospekt, tummelten sich garantiert Touristen. Dort gab es die beliebten gestreiften Strandkörbe, einen Eiswagen, jede Menge Familien mit kleinen Kindern, die das flache Wasser und den Sand liebten.

Ich hingegen bevorzugte diesen Teil des Strandes, bei dem vereinzelte Felsen aus dem Meer ragten und der Sand von Steinen durchzogen war. Eine vorwitzige Eiderente kreuzte meinen Weg, weiter vorne sah ich Austernfischer im auslaufenden Wasser herumpicken. Wie fast immer zog ich meine Sneakers aus, band die Schnürsenkel zusammen und hängte sie mir um den Hals.

Hier am Meer zu sein, beruhigte mich jedes Mal aufs Neue. Ich blieb stehen, um den kleinen Wellen zuzusehen, wie sie in immerwährender Abfolge über den Sand leckten und sich wieder zurückzogen. Eine bessere Meditation gab es nicht. Tief zog ich die salzige Seeluft in meine Lungen, schnuppernd hielt ich die Nase in den Wind. Im Sommer roch der Wind anders als im Frühjahr oder Herbst. Wenn ich im März hier stand, erschnupperte ich die erwachende Natur, da war der Wind voller bunter Aromen. So bildete ich es mir zumindest ein. Jetzt im Sommer war der Geruch träger und schwerer. Am liebsten sog ich seinen Duft im

Spätherbst ein, wenn schon ein Hauch von Winterstürmen und Eiskristallen in ihm lag.

Oh Gott, wenn ich das irgendjemandem erzählte, würde man mich für verrückt halten! Vielleicht war auch das ein Grund, wieso ich Single war. Ich war ein wenig seltsam und hatte nicht vor, das zu ändern. Außerdem war ich gerne allein. So lange ich mit dem Wind sprechen, den Wellen zuhören und den Sand zwischen den Zehen spüren konnte, brauchte ich doch keinen Partner!

Etwas Graues flitzte weiter vorne über den Sand. Tiki! Ich war nicht überrascht, denn ihre Pfotenabdrücke hatte ich schon im Sand gesehen. Arnes Katze trieb sich überall in Möwenitz herum, besonders gerne rund um den Leuchtturm. Lag sicher daran, dass sie dort Jessica kennengelernt und sich bei ihr eingenistet hatte. Arne sprach sogar davon, dass Tiki für ihn und Jessica ein flauschiger Liebesbote gewesen wäre.

„Tiki!“, rief ich gegen den Wind an.

Sie schien mich zu hören, denn sie hielt inne, drehte sich zu mir um und sah mich an. Anschließend trabte sie gemächlich auf mich zu.

Als sie angekommen war, beugte ich mich zu ihr, um sie zu streicheln. Sie schnurrte leise und hob den Kopf, damit ich sie unterm Kinn kraulen konnte.

„Na, du kleine Herumtreiberin?“, sprach ich sanft. „Bist du wieder auf der Suche nach einem Sparringspartner?“

Tiki war berühmt dafür, sich mit größeren Katern zu prügeln und als Siegerin hervorzugehen. So harmlos und niedlich sie aussah, so entschlossen konnte sie Tatzenhiebe verteilen, wenn eine andere Katze an ihr Fressen ging, das vor ihrer Haustür stand. Oder an Fressen, das vor irgendeiner Haustür stand. Tiki nahm es da nicht so genau.

Wir wanderten eine Weile gemeinsam am Strand entlang. Irgendwann flitzte Tiki einfach los und ich sah ihr hinterher.

Es war allmählich Zeit, mich auf den Rückweg zu machen. Der Hefeteig war sicher schon doppelt so groß geworden. Und auch Hedi wollte ich nicht ewig alleinlassen. Ich sollte mir jetzt endlich Gedanken machen, mit welchen Worten ich mich bei meinem Nachbarn entschuldigen wollte.

„Tut mir leid, dass ich Ihr Grinsen als aufgesetzt tituliert habe, es ist natürlich absolut echt und kommt sicher aus tiefstem Herzen." Nein, das ging gar nicht.

„Wir hatten einen ruppigen Start, sorry. Bitte nehmen Sie den Hefezopf als Symbol meiner tiefen Reue und als Startschuss für künftige gute Nachbarschaft." Herrje, viel zu bemüht!

Vor mich hin sinnierend kam ich im Ort an und stiefelte auf meinen Laden zu. Ein knallroter Sportwagen flitzte an mir vorbei und kam direkt vor dem Nachbarhaus zum Stehen. Die Tür öffnete sich und eine Frau in meinem Alter stieg aus. Sie trug getigerte Leggings zu ihren hochhackigen Schuhen, ein Glitzer-Top unter einem rosa Blazer und eine Sonnenbrille in den dunklen Haaren. Solche Leute verirrten sich normalerweise nicht nach Möwenitz, denn wir hatten weder ein glamouröses Hotel noch eine Edelboutique. Und in Kurts Kombüse konnte man zwar famos Skat spielen und ein paar Bierchen kippen, aber keinen Krabbencocktail samt Prosecco bestellen. Ich musterte sie neugierig, während sie vom Beifahrersitz eine korbartige Halbkugel nahm. Seltsam. Ich hätte eher vermutet, dass so eine Lady mit einer Designerhandtasche herumlief, nicht mit einem braunen Flechtdings.

Sie blieb an der Praxistür stehen und klingelte. Eine erste Patientin? Hatte unser *Dr. McDreamy* seine Lieblingspatientinnen in die neue Praxis nach Möwenitz geladen? Zu einem Austernbrunch samt Blutabnahme?

Mir fiel auf, dass ich nicht einmal wusste, wo er vorher praktiziert hatte.

Als die Frau mich sah, machte sie ein paar Schritte auf mich zu. „Wohnen Sie hier?“, fragte sie mich.

Auch wenn sie für meinen Geschmack zu kräftig geschminkt und generell zu aufgetakelt war, hatte sie etwas Sympathisches an sich. Ihr Lächeln wirkte offen, ihre Augen blitzten fröhlich und sie sah aus, als könnte man mit ihr richtig viel Spaß haben.

„Der Teeladen dort ist meiner“, antwortete ich.

„Super! Dann sind Sie ja eine Nachbarin von Jannis, meinem Bruder. Ach, wir können doch du sagen, ich bin Marlene.“

Sie streckte mir ihre Hand entgegen. Das war seine Schwester? Hätte ich niemals gedacht!

„Lenja“, sagte ich. „Aber ich habe keine Ahnung, wo er ist. Wir, äh, haben nicht sehr viel Kontakt.“

Ein Winseln erklang von irgendwoher. Ich sah mich um, konnte aber keinen Hund entdecken. Erst, als Marlene sich über den Korb beugte, verstand ich.

„Ist da ein Hund drin?“, fragte ich überrascht.

Sie nickte eifrig und strahlte mich an. „Ein Welpe. Willst du ihn sehen? Er ist mein Überraschungsgeschenk für Jannis. Quasi zum Einstand. Ist besser als eine Flasche Sekt, oder?“

Ich starrte sie nur an. „Du schenkst ihm einen Hund? Aber wenn er gar keinen will?“

Sie wischte den Einwand mit einer Handbewegung

weg. „Das wird er natürlich sagen, schon klar. Und sich weigern, den Kleinen zu behalten. Aber ich weiß, was gut ist für ihn. Du musst dir keine Sorgen machen, dass der am Ende im Tierheim landet, ich kenne Jannis sehr gut und habe mir das genau überlegt."

Skeptisch hob ich die Augenbrauen. „Wer soll sich denn um den kümmern? Dein Bruder wird doch erst einmal mit der Praxis beschäftigt sein."

„Das ist genau der Grund!" Sie grinste breit.

„Ich verstehe nicht."

„Mein Brüderchen ist ein Arbeitstier. Und ein chronischer Singlemann. Der stürzt sich garantiert wie ein Wilder auf die Arbeit, macht rund um die Uhr irgendwelche Krankenbesuche und zieht sich ansonsten in seine Bude zurück. Schon im Vorfeld hat er angekündigt, dass er keinesfalls am Gemeindeleben teilnehmen will, sondern seine Ruhe haben möchte. Seine *Ruhe*! Kannst du dir das vorstellen? Als wäre er schon siebzig." Sie verdrehte die Augen.

„Moment mal. Der Hund soll ihn dazu zwingen, vor die Tür zu gehen?" Das war ja ein Ding!

„So ist es. Sonst versauert Jannis nur. Mit einem Hund muss er raus und trifft beim Gassigehen seine Nachbarn. So nette wie dich zum Beispiel!"

Oje. Ich verzog das Gesicht. „Also, ich weiß nicht, ob er mich als *nette Nachbarin* bezeichnen würde."

Marlene ging nicht auf meinen Einwand ein. „Außerdem muss er sich jemanden suchen, der hin und wieder auf den kleinen Racker aufpasst. Weißt du, ich kenne Jannis. Er liebt Tiere. Schon als kleiner Junge wollte er ständig mit dem Nachbarhund Gassi gehen. Und hier im Dorf kann er den Kleinen auch mit zu Hausbesuchen nehmen, da stört das doch keinen."

Unser neuer Superdoc mit einem Welpen, den er überall mitschleppte und dessen Hinterlassenschaften er mit angewidertem Gesicht in ein Beutelchen steckte? Ich grinste vor mich hin. Allmählich gefiel mir diese Vorstellung. Ob eine Rolle mit bunten Hundetütchen in sein elegantes Sakko passte?

„Er wird sich bestimmt sehr freuen", sagte ich und konnte mir das Schmunzeln nicht verkneifen.

„Sowieso. Aber wo steckt er nur? Ich glaube, ich drücke noch einmal auf die Klingel."

„Darf ich inzwischen den Hund ansehen?", fragte ich neugierig.

Sie hatte den Korb neben sich abgestellt. Er war ziemlich groß und wackelte bedenklich. Ein Zwergpinscher oder Chihuahua war da sicher nicht drin.

„Klar doch." Marlene beugte sich nach unten und öffnete das runde Gitter an der Vorderseite.

Sofort schoss ein flauschiger Kopf hervor. Zwei braune Augen sahen mich an und ich hielt verzückt die Luft an.

Der Welpe neigte den Kopf etwas zur Seite, als wollte er sagen: „Sieh nur, wie niedlich ich bin!" Und als ich die Hand ausstreckte, um ihn zu streicheln, leckte er mit seiner Zunge darüber. Ich war schockverliebt.

„Der ist zuckersüß!", kiekste ich.

Der größte Teil seines Kopfs war schwarz, aber die Nase erstrahlte weiß, ein schmaler Strich zog sich in Richtung der Stirn und wurde dort breiter. Über den braunen Knopfaugen hatte er orangefarbene Stellen, die fast wie Augenbrauen aussahen. Sein Babyfell war so flauschigweich, dass man ihn einfach streicheln musste. Und als er eine seiner weißen Teddybär-Tatzen auf den Boden setzte, war es völlig um mich geschehen.

„Gott, ich habe noch nie so etwas Niedliches gesehen", schwärmte ich.

Marlene strahlte. „Ja, nicht wahr? Bei einer Bekannten wurde die Hündin überraschend schwanger – oder wie immer das bei Hunden heißt. Die Berner Sennenhündin war beim Gassigehen weggelaufen, das reichte. Wer der Vater ist, weiß kein Mensch. Dieses Kerlchen ist der Letzte aus dem Wurf, alle anderen hat sie bei Freunden untergebracht. Der blieb übrig. Da dachte ich, das ist ein Wink des Schicksals! Ich glaube nämlich total an sowas. Es gibt schließlich keine Zufälle. Dieser Hund ist vom Universum bestimmt für Jannis, gar keine Frage."

Marlene gefiel mir immer besser. Ich kreuzte heimlich die Finger, um mir zu wünschen, dass Jannis bald auftauchte und ich die Begegnung mitkriegen würde. Sein Blick würde sicher unbezahlbar sein.

Während ich noch mit dem niedlichen Hundekind beschäftigt war, drückte sie erneut die Klingel und rief gleichzeitig lautstark seinen Namen.

„Jannis, du brauchst dich gar nicht zu verstecken", schrie sie so laut, dass rund um den Dorfplatz einige Köpfe an den Fenstern erschienen. „Ich weiß genau, dass du da bist", fuhr sie fort. „Das ist total kindisch, was du da tust. Du bist keine zehn Jahre mehr. Komm endlich herunter!"

Sie hatte den Kopf in den Nacken gelegt und sah nach oben zu den Fenstern im ersten Stock, wo er wohnte.

„Verflucht noch mal, Marlene!", erklang eine erstaunte Stimme. Allerdings nicht von oben. Sondern von links neben ihr, da bog Jannis gerade um die Ecke, eine Tüte mit Einkäufen in der Hand.

„Wieso kreischst du hier herum wie eine Verrückte?", fuhr er sie an.

Völlig ungerührt lief sie auf ihn zu und drückte ihm einen Kuss auf jede Wange.

Ich tat, als wäre ich in das Hundestreicheln vertieft und würde rein gar nichts mitbekommen. Natürlich beobachtete ich die beiden aber genau aus den Augenwinkeln.

„Happy Einstand!“, rief sie fröhlich. „Ich wollte dir zur Eröffnung deiner Praxis gratulieren. Schlimm genug, dass du mich nicht angerufen hast, sondern ich das Datum auf deiner Homepage aufstöbern musste.“

„Marlene, das ist nicht die Eröffnung eines Möbelhauses mit Luftballons und Hot Dogs für jeden. Es ist eine kleine Hausarztpraxis, die einfach ihren Dienst aufnimmt. Ohne Party und Feuerwerk.“

„Schade eigentlich. Aber das macht nichts. Ich habe dir trotzdem etwas mitgebracht.“

Ich schielte unter meinen Haaren durch, die mir ins Gesicht fielen, weil ich mich noch immer über das Körbchen beugte. Jetzt ging’s um die Wurst. Im nächsten Moment schon nahm Marlene ihren widerspenstigen Bruder an die Hand und zog ihn in meine Richtung.

„Voilá! Hier ist dein Geschenk.“

„Ein Flechtkorb? Soll ich den mit Äpfeln füllen und ins Wartezimmer stellen?“, fragte Jannis.

Mein Grinsen wurde breiter. Ich musste mich sehr anstrengen, es zu verscheuchen und mich mit möglichst neutraler Miene aufzurichten.

„Quatschkopf“, sagte Marlene. „Natürlich nicht der Korb, sondern der Inhalt. Darf ich präsentieren: Dein neuer Mitbewohner, bester Freund, Gassipartner – Fluffy-Puffy.“

Sie bückte sich, holte den Welpen hervor und hielt Jannis das zappelnde Fellbündel entgegen.

Ich wagte kaum, zu atmen. Jannis starrte den Hund an,

der winselte leise. Anschließend starrte er seine Schwester an. Schließlich verschränkte er seine Arme vor der Brust.

„Du hast offenbar den Verstand verloren, Marlene. Nimm das arme Tier wieder mit. Und lass dich mal ordentlich bei einem Kollegen aus der Psychiatrie untersuchen. *Fluffy-Puffy*! Geht‘s noch? Mir kommt kein Hund ins Haus. Und mit so einem Namen schon gar nicht. Basta!“

Mit diesen Worten drehte er sich auf dem Absatz um und stapfte davon.

Ich ließ den angehaltenen Atem entweichen. Hui! Das hier war besser als jede Kinovorstellung!

5. Fluffy-Puffys Pullerfreund

„Wage es nicht, einfach davonzustiefeln!“ Marlene drückte mir den Welpen in den Arm und lief Jannis nach.

„Wieso nicht? Ich habe dich nicht darum gebeten, mir ein Haustier mitzubringen. Tausch ihn um oder mach mit ihm, was immer du willst“, schoss er zurück.

„Du brauchst einen Mitbewohner!“

„Ich kann mit Tieren rein gar nichts anfangen.“ Er stand an der Tür, steckte den Schlüssel ins Schloss.

Mir war es peinlich, der Streiterei beizuwohnen. Aber ich hatte den Welpen auf dem Arm. Der nichts Besseres zu tun hatte, als über mein Gesicht zu schlabbern. Oh Mann. Unschlüssig machte ich ein paar Schritte in Richtung meines Ladens.

„Stimmt doch gar nicht“, fauchte Marlene. „Schon als Kind bist du immer rüber zu den Bachmanns und wolltest mit dem Hund Gassi gehen.“

„Hund? Die Bachmanns hatten eine Katze! Sogar deine Erinnerungen sind offenbar total wirr.“

Ich stand jetzt vor meiner eigenen Eingangstür und strich dem Hund über den Kopf. „Könnte schwierig werden für dich, mein Süßer“, flüsterte ich.

Er sah mich mit seinen Knopfaugen an und legte mir eine Riesenpfote auf den Arm. Wie konnte ein kleiner Plüschkerl mit kurzen Beinen nur so breite Pfoten haben? Der ganze Welpe war einfach nur zum Knuddeln. Er hatte den Mund leicht geöffnet, hechelte ein wenig und wirkte, als würde er mich glücklich anlächeln. Mein Herz lief fast über vor Begeisterung. Ich musste mich schwer zusammenreißen, um den Welpen nicht noch mehr an mich zu drücken und in sein seidiges Fell hinein zu küssen. Am liebsten hätte ich das flauschige Fellbündel selbst behalten, aber ich konnte natürlich keinen Hund in meinem Laden herumsitzen haben. So ein Welpe brauchte Auslauf und Pflege und Zuwendung. Und eine Hundeschule.

„Hör endlich auf mit dem Gezicke", schimpfte Marlene. „Ich weiß, was gut ist für dich. Stell dich nicht so an."

Ohne auf seine lautstarken Widerworte einzugehen, dass er ein erwachsener Mensch sei, stolzierte sie zu ihrem Auto, öffnete den Kofferraum und holte eine Reihe von Dingen heraus, die sie vor seiner Praxistür abstellte. Ein kuscheliges Liegekissen, eine Plastikbox mit Hundespielsachen, eine Autobox, zwei Edelstahlnäpfe, ein Buch und einen Karton, der offenbar Futter enthielt. Als Letztes holte sie eine Leine hervor und kam damit zu mir.

Sie zwinkerte mir zu. „Keine Angst, er wird sich um den Hund kümmern. Man muss meinen Bruder zu seinem Glück zwingen, das war schon immer so. Ich weiß genau, was ich tue."

Allem Anschein nach hatte sie meinen skeptischen Blick richtig interpretiert. Ich fand ihre Aktion grenzwertig. Jannis war meiner Meinung nach ein kaltherziger Typ ohne Mitgefühl für einen tierischen Freund. Würde der sich wirklich gut um den jungen Hund kümmern?

Sie klinkte den Karabiner der Leine in Fluffy-Puffys Halsband. Anschließend trug sie ihn rüber zu ihrem Bruder, der schimpfend vor seiner Tür stand.

„Pack den Krempel sofort wieder ein“, forderte er.

Marlene hingegen lächelte ihn an, gab dem Welpen einen Kuss auf die Stirn – und setzte den kleinen Kerl auf Jannis‘ Füße. Die Leine schob sie einfach durch die immer noch verschränkten Arme ihres Bruders.

Danach eilte sie wie der Blitz zum Auto, stieg ein und fuhr mit quietschenden Reifen davon.

Er schnappte nach Luft. „Das kann nicht dein Ernst sein, Marlene!“, schrie er ihr hinterher. „Komm sofort zurück!“

Auch mir war die Kinnlade nach unten geklappt. Sollte das ein Witz sein? Wartete sie hinter der nächsten Häuserecke und würde im nächsten Moment lachend zurückkommen? Das charakteristische Brummen des Motors entfernte sich jedoch immer mehr.

Jannis starrte abwechselnd auf die Straßenbiegung und auf den Hund, der mitten auf seinen Schuhen saß und ebenfalls zu ihm aufsah.

Neben mir stand noch der Transportkorb für den Kleinen. Verflixt. Den konnte ich nicht einfach mit in den Laden nehmen, sondern musste ihn meinem Nachbarn geben. Also hob ich ihn auf und ging mit wackeligen Schritten zu Jannis.

„Der Korb, äh, ich glaube, den kann man für den Transport nutzen, aber auch als Körbchen zum Schlafen. Für den Hund, meine ich.“ Herrjeh, was laberte ich nur für einen Blödsinn? Klar war der für den Hund, wofür sonst.

Jannis sah sehr blass aus. Zum Glück musste ich mir keine Sorgen machen, dass er vor lauter Ärger über seine

Schwester einen Schwächeanfall erlitt. Als Arzt hatte er sicher ein Mittelchen gegen plötzlich abfallenden Blutdruck parat.

„Das kann sie doch nicht machen", keuchte er.

Ich zuckte mit den Schultern. „Offenbar doch."

„Was fange ich denn jetzt mit dem Hund an?", fragte er mich, als wäre das mein Problem.

„Ihn füttern und ihm was zu trinken geben. Ich weiß ja nicht, wo Ihre Schwester wohnt und wie lange sie unterwegs war, aber nach der Fahrt hat er sicher Durst."

Fluffy wedelte freundlich, als ich zu ihm hinuntersah.

Allmählich fing Jannis sich wieder. Die Blässe verschwand, dafür kehrte die steile Stirnfalte zurück, die ich bereits kannte. Und der harte Blick in seinen Augen.

„Ich ruf sie sofort an, sie muss ..." Er brach mitten im Satz ab und blickte ruckartig zum Welpen. Dann riss er seine Füße unter dem überraschten Hund hervor. Der sprang vor Schreck auf und machte einen Hüpfer nach vorne. An der Stelle, wo er gerade noch gesessen hatte, war jetzt ein verdächtig nasser Fleck. Und auch Jannis' rechter Schuh sah deutlich dunkler aus als der andere.

Ich schaffte es nur unter Aufbietung all meiner Kräfte, nicht laut los zu prusten.

„Das gibt's ja nicht!", schimpfte Jannis. „Ich dachte, meine Füße werden warm, weil der Hund draufsitzt. Dabei hat mir dieses Flohtaxi auf die Schuhe gestrullert!"

Wie er mit dem armen Fluffy-Puffy sprach, gefiel mir ganz und gar nicht.

„Das ist die Aufregung, da kann der Hund rein gar nichts dafür. Der spürt bestimmt die Ablehnung. Gerade Sie als Arzt müssten das doch wissen. Die Blase ist schließlich ein sehr sensibles Organ."

Den Seitenhieb hatte ich mir nicht verkneifen können. Was machte der Kerl nur für ein Theater? Die Patienten würden ihm sicher nicht sofort die Bude einrennen, er würde also reichlich Zeit für einen tierischen Freund haben. Langsam verstand ich, was seine Schwester gemeint hatte. Der Mann war womöglich wirklich ein Eigenbrötler.

Aber konnte man den kleinen Fluffy ruhigen Gewissens bei ihm lassen? Unschlüssig sah ich zum Welpen hinab. Der hatte das Maul leicht geöffnet, hechelte ein wenig und lächelte mich zufrieden an.

Gott, er war sooo niedlich!

„Also gut", stöhnte Jannis. „Ich nehme ihn mit rein. Und gebe ihm was zu trinken."

Er beugte sich nach unten, sah dem Hund in die Augen. Der starrte zurück und wedelte freundlich.

Jannis' Züge veränderten sich, wurden mit einem Mal weicher. Fast hätte man ihn für liebenswert halten können, wenn er so schaute. „Komm mit, du kleiner Racker, wir richten dir in der Wohnung eine Ecke ein, wo du es dir gemütlich machen kannst. Und du kriegst einen vernünftigen Namen!"

Er schloss auf, nahm die Hundedecke unter den Arm und öffnete die Tür. Der Welpe tapste freudig hinter ihm ins Haus.

Ich ging nachdenklich zurück in meinen Laden. Hedi kam die Treppe herunter und grinste übers ganze Gesicht.

„Na, das war ja mal eine Vorstellung! So etwas sieht man in Möwenitz nicht jeden Tag", freute sie sich.

„Was meinst du?" Mich beschlich eine Vorahnung, die sich im nächsten Moment bestätigte.

„Wir haben alles durchs Fenster beobachtet. Der ganze

Ortsverein von Meike hat am Fenster geklebt. Lars und Hanno ebenfalls. Und die Ohnebeck-Schwestern."

Ich hatte es gewusst. Meike war die Vorsitzende des Strick-, Häkel- und Gartenbauvereins von Möwenitz. Wobei die Damen nur selten über die neusten Anbautrends von Auberginen diskutierten oder sich gegenseitig beim Fersenstricken unterstützten. Viel lieber saßen sie gemütlich bei Tee und Schwarzwälder-Kirsch-Schnitte zusammen und klönten. Ein neues Thema hatten sie jetzt auf jeden Fall.

„Hat auch sein Gutes", sagte ich. „Wenn alle über den Hund Bescheid wissen, braucht der Herr Doktor nichts zu erklären, wenn er ihn bei den Hausbesuchen dabeihat."

„Ach, Lenja, es geht doch nicht um den Hund", stellte Hedi klar und grinste noch breiter. „Sondern darum, dass unser Neuzugang anscheinend Single ist! Und ein paar der Damen haben unverheiratete Töchter."

Ich lachte. „Dann wird sich unser Professor Brinkmann bald nicht mehr retten können vor Patientinnen, die in seiner Nähe erhöhten Blutdruck bekommen."

Sie hatte mit einem Mal einen träumerischen Ausdruck im Gesicht. „Wenn ihr beide so nebeneinander steht, du und der Doktor, das sieht ganz wunderbar aus. Ihr seid ein hübsches Paar. Du so blond, er mit seinen dunklen Haaren und Augen – wirklich schön. Du könntest dich anbieten, mal seinen Hund auszuführen. Ich würde dich da jederzeit vertreten."

Ich riss die Augen auf. „Hedi! Du hast wohl nicht mehr alle Kirschen auf der Torte! Der Kerl ist ein eingebildeter Sturkopf, der meine Kräutertees schlechtredet. Mit dem will ich nichts zu tun haben, nicht mal als Nachbar."

„Vielleicht änderst du deine Meinung noch, wenn ihr

euch erst besser kennt. War bei Hinnerk und mir auch so.“

Das schloss ich komplett aus.

„Lieb von dir, dass du mich verkuppeln willst. Aber ich lebe gern alleine. Und er auch. Zumindest diese eine Gemeinsamkeit haben wir.“

Hedi wiegte ihren Kopf hin und her.

„Hmm“, machte sie und es war eines ihrer verdächtigen *Hmms*. Die ließ sie immer dann vom Stapel, wenn sie angeblich eine Vorahnung hatte. Hedi behauptete stur, eine Nachkommin der berühmten Ringletta von Klein-Reddelich zu sein, einer Seherin aus dem siebzehnten Jahrhundert, von der sich Seefahrer das Wetter der nächsten vier Wochen prophezeien ließen.

„Was heißt *Hmm*?“, hakte ich nach, obwohl es besser gewesen wäre, dieses *Hmm* geflissentlich zu überhören.

„Hmm“, wiederholte sie und zupfte sich am Ohr. „Ich habe da dieses Gefühl. Weißt du, das überkommt mich manchmal, wenn ich zwei Menschen nebeneinander sehe. Ich kann spüren, ob sie wirklich zusammenpassen oder nicht. Bei dir und dem Herrn Doktor war das Gefühl ausgesprochen stark, ich hatte sogar richtig Herzklopfen. Das ist ein Zeichen, Lenja!“

„Klar, das ist es“, brummte ich. „Und zwar dafür, dass der gute Doc dich schnellstmöglich an ein EKG hängen soll, weil du Rhythmusstörungen hast.“

Hedi war mir wahnsinnig ans Herz gewachsen. Ich freute mich jedes Mal, wenn sie in den Laden kam. Aber diese Wahrsagersache ging mir auf den Keks.

Ich und der Doktor? Pah! Schon allein bei dieser Vorstellung musste ich lachen. Da fror eher mitten im Hochsommer die Ostsee zu, als dass ich diese Miesmuschel auch nur sympathisch finden könnte!

6. Der Praxis-Test

„Es ist eine Unverschämtheit, wie hoch die Mieten für Praxisräume sind“, schimpfte Nele, während wir den Weg zum steinigen Strand entlangspazierten.

Es war sieben Uhr abends, meine Teestube und der Laden waren geschlossen, Nele und ich trafen uns für ein Picknick am Strand. Warm genug war es heute. Der Hauptstrand würde sicher noch überlaufen sein, aber hier im felsigen Abschnitt waren kaum Menschen.

Während ich die mitgebrachte Decke ausbreitete und meinen Rucksack mit der Verpflegung abstellte, fluchte sie weiter auf die geldgeilen Vermieter, wie sie sie nannte.

„Ich habe im ganzen Umkreis geschaut. Von Rerik bis Rügen, in Wismar, in Rostock, wirklich überall. Aber da ist nichts dabei, was nur annähernd bezahlbar ist.“

„Ich kann doch nicht bis Rostock fahren, um für ein Kind mit Halsschmerzen den passenden Tee herauszusuchen“, sagte ich. „Die ganze Sache mit unserem ganzheitlichen Rundumpaket funktioniert nur, wenn wir vor Ort bleiben können. Weil hier unsere Kunden sind.“

„Schon klar. Die kommen zu dir in den Laden, fragen was, du nimmst sie mit nach nebenan oder vereinbarst einen Termin.“ Nele ließ sich neben mich auf die Decke plumpsen.

„Genau. Ich will auch gar nicht tausend neue Patienten, sondern einfach viel Zeit haben, um den Möwenitzern genau zuhören zu können. Und sie möglichst sanft zu behandeln.“

„Nicht so wie der neue Doktor“, schnaubte sie. „Hast du das gehört von Tjark?“

Überrascht sah ich auf. „Was ist denn mit ihm?“

Die Praxis von Dr. Jannis Bohnenberg war seit einer Woche geöffnet. Wie erwartet, waren an den ersten Tagen hauptsächlich Frauen jeden Alters bei ihm erschienen. Die häufigste Diagnose dieser Arztbesuche hätte wohl „akute Neugier“ lauten müssen, aber wahrscheinlich trug der Doc etwas anderes in seine Patientenakten ein. Dass Tjark, der Inhaber des Küstenmarktes, auch schon behandelt worden war, wusste ich nicht. Tjark war ein raubeiniger Naturbursche in meinem Alter, den ich noch nie krank erlebt hatte.

„Er hatte einen Hexenschuss. Hatte sich beim Ausladen einer schweren Kiste verhoben. Der Doktor hat ihm eine Spritze reingejagt, ich vermute mal mit Cortison. Hatte zur Folge, dass der gute Tjark einen Hautausschlag bekam. Dabei hätte ich das so gut behandeln können!“ Nele schüttelte ärgerlich den Kopf.

Sie hatte goldene Hände, das sagten ihre Patienten in Bad Doberan immer wieder. Nele hatte nicht nur jede Aus- und Weiterbildung mit Bestnote abgeschlossen, sondern im wahrsten Sinne des Wortes ein Händchen für verspannte Schultern und schiefstehende Becken. Es war jammerschade, dass wir unseren Traum eines ganzheitlichen Behandlungszentrums in die Tonne treten mussten.

„Alles nur wegen dieses Jannis‘“, stöhnte ich und breitete die Leckereien aus, die ich für uns vorbereitet hatte.

„Hat er denn die Bude voll? Du kriegst das ja mit.“ Nele griff zu einem Käsebrötchen.

Ich zuckte mit den Schultern. „Ich sehe manchmal Leute zur Praxis gehen, aber ich achte da nicht den ganzen Tag darauf. Außerdem ist es wirklich gut, dass wir jetzt einen Arzt im Ort haben. Ich freue mich für Ole und auch für Berta, die müssen regelmäßig zur Blutabnahme und können das jetzt ohne große Fahrereien erledigen. Auch für Familien mit Kindern ist das super.“

„Ich weiß, geht mir auch so. Wir beide wollen keinen Arzt ersetzen, das ist klar. Und ich finde es prima, dass ein Mediziner hier ist – aber eben nicht genau in unseren Räumen!“

„Und nicht so einer“, grummelte ich.

Jannis war vorgestern in meinem Laden gewesen. Ich hatte mich immer noch nicht für meine Lästereien über sein Lächeln entschuldigt. Eine Friedenspfeife aus Hefeteig war mir dann doch zu peinlich vorgekommen, also sollte es einfach eine mündliche Entschuldigung sein, aber es hatten zu viele andere Kunden im Laden herumgestanden. Während er gewartet hatte, um sein Vollkornbaguette kaufen zu können, hatte er meine Regale inspiziert. Und zwar mit einem dermaßen angewiderten Gesichtsausdruck, als er vor dem Regal mit den Heiltees, den Salben und Tinkturen stand, dass mir schon fast die Lust auf ein *Sorry* vergangen war.

„Lass uns nicht von so unangenehmen Sachen reden, sondern unser Picknick genießen“, schlug ich vor. „Reicht mir schon, wenn mich jeder zweite Kunde im Laden nach der Praxis nebenan fragt.“

„Du hast recht. Heute ist unser Mädelsabend. Mit

Quarkbällchen, Kiba-Cocktail und Sonnenuntergang. Völlig männerfrei!“

Ich lachte. Nele schaffte es immer wieder, gute Laune zu verbreiten. Ich schenkte ihr von dem Kirsch-Bananen-Saft ein und wir stießen an, als würden wir tatsächlich einen coolen Cocktail schlürfen. Ein Stück neben uns saßen ein paar junge Leute, denen offenbar auch der Trubel am Hauptstrand zu viel war. Jemand spielte Gitarre, eine Frau sang leise mit.

Ich atmete tief durch, hielt meine Nase in den sanften Sommerwind und entspannte mich.

„Du hast völlig recht, Nele. Wir lassen uns von keinem Kerl der Welt die Stimmung verderben. Und irgendwie wird sich unser Traum noch erfüllen. Wir müssen nur fest daran glauben!“

„Darauf ein Quarkbällchen!“, rief Nele, warf eines hoch und wollte es mit dem Mund auffangen. Klappte nicht. Das Ding rollte in den Sand.

Sie lachte, pustete kräftig darüber und wischte die restlichen Sandkörner an ihrer Jeans ab. Dann biss sie hinein.

„Knirscht ein wenig“, sagte sie mit vollem Mund. „Aber schmeckt trotzdem gut.“

Lächelnd streckte ich die Beine aus, lehnte mich nach hinten und stützte mich auf den Ellbogen ab. Meine Schuhe hatte ich längst ausgezogen. Ich spürte den noch warmen Sand zwischen den Zehen, den leisen Wind in meinen Haaren, die Abendsonne auf der Haut.

„Das Leben ist herrlich, Nele“, sagte ich. „Es ist Sommer und wir wohnen am schönsten Ort der Welt.“

„Und haben leckeres Essen“, ergänzte sie, während sie erneut nach einem Quarkbällchen griff.

Für einen Moment schloss ich die Augen und genoss es

einfach, hier zu sein. Genau jetzt. Mit meiner besten Freundin an meinem Lieblingsstrand. Wo niemand mich ärgerte, niemand etwas von mir wollte. Ich war wirklich ein Glückskind!

Selbst durch meine geschlossenen Lider erkannte ich das Gold der Abendsonne. Und ich wusste, wenn ich die Augen öffnete, würde da der Leuchtturm stehen, würden ein paar Möwen übers Meer schweben, die Wellen sich kräuseln.

Nichts und niemand konnte mir etwas anhaben. Ein zuversichtliches Lächeln breitete sich auf meinem Gesicht aus. Und würde sicher noch Tage lang bestehen bleiben.

Doch eine seltsam zischende Stimme störte meine goldwarmen Träumereien. „Sag mal, ist er das?", flüsterte die Stimme.

Ich blinzelte. Nele hatte sich aufgesetzt, tat so, als würde sie in einer Bäckertüte kramen, schielte aber dabei nach links.

„Wovon redest du?", fragte ich.

„Da drüben. Da geht jemand. Kann natürlich auch ein Tourist sein. Im Gegensatz zu dir habe ich unseren Superdoc ja noch nie gesehen. Aber wenn man manchen Erzählungen glauben darf, ist er groß, hat dunkle Wuschelhaare, die Augen von George Clooney, den Körper eines Top-Athleten und ein Lächeln, das den Nordpol zum Schmelzen bringt."

„Du liebe Zeit, du klingst, als würdest du einen Hollywoodstar beschreiben. Das ist total übertrieben!"

Okay, das mit dem Lächeln stimmte. Und dichte, dunkelbraune Haare hatte er tatsächlich. Hatten andere Kerle aber auch, das war nun wirklich nichts Besonderes. Die Augen – nun gut, sie waren fast schwarz und sein

Blick irgendwie intensiv.

Trotzdem. In Begeisterungsstürme musste man wegen dieses Mannes echt nicht ausbrechen. Wer immer Nele von ihm vorgeschwärmt hatte, besaß wohl viel Phantasie.

Der Mann kam näher. Mit einem quirligen Welpen an der Leine. Es war tatsächlich Jannis.

Auch das noch!

„Kann man denn nirgends seine Ruhe haben“, stöhnte ich leise. „Den brauche ich hier wirklich nicht.“

Nele hatte die heimliche Schielerei aufgegeben und musterte die beiden nun ganz offen.

„Mein Gott, ist der süß!“, stieß sie aus. „Purer Zucker!“

„Das haben Welpen so an sich.“

„Welpen?“ Sie zog überrascht die Brauen hoch. „Ich rede doch nicht vom Hund!“

„Nele!“, flüsterte ich so nachdrücklich, wie man an einem sandigen Ostseestrand mit Möwengekreische nur flüstern konnte. „Das ist Jannis. Der Doktor. Darf ich dich daran erinnern, dass der Typ uns unsere Traumpraxis weggeschnappt hat?“

„Schon klar.“ Auch sie flüsterte, denn er kam immer näher. „Aber wenn du schon einen Nachbarn hast, auf den du sauer bist, dann doch lieber so ein Sahneschnittchen als einen achtzigjährigen Quasimodo.“

Dieser Logik hatte ich nichts entgegenzusetzen.

Trotzdem wollte ich nicht, dass er mich erkannte. Ich drehte mich zur Seite und gab vor, in meinem Rucksack nach etwas zu kramen.

Doch da hatte ich die Rechnung ohne Fluffy-Puffy gemacht. Der junge Hund erinnerte sich offenbar an mich, denn er zog so ruckartig an der Leine, um auf mich zuzustürzen, dass diese seinem Herrchen entglitt.

Mit fliegenden Ohren kam er herangeflitzt und sprang mir direkt in den Schoß.

Ich lachte und streichelte ihn sofort, was ihn erst recht zum Wedeln und Zappeln und Winseln vor lauter Freude brachte. Wie seidig sein Fell war! Und wie freundlich sein Gesicht!

„Du erkennst mich wieder, das ehrt mich sehr“, sagte ich zu ihm. „Aber du brauchst mir nicht über sämtliche Finger zu lecken!“

Nele, die ein klein wenig Angst vor Hunden hatte, war vorsichtshalber ein Stück zur Seite gerückt. „Der ist aber ganz schön stürmisch“, sagte sie und musterte den Welpen skeptisch.

„Er freut sich eben.“ Ich spielte mit dem kleinen Kerl, tippte ihn abwechselnd an der Brust und am Rücken an. Das Wedeln hatte inzwischen den gesamten Hund erfasst.

„Tut mir leid, er ist mir entwischt“, hörte ich jemanden über mir sagen.

Jannis stand vor uns, was bei Nele einen hingebungsvollen Augenaufschlag und ein verführerisches Lächeln auslöste. Bei mir ein mulmiges Gefühl im Bauch.

„Kein Problem, ich mag den kleinen Kerl.“

„Aber er darf nicht einfach auf alle Leute zustürmen. Nicht jeder mag Hunde“, erwiderte er.

„Hierher, Frido“, versuchte er ein Kommando. Offenbar hatte der Welpe jetzt einen neuen Namen. War das ein Zeichen, dass der Doc ihn behalten würde? Der Hund stellte sich taub.

„Fridolin!“ Jetzt also lauter.

Half auch nichts. Ich grinste in mich hinein.

Damit Jannis eine Chance hatte, die Aufmerksamkeit seines Hundes zu bekommen, stand ich auf und klopfte mir die Klamotten aus, die Fluffy-Fridolin ordentlich mit Sand eingestaubt hatte. Jannis ergriff die Gelegenheit und schnappte sich die Leine.

„Ich bin übrigens Nele“, stellte Nele sich unserem Erzfeind vor, immer noch ein betörendes Lächeln im Gesicht. Sie stand ebenfalls auf.

„Moin, Nele, ich bin Jannis. Aber das hat sich bestimmt schon herumgesprochen.“

„Klar, hier kennt dich jeder“, sagte sie. „Gehst du Gassi mit Friedbert?“

„Fridolin“, korrigierte er. „Ja, genau. Irgendjemand hat gesagt, dass dieser Teil sozusagen der Hundestrand von Möwenitz wäre. Das stimmt doch hoffentlich?“

Ich nickte. „Wir haben keinen offiziellen, aber die meisten Leute führen ihre Hunde rund um den Leuchtturm aus. Hier können Sie gern mit ihm herumlaufen. Wenn Sie an einem sonnigen Tag direkt am Sandstrand spazieren gehen, zwischen den Touristen, hätten Sie wohl wenig Spaß.“

„Danke für die Warnung. Und sorry, dass der Hund Ihr T-Shirt schmutzig gemacht hat. Da haben Sie jetzt einen Pfotenabdruck.“ Er deutete auf meinen Bauch, wo sich tatsächlich ein Fleck befand, und lächelte entschuldigend.

„Himmel, wieso siezt ihr euch denn?“ Überrascht sah Nele uns an. „Wir sind doch alle im gleichen Alter. Außerdem duzt sich in Möwenitz so ziemlich jeder.“

Nele war meine beste Freundin und ich liebte sie wie eine Schwester. Aber manchmal könnte ich ihr trotzdem den Hals umdrehen.

Jannis zog Fridolin zu sich, der versuchte, an meinem Hosenbein hochzuspringen. „Na gut, ich habe nichts dagegen. Ich bin Jannis. Aber das ist ja nichts Neues“, sagte er in meine Richtung und sah mich freundlich an.

„Lenja", sagte ich und kam mir dämlich vor. Deshalb schob ich etwas Unverfängliches hinterher. „Finde ich gut, dass Fluffy-Puffy einen neuen Namen bekommen hat."

Er nickte. „Wäre sonst echt peinlich für den Hund und für mich auch. Aber ich will euch nicht länger stören. Ihr scheint einen gemütlichen Abend geplant zu haben. Ist ja auch wunderschön, hier am Strand. Wir sollten jetzt weitergehen, bevor Fridolin sich auf eure Quarkbällchen stürzt", kündigte er an und rief Fridolin zu sich.

„Moment", bat ich. Eine bessere Gelegenheit, meine längst überfällige Entschuldigung loszuwerden, würde ich nie bekommen. Also wandte ich mich vom Welpen ab und seinem Herrchen zu.

„Das neulich im Laden, also, als ich mich ein bisschen über dich lustig gemacht habe – das tut mir leid", presste ich hervor und wusste nicht, wo ich hinschauen sollte.

„Ist schon okay", sagte er. „Wir hatten einfach einen ruppigen Start wegen der Praxisräume."

Erleichtert atmete ich aus. Er nahm mir mein Verhalten nicht übel, das ehrte ihn. Auch wenn ich sicher nie richtig warm werden würde mit ihm, hatte ich auf ernsthaften Streit in der Nachbarschaft keine Lust.

Jannis nickte uns kurz zu und zog den widerwilligen Welpen weiter.

Ich sah den beiden hinterher. Fridolin hatte das am Strand auslaufende Wasser entdeckt, bellte freudig und versuchte, die kleinen Wellen zu fangen. Jannis hingegen versuchte, trotz des herumhüpfenden Hundes ein paar Meter voranzukommen.

„Puh", machte ich und ließ mich ermattet auf die Decke fallen. „Gut, dass er jetzt weiterspaziert."

„Oooch, ich hätte nichts dagegen gehabt, wenn er sich

zu uns gesetzt hätte. Eine wahre Augenweide, der Kerl!" Mit verzücktem Blick sah sie ihm noch immer hinterher.

Ich schüttelte schmunzelnd den Kopf. Das war eben Nele. Bei Männern, die ihr gefielen, kannte sie keine Zurückhaltung.

„Dem hätte ich ein oder zwei Quarkbällchen abgetreten", kicherte sie. „Vielleicht hätte er uns danach auf einen Wein eingeladen? Du musst zugeben, dass er ein Hingucker ist. Diese Haare! Die würde ich ihm gerne mal zerzausen. Und er hat tatsächlich Augen wie George Clooney in *Ocean's Eleven*."

„Mag sein, dass er attraktiv ist", sagte ich. „Trotzdem wird er sicher nie unser Fan werden. Glaub mir: Einer wie er bezeichnet deine geliebte Cranio-Sakral-Therapie garantiert als nutzlosen Hokuspokus."

Sie zog eine Schnute. „Echt schade. Du willst also sagen, ich darf zu ihm nicht nett sein?"

„Kann ich dir nicht verbieten. Ich jedenfalls traue dem Kerl nicht über den Weg. Der schaut auf mich herab und so etwas kann ich nicht leiden."

„Ach, vielleicht bildest du dir das nur ein." Nele griff zu ihrem Glas und trank einen Schluck.

Tat ich nicht. Da war ich mir sicher.

Und schon der nächste Vormittag sollte meine Meinung über den neuen Nachbarn leider bestätigen.

Alles begann damit, dass Hinnerk und Hedi im Laden vorbeischauten. Wir klönten eine Weile, dann fiel mir auf, dass Hinnerk mehrmals gähnte.

„Was ist los, hast du dein Vormittagstief?", neckte ich ihn. „Wir haben gerade mal zehn Uhr."

„Habe heute Nacht wieder schlecht geschlafen. Das ist in letzter Zeit echt lästig, ich wache fast jede Nacht um zwei Uhr auf."

Bei der Erwähnung der Uhrzeit wurde ich hellhörig. „Zwei Uhr? Das ist die Leberzeit. Willst du es mal mit einer Entgiftung versuchen? Das wirkt manchmal wahre Wunder."

Er sah nicht unbedingt begeistert drein. „Ist das sowas, wo man nur Sellerie essen darf und ekligen Löwenzahnsaft trinken muss?"

„Von wegen! Du kannst so viel Gemüse und Kartoffeln essen, wie du magst. Dazu gibt es vorm Essen ein paar Bittertropfen, außerdem kann ich dir passende Schüßlersalze zusammenstellen. Du machst dir warme Leberwickel, sehr entspannend, die unterstützen die Entgiftung. Statt schwarzem Tee trinkst du eine Mischung aus Pfefferminz, Fenchel, Melisse und Tausendgüldenkraut. Die mische ich dir gerne im richtigen Verhältnis."

„Was ist mit Mandelhörnchen?" Er sah sehr interessiert in meine Kuchentheke.

„Die solltest du dir verkneifen. Probier es doch mal eine Woche und schau, wie es dir dann geht", schlug ich vor.

Hedi nickte. „Ich mache auch mit. Entgiften kann nie schaden. Und Gemüseeintopf mit Kartoffeln koche ich sowieso gerne."

Hinter Hinnerk standen inzwischen schon drei Kunden an. Und nach oben ins Café sollte ich auch endlich mal wieder gehen.

„Echt blöd, dass ich nicht mehr Zeit habe", grummelte ich. „Hätte das mit unserer Wellness-Oase geklappt, würde ich dich jetzt richtig beraten."

„Nicht schlimm", sagte Hedi. „Wir haben sowieso einen Termin nebenan."

„Jetzt?" Ich sah sie überrascht an. „Bei Jannis?"

„Ich liege Hinnerk schon ewig in den Ohren, dass er endlich mal seine Blutwerte kontrollieren lassen soll. Ich glaube, er war vor zwanzig Jahren das letzte Mal bei einem Arzt“, sagte Hedi.

„Zum Doktor gehen nur alte Leute, aber doch nicht ich“, protestierte Hinnerk, der mindestens schon siebzig Lenze zählte.

Seine Frau verdrehte die Augen. „Er geht nur hin, weil er neugierig ist auf Doktor Bohnenberg“, verriet sie mir halblaut. „Sonst würde ich ihn niemals in eine Arztpraxis kriegen. Da müsste er schon mit dem Kopf unterm Arm herumlaufen.“

Obwohl ich es natürlich wichtig fand, dass Hinnerk sich untersuchen ließ, war ich ein wenig verschnupft. Mussten denn alle gleich in den ersten zwei Wochen die Praxis auskundschaften?

Zum Glück hatte ich keine Zeit, lange darüber nachzudenken, denn die Kunden häuften sich. Während ich Tee abfüllte, verabschiedeten sich Hedi und Hinnerk, um nach nebenan zu gehen.

Ich eilte zwischendurch nach oben, nahm auch in der Teestube Bestellungen auf und hatte für die nächsten Stunden alle Hände voll zu tun. Jetzt im Sommer war Hochsaison, da besuchten sogar unser verschlafenes Nest eine Menge Touristen. Dass man bei mir nicht nur guten Tee, sondern auch hervorragendes Gebäck und Torten bekam, hatte sich offenbar herumgesprochen. Über zu wenig Umsatz konnte ich derzeit jedenfalls nicht klagen.

Als die Mittagsgäste weg waren und die Nachmittagsteetrinker noch auf sich warten ließen, wurde es ein wenig ruhiger. Endlich mal durchatmen! Ich brühte mir einen sommerlichen Weißen Tee auf und wollte mir gerade etwas zu essen machen, da stürmte Jannis in den Laden.

„Ich verbiete mir das!“, fuhr er mich an. Seine Augen funkelten wütend, die Stirnfalte hatte sich tief in die Haut gegraben.

Etwas abgeschwächt wurde sein Auftritt als altgriechischer Rachegott allerdings dadurch, dass Fridolin fröhlich um seine Beine herumhüpfte und mich anlächelte.

Trotzdem ließ ich vor Schreck fast die Teekanne fallen. „Was denn?“, fragte ich.

„Dass du Leuten vorgaukelst, mit ein paar Kräutern könne man alles heilen!“, schnaubte er.

„Moment mal, so habe ich das nie gesagt. Ich weiß doch, dass ...“

Er ließ mich nicht ausreden.

„Ich will dieses Zeug hier nicht mehr sehen! Es ist gefährlich. Räum das gefälligst aus den Regalen.“ Er deutete auf die Tütchen mit Kräutertees, die Salben und Schüßlersalze.

„Du hast wohl einen Vogel!“

Was bildete sich dieser Kerl nur ein? Stürmte hier herein und wollte mir untersagen, harmlosen Anis-Fenchel-Tee zu verkaufen. Der war völlig verrückt!

„Nein, ich habe Erfahrung. Sogar sehr viel davon. Und ich weiß, welchen Schaden dieser Mist anstellen kann. Ich will, dass das alles verschwindet!“ Sein Blick war noch immer auf mein Gesundheitsregal gerichtet.

Ich stemmte die Hände in die Hüften.

„So weit kommt es noch, dass ich mir von irgendeinem dahergelaufenen Nachbarn sagen lasse, was ich verkaufen darf und was nicht!“

Er schnaubte, verengte die Augen und fixierte mich finster. „Heute war ein Patient bei mir, zum Durchchecken.

Ich habe eine Blutabnahme gemacht und eine Sonographie des Abdomens. Als ich angekündigt habe, mir jetzt mal seine Leber anzuschauen, sagte der Mann doch glatt: ‚Das brauchen Sie nicht, Herr Doktor. Ich kriege von Lenja spezielle Tropfen und ein paar Tees, dann ist meine Leber bald wieder wie neu.' So etwas ist absolut unverantwortlich! Was wäre, wenn der Patient wirklich ein Problem mit der Leber hätte und sich Untersuchungen verweigert?"

Mein Hals war mit einem Mal zugeschnürt.

„Das hat Hinnerk völlig falsch wiedergegeben", begann ich, kam aber nicht weit.

„Hast du ihm denn keine Tropfen angeboten, die die Leber auf wundersame Weise regenerieren? Was soll das sein, irgendwelche Wunderglobuli? Zuckerkügelchen ohne jede Wirkung?"

Sein Blick klebte nicht mehr am Regal. Leider. Stattdessen starrte er nun mich an, als wäre ich eine kettensägentragende Massenmörderin.

„Ich habe ihm nur harmlose Bittertropfen empfohlen. Einen Pflanzenextrakt, der die Verdauung anregt."

„Ist mir völlig egal, was du ihm empfohlen hast oder nicht. Der Patient geht davon aus, dass dieser Schrott alles gesund zaubern kann und sieht natürlich keine Veranlassung, sich ordentlich untersuchen zu lassen."

Gesund zaubern? Hieß das, es stimmte etwas nicht mit Hinnerk? Ich hatte einen riesigen Kloß im Hals.

„Was ist mit Hinnerk? Hast du etwas gefunden? Geht es ihm gut?"

Er stieß Luft aus. „Ich habe vor allem eines, nämlich eine ärztliche Schweigepflicht." Seine Stimme war plötzlich ruhig und eiskalt.

„Das ist doch albern, wir wissen beide, dass es sich bei

diesem ominösen Patienten um Hinnerk handelt. Sag schon, ist er ernsthaft krank?“

„Auch wenn wir hier in einem Dorf sind: Ich gebe keinerlei Infos über meine Patienten heraus.“

Mann, war dieser Kerl stur!

„Außerdem geht es nicht um einen speziellen Fall, sondern ums Prinzip. Ich will nicht mehr sehen, dass du irgendwelche Wundertees, Pülverchen oder sonstigen Humbug verkaufst. Du wirst hier niemanden mehr behandeln, ist das klar? Sonst hetze ich dir das Gesundheitsamt, Ordnungsamt und die Lebensmittelkontrolle auf den Hals. Von der Steuerfahndung ganz zu schweigen.“

Mein Hals war so trocken, dass sich das Schlucken anfühlte, als hätte ich Schmirgelpapier in der Kehle.

„Du kannst doch nicht ...“, krächzte ich, wusste aber nicht mehr weiter.

„Oh doch, ich kann! Jetzt hat Möwenitz einen richtigen Arzt, da braucht kein Mensch mehr eine Quacksalberin mit Sauerampfertee und Tollkirschentropfen!“

Bevor ich etwas erwidern konnte, dreht er sich um und stürmte nach draußen. Fridolin warf mir einen bedauernden Blick zu und flitzte seinem Herrchen nach.

„Dir sollte ich einen Tollkirschenkuchen backen, du Mistkerl!“, schimpfte ich ihm hinterher.

Meine Hände zitterten, meine Knie fühlten sich an wie die Füllung der Mandarinen-Käse-Schiffchen.

Was zum Teufel hatte ich diesem Mann denn nur getan, dass er so extrem reagierte? Lag das wirklich nur an den Bittertropfen und der Leberkur?

7. Joggen ist ungesund

„Das kann ich mir doch nicht gefallen lassen, oder?“

Das Café und der Laden hatten inzwischen geschlossen, aber Jessica leistete mir noch Gesellschaft und biss gerade in eine herzhafte Knusperstange. Ich hatte ihr natürlich erzählt, was passiert war.

Nach Jannis‘ denkwürdigen Auftritt war ich erst einmal durch den Wind gewesen. Ein paar Minuten lang hatte ich tatsächlich Angst gehabt, er würde mir die Hölle heiß machen. Dann hatte zum Glück meine Vernunft wieder das Ruder übernommen. Ich tat absolut nichts Verbotenes! Die Tees, die ich verkaufte, bekam man in jedem Reformhaus und teilweise sogar in Drogeriemärkten. Mit den Salben, Tropfen und sonstigen Sachen verhielt es sich nicht viel anders.

„Ist echt heftig, was er vom Stapel gelassen hat“, bestätigte Jessica. „Weißt du, ich bin noch nicht lange in Möwenitz. Aber soweit ich weiß, hast du nie irgendwelche Wunder versprochen, sondern nur ein wenig Kräuter-Unterstützung angeboten, oder?“

„Genau so ist es! Wir hatten bisher keinen Arzt im Ort und die Leute waren froh, wenn ich ihnen geholfen habe bei Magendrücken und solchen Sachen“, sagte ich und putzte mit Nachdruck die Glasscheibe der Theke.

Stimmte das wirklich? Hätte ich die Beschwerden manchmal ernster nehmen und die Menschen doch lieber an echte Ärzte verweisen sollen? Ein wenig verunsichert war ich durchaus.

„Alles okay?“ Jessicas Brauen waren nach oben gesprungen. „Du putzt jetzt schon seit einer Weile die genau gleiche Stelle. Obwohl die eigentlich sauber ist.“

Mist, sie hatte recht. Ich hörte damit auf und ließ mich auf den Stuhl fallen, der neben der Kaffeemaschine stand.

„Ein bisschen ins Nachdenken bin ich tatsächlich gekommen“, gab ich zu. „Habe ich manche Sachen zu sehr auf die leichte Schulter genommen? Hätte ich den Frauen, die sich nach der Weihnachtsgans bei mir einen Magentee holten, lieber raten sollen, ihre Galle und Leber durchchecken zu lassen? Oder sich mal eine Magenspiegelung zu überlegen?“

Jessica legte ihre Knusperstange zur Seite. „Es war doch allen klar, dass du sanfte, natürliche Hilfe anbietest. Die Leute sind erwachsen und du hast nie irgendetwas versprochen. Außerdem habe ich vor ein paar Wochen mitbekommen, dass du der alten Grit Sandhorst sogar geraten hast, ihren Hautausschlag einem Arzt zu zeigen.“

Ich nickte. „Das war ein Pilz, glaube ich. Wenn der nicht nach einem Tag mit Heilerde-Umschlägen besser wird, braucht es da eine Salbe aus der Apotheke. Und als Jette mich angerufen hat, weil ihr Baby so hohes Fieber hatte, habe ich sie auch an den Notdienst verwiesen. Ich bin schließlich keine Medizinerin.“

„Sage ich doch.“ Jessica nickte. „Du hast dir nichts vorzuwerfen.“

„Sieht der Herr Bohnenberg leider anders“, seufzte ich.

„Der ist ein Dösbaddel“, kommentierte sie trocken.

Ich lachte. Wo hatte sie denn diesen Ausdruck aufgeschnappt? Jessica kam aus Hannover und hatte, genau wie vorher ihre Freundin Mona, das kleine Apartment im Leuchtturm bewohnt. Irgendetwas Magisches musste diese Ferienwohnung in luftiger Höhe an sich haben, denn Mona hatte sich dort über Weihnachten in Kai verliebt und Jessica war während ihres Urlaubs unserem Kunstschmied Arne nähergekommen.

„Lass dich nicht runterziehen“, fuhr sie fort. „Und dir erst recht nicht verbieten, weiter deine Tees zu verkaufen. Der Doc kann dir rein gar nichts anhaben.“

Hoffentlich behielt sie recht.

„Vielleicht sollte ich ihm das in Ruhe erklären“, sinnierte ich. „Und ihm klarmachen, dass ich hier im Laden keine echten medizinischen Beratungen mache. Wahrscheinlich hat er ein ganz falsches Bild von mir.“

„Kann gut sein“, stimmte Jessica zu. „Reden hilft immer. Wer weiß, vielleicht arbeitet ihr am Ende Hand in Hand? Dein sanfter Ansatz wäre doch eine gute Ergänzung zu seiner Schulmedizin.“

Ich schnaubte. „Kann mir nicht vorstellen, dass dieser sture Bock sich darauf einlässt. Aber du hast sicher recht. Ich muss noch einmal mit ihm reden. So einen Dauerstreit in der Nachbarschaft vertrage ich nämlich nicht.“

„Passt auch nicht zu dir. Du kommst doch sonst mit allen Menschen gut aus. Sogar mit Dortje Kröger, der größten Schreckschraube von ganz Möwenitz, die außer dir wirklich niemand mag.“

„Richtig. Also werde ich auch den Herrn Doktor knacken und zu einem liebenswürdigen Nachbarn machen, der von meinen Sanddornmuffins völlig hingerissen ist", sagte ich grimmig.

Jessica grinste äußerst breit. „Oder von dir", ergänzte sie und lachte, als ich die Augen verdrehte.

„Das wird in hundert Jahren nicht passieren!"

Nachdem sie gegangen war und ich alles auf Vordermann gebracht hatte, stieg ich hoch in meine Dachgeschosswohnung. Ich rief bei Hinnerk an, den ich bisher nicht erreicht hatte, und erkundigte mich, ob alles in Ordnung sei.

„Klar, min Deern", beruhigte er mich. „Ich kriege in den nächsten Tagen irgendwelche Laborwerte gesagt. Aber da wird sowieso alles im grünen Bereich sein."

„Er hat Angst, dass der Doktor ihm seinen Tee mit Rum verbietet", hörte ich Hedi im Hintergrund rufen.

„Als würde ich mir den verbieten lassen", grummelte Hinnerk vor sich hin.

„Aber der Ultraschall war okay?", hakte ich nach.

„Schwanger bin ich jedenfalls nicht", verkündete Hinnerk trocken.

„Aber einen kleinen Bauch hast du trotzdem", neckte ihn Hedi.

Ich prustete los. Die beiden waren klasse. Sie waren schon ewig und drei Tage verheiratet, alberten gerne herum und taten, als würden sie sich gegenseitig auf die Nerven gehen. Aber das waren liebevolle Kabbeleien. So wie die beiden stellte ich mir ein perfektes Rentnerehepaar vor. Sie waren unternehmungslustig und gesellig, körperlich fit ebenfalls. Hinnerk spazierte stundenlang durchs Dorf und am Strand entlang, immer auf der Suche nach Gesprächspartnern, denen er Neuigkeiten abknöpfen konnte. Und Hedi wäre wahrscheinlich gern den ganzen

Tag hier im Laden zugange, so sehr liebte sie das Teekochen, den Geruch der Pralinen und Kuchen, das Klönen mit allen Kunden.

„Dann bin ich beruhigt“, sagte ich zu Hinnerk und verabschiedete mich.

Doch Hedi verlangte das Telefon. „Gib mir Lenja mal“, hörte ich sie sagen, dann war sie am Hörer. „Brauchst du morgen zufällig Hilfe im Laden? Bitte sag ja.“

Sie klang sehr flehend.

„Was ist denn los?“, fragte ich überrascht.

„Hinnerk bekommt Besuch von seinem uralten Freund Thorben. Die beiden haben die Schnapsidee, singende Gartenzwerge zu schnitzen.“

„Hedi!“, empörte sich Hinnerk, „du weißt genau, dass es keine Gartenzwerge sind, sondern Seemänner.“

Sie sprach ungerührt weiter. „Diese Piratenzwerge aus Holz sollen dann auch noch ein mechanisches Innenleben bekommen, um harmlose Spaziergänger mit irgendwelchen alten Seebärenliedern zu erschrecken.“

„Die Menschen werden Schlange stehen vor unserem Gartenzaun“, rief Hinnerk begeistert. „Das wird eine Sensation! Zeitungen werden über uns berichten!“

„Also sag, Lenja, kann ich in den nächsten Tagen bei dir arbeiten? Bitte sag, dass ich auch Überstunden machen soll. Am besten sogar in den nächsten zwei Wochen“, bat sie und klang sehr verzweifelt.

Angesichts Hinnerks Begeisterungsstürmen im Hintergrund konnte ich sie gut verstehen.

„Ich bräuchte dringend eine Vertretung“, sagte ich deshalb. „Muss einiges erledigen, Sommerpralinen zubereiten, Vorräte auffüllen und mich um die Steuer kümmern.“

„Super! Du bist meine Rettung. Dann bis morgen früh!“

Hedi klang jetzt viel fröhlicher.

„Bis dann." Schmunzelnd legte ich auf.

Zeitlich passte das perfekt. Wenn Hedi morgen die Stellung hielt, konnte ich mir Jannis vorknöpfen und ihm in aller Ruhe erklären, was ich tat und was nicht. Er würde einsehen, dass er mich und meine Arbeit völlig falsch eingeschätzt hatte, wir würden uns die Hand geben, uns zulächeln und ab diesem Moment eine wunderbar harmonische Nachbarschaft pflegen.

Alles würde gut werden!

Obwohl ich mir das auch abends einredete, schlief ich unruhig und schwang mich am nächsten Morgen schon um halb sechs Uhr aus dem Bett, weil ich keine Ruhe mehr fand. Ein Teil der Waren, die ich verkaufte, wurde von einer Bäckerei im übernächsten Ort angeliefert. Brot, Baguette und Brötchen stellte ich nicht selbst her, auch die Mandelhörnchen und Nussecken ließ ich liefern. Die Torten, Kuchen und meine eigenen Kreationen backte ich allerdings selbst. Manchmal morgens, manchmal abends und manchmal zwischendurch, wenn Hedi oder sonst jemand mich für eine halbe Stunde an der Theke vertrat.

Da eine Erdbeer-Quark-Torte sich heute sicher grandios verkaufen würde, bereitete ich in meiner kleinen Backstube den Biskuit zu und schob ihn in den Ofen. Während er backte, ging ich in die Teestube, um zu lüften. Wie so oft, wenn ich mein kleines Reich betrat, blieb ich kurz stehen und sah mich um. Das Café war ein wahres Schmuckstück mit seinen liebevoll gedeckten Tischen, der maritimen Wanddeko und vor allem den bodentiefen Fenstern, durch die man bis zum kleinen Hafen von Möwenitz sehen konnte. Verschlafene Wolken zogen über den

Himmel, die Sonne ließ das Meer glitzern und der Leuchtturm zwinkerte mir fröhlich zu.

Ich liebte meine Heimat. Mein Dorf. Meine kleine Welt, die ich mir hier aufgebaut hatte.

Mit einem Mal ergriff mich das Verlangen, meine Zehen in die morgendlich kühle Ostsee zu tauchen. Genug Zeit hatte ich, bevor ich den Laden aufschloss, denn es war noch nicht einmal sieben. Also bereitete ich die Kuchentheke vor, befüllte die Kaffeemaschine mit Wasser und nahm den fertigen Biskuit aus dem Ofen. Der musste sowieso erst abkühlen, bevor ich ihn weiterverarbeiten konnte.

Ich schlüpfte in meine Sneakers, warf mir eine leichte Jacke über und ging aus dem Haus. Zu dieser frühen Uhrzeit war es herrlich in Möwenitz. Die Touristen horchten noch an ihren Matratzen, die Schulbushaltestelle war verwaist, nur aus weiter Ferne hörte man einen Automotor.

Mit tiefen Atemzügen genoss ich die Morgenluft. Wie klar alles war, wie hell und frisch. Heute war ein Tag, an dem rein gar nichts schiefgehen konnte, das spürte ich deutlich. Heute würden mir ausschließlich gute Dinge passieren.

Fröhlich vor mich hin summend ging ich in Richtung Strand. Ich war so voller Tatendrang und guter Laune, dass ich um ein Haar ein paar Tanzschritte gewagt hätte. Ich lachte über mich selbst, winkte einer tief fliegenden Möwe zu und spazierte weiter.

Dort hinten kam ein Mann angetrabt. Neben ihm an der Leine lief ein Hund. War das Jannis? Ich verengte die Augen, um ihn deutlicher zu sehen.

Ja, tatsächlich, er kam auf mich zu gejoggt, zusammen mit Fridolin, dessen Ohren beim Laufen lustig nach hinten flogen.

Ein Wink des Schicksals! Ich hatte sowieso vorgehabt mit ihm zu sprechen, mir aber den Kopf zerbrochen, wie ich das während seiner Praxiszeiten hinbekommen sollte. Nun joggte er mir sprichwörtlich über den Weg. Besser konnte es nicht laufen!

Ich nahm all dies als gutes Omen und ging auf die beiden zu. Der Weg, auf dem Jannis trabte, verlief etwas unterhalb des Gehwegs, auf dem ich gerade spazierte.

Er hatte mich noch nicht gesehen, nahm ich an, denn sein Blick war auf Fridolin gerichtet, der immer mal wieder auf einen Baum zusteuerte, dann aber von seinem joggenden Herrchen zurückgerufen wurde. Außerdem hatte Jannis bunte Knöpfe im Ohr, er hörte während des Trainings Musik. Oder einen Podcast über die richtige Diagnostik von Gallensteinen.

„Moin, Herr Nachbar!“, rief ich, doch die beiden hörten mich nicht, weil in diesem Moment eine Lachmöwe über sie flog und ihrem Namen alle Ehre machte.

Also wartete ich, bis sie etwas näher waren.

„Moin, ihr zwei Sportler!“, krähte ich ihnen entgegen.

Fridolin, der sich auf der anderen Seite von Jannis befand und einen halben Meter vor ihm lief, riss seinen Kopf herum, sah mich und stürmte sofort wie ein geölter Flauscheblitz auf mich zu. Dabei verfing sich seine Leine in einem kleinen Strauch, was dummerweise bedeutete, dass er den Weg seines Herrchens kreuzte und die Leine sich quer vor dessen Füßen spannte. Die Stolperfalle erwischte Jannis mitten im Lauf. Er kam ins Straucheln, ruderte mit den Armen – und krachte mit der rechten Hand voran auf den Kiesweg.

Entsetzt starrte ich ihn an, während Fridolin bei mir

angekommen war, seine schmutzigen Riesenpfoten auf meine Füße stellte und wie verrückt wedelte. Die Leine, die Jannis bei seinem Sturz losgelassen hatte, lag friedlich im Gras, das zwischen den beiden Wegen wuchs.

„Verdammt!“, keuchte Jannis und setzte sich auf.

Ich war zu einer Salzsäule erstarrt.

Er rieb sich die rechte Hand und hatte ein so schmerzverzerrtes Gesicht, dass mir ganz anders wurde.

„Alles okay?“, rang ich mir mit brüchiger Stimme ab.

Sein Kopf fuhr zu mir herum.

„Gar nichts ist okay“, fauchte er. „Bist du verrückt, einen Hund zu dir zu rufen, der neben einem Jogger läuft?“

„Aber ...“ Ich musste mich räuspern, denn meine Stimme war heiser. „Aber ich habe doch nur eine Begrüßung gerufen. Für euch beide.“

Offenbar hatte er meine Worte trotz seiner Ohrstöpsel, die er nun herausnahm, mitbekommen.

„Du weißt doch, dass er ein junger Hund ist und zu jedem hinläuft, der ihn mal gestreichelt hat!“, zischte er. Dann versuchte er, aufzustehen, wollte sich mit der rechten Hand abstützen, stöhnte dabei vor Schmerzen auf.

„Verflucht, meine Hand!“

Ich schluckte rau. Mein Hals war staubtrocken, meine Hände zitterten.

„Hast du dich verletzt?“, fragte ich vorsichtig und ging zu ihm.

„Nein, ich fluche herum, weil wir so einen wunderbar sonnigen Morgen haben“, fuhr er mich an. „Meine Finger lassen sich nicht mehr richtig bewegen. Vielleicht ein Kapselriss. Oder sogar eine Fraktur.“

Meine Knie wurden weich. Ein Bruch? Er hatte sich

schwer an der Hand verletzt – und es war meine Schuld?

Ich zitterte jetzt am ganzen Körper.

„Soll ich einen Krankenwagen rufen?“, war das Erste, was mir einfiel.

Jannis‘ Blick durchbohrte mich wie ein Dolch. Mist, er war ja selbst Arzt. Irgendwie war mir das für einen Moment entfallen. Deshalb war die Frage nach dem Krankenwagen nicht die allerschlauste.

Fridolin hechelte immer noch vor Freude und wedelte wie ein Ventilator. Ihn schien das Unglück seines Herrchens rein gar nicht zu berühren.

Streicheln konnte ich den Racker natürlich nicht, wie würde das aussehen? Als würde ich ihn dafür loben, ohne Rücksicht auf Verluste zu mir gelaufen zu sein. Ich versteckte meine Hände also hinter meinem Rücken, während der Welpe jetzt seine Vorderpfoten gegen meine Schienbeine stemmte und versuchte, an mir hochzuklettern.

Oh Mann.

Mit immer noch schmerzverzerrtem Gesicht stand Jannis vor mir. „Wolltest du mir eins auswischen oder was sollte das?“

Meine Stimme zitterte ebenso wie meine Beine. „Nein! Um Gottes willen!“, beteuerte ich. „Ich habe dir etwas zugerufen, weil ich mit dir reden wollte.“

„Und auf die Idee, dass der Hund mir vor die Füße läuft, bist du nicht gekommen?“ Jetzt klang er milder.

Ich senkte den Kopf. „So weit habe ich nicht gedacht“, murmelte ich.

Er hielt sich mit der linken Hand die rechte. Außerdem wurde sein Gesicht immer blasser.

„Es tut mir so leid“, sagte ich und hob den Kopf, um ihm in die Augen zu schauen. „Wirklich! Ich wollte nicht, dass du hinfällst oder überhaupt, dass du ins Stolpern kommst. Ich dachte, du siehst mich und bleibst stehen oder so. Und wir könnten in Ruhe reden. Anders als in deiner Praxis oder in meinem Laden."

„Ist schon gut", lenkte er ein. „Ich glaube dir. Ist einfach unglücklich gelaufen. Aber eine Verletzung kann ich derzeit leider gar nicht brauchen."

Fridolin ließ in diesem Moment von mir ab, weil er einen anderen Spaziergänger näherkommen sah. Reflexartig bückte sich Jannis, um mit der linken Hand die Leine aufzuheben und festzuhalten. Als Fridolin losflitzte, spannte sich die Leine und berührte seine rechte Hand.

Ein zischender Schmerzenslaut entfuhr Jannis. Der Ausruf ging mir durch und durch.

„Kannst du das selbst diagnostizieren und behandeln?", fragte ich. Das sah echt nicht gut aus. Wenn er sich tatsächlich die Hand gebrochen hatte? Und ich war schuld daran? Der Gedanke schnürte mir die Kehle zu. Außerdem schwoll sein Mittelfinger zu ungesunder Größe an, wie ich entsetzt feststellte. Und blau wurde er auch.

„Gute Frage. Am besten wäre ein Röntgenbild. Kann ich aber bei mir in der Praxis nicht machen." Er überlegte einen Moment. „Ein Studienkollege von mir ist Orthopäde in Rostock. Zu dem fahre ich jetzt."

Mein Blick fiel auf den herumtänzelnden Fridolin. „Soll ich auf ihn aufpassen? Du kannst ihn schlecht mit in eine fremde Arztpraxis nehmen. Oder willst du ihn im Auto lassen? Da fällt mir ein – fährst du einen Automatik?"

„Verdammt", knirschte Jannis. „Ich muss schalten."

„Soll ich dich fahren?", fragte ich spontan. „Ich kann mit Fridolin Gassi gehen, so lange du beim Röntgen bist. Ist ja das Mindeste, was ich tun kann."

Er schien zu überlegen. „Und dein Laden?“

„Den schmeißt Hedi. Die sucht sowieso Asyl. Wegen singender Holzpiraten.“

Jannis sah mich an, als hätte er nicht vor, ins Auto einer völlig Durchgeknallten zu steigen. Deshalb schob ich schnell hinterher: „Das ist ein Schnitzprojekt ihres Mannes Hinnerk. Jedenfalls hat sie angeboten, in den nächsten Tagen bei mir auszuhelfen. Ich bin also frei.“

„Okay“, machte er schließlich. „Das ist nett von dir. Ich kenne hier ja sonst niemanden.“

Mir schoss durch den Kopf, was seine Schwester gesagt hatte. Dass er sehr verschlossen war und sich ungern unters Volk mischte. Vielleicht war das mein Glück. Wenn ich die Krankenfahrt übernahm und mich auch sonst behilflich zeigte, konnte ich die Sache mit dem Unfall etwas ausgleichen.

„Gib mir die Leine“, schlug ich vor. „Wir gehen zurück und hängen ein Schild an die Tür, dass deine Praxis heute geschlossen ist.“

„Das geht nicht“, widersprach er sofort. „Ich habe erst seit zwei Wochen geöffnet und darf nicht gleich wieder geschlossen haben. Wie sieht das denn aus? Heute Vormittag stehen nur Hausbesuche an, die kann ich verschieben. Aber nachmittags muss ich behandeln.“

Ich hatte keine Ahnung, wie er das machen wollte, wenn er wirklich eine gebrochene Hand hatte. Eine Arzthelferin hatte er zwar eingestellt, so ließ die Gerüchteküche verlauten, aber die war angeblich noch im Urlaub.

„Eins nach dem anderen“, beschwichtigte ich ihn. „Wir gehen zurück und regeln alles. Danach fahren wir zum Röntgen.“

„Gut“, brummte er und übergab mir die Leine. Fridolin

sprang fröhlich um mich herum, während wir uns auf den kurzen Rückweg machten.

In meinem Kopf wirbelten die Gedanken umher, als hätte ein gewaltiger Herbststurm hineingeblasen. Würde Jannis mir nun erst recht das Leben zur Hölle machen? Gab er mir wirklich die Schuld für dieses Missgeschick? Es war ein blöder Unfall, mehr nicht. Der Hund hätte doch auch auf ein davonspringendes Eichhörnchen zulaufen können, oder nicht?

Ich war froh, als der schweigende Rückweg zu Ende war und ich in den Laden fliehen konnte. Ich rief Hedi an und erzählte ihr in kurzen Worten, was passiert war.

„Bin gleich da“, sagte sie. „Dann kannst du mir den Schlüssel übergeben.“

„Du bist ein Schatz“, erwiderte ich erleichtert.

Ich band Fridolin am Fahrradständer vor dem Laden an und flitzte ins Haus, um meinen Geldbeutel mit dem Führerschein und den Autoschlüssel zu holen.

Als ich wieder beim Hund war, sah ich Jannis aus der Praxis kommen.

„Er braucht etwas zu trinken“, sagte er mit Blick auf seinen Welpen. „Und ich habe ein paar Leckerlis mitgebracht. Die kannst du in deine Handtasche stecken.“

Jannis hielt mir eine kleine Tüte entgegen und stellte erst dann fest, dass ich keine Tasche umhängen hatte.

„Hab den Geldbeutel in der Jackentasche“, erklärte ich. „Und den Schlüssel in der Hosentasche. Die Leckerlis kriege ich auch noch unter, keine Angst.“

Ich war wahrscheinlich die einzige Frau in ganz Deutschland, die Handtaschen nicht leiden konnte. Meine Siebensachen stopfte ich immer in irgendwelche Hosentaschen oder in die Jacke. Und wenn ich mal länger unterwegs war, warf ich mir einen kleinen Lederrucksack um. Nur für Notfälle, sprich heiße Sommertage, an denen ich ein Kleid trug, besaß ich eine beige Handtasche. Von H&M, nicht von Prada. Das war alles.

Bevor ich Jannis irgendwas davon erzählen musste, ging ich ins Haus, suchte eine Schüssel hervor und goss Wasser hinein. Als ich diese vor Fridolin abstellte, schlabberte er sofort drauflos.

Hedi kam um die Ecke gebogen. Erleichtert lief ich ihr entgegen, reichte ihr den Schlüssel und erklärte ihr ein paar Kleinigkeiten. Danach wandte ich mich an Jannis.

„Sollen wir meinen Wagen nehmen?" Ich besaß einen uralten Corsa, der nur mit einem innigen Stoßgebet durch den letzten TÜV gekommen war.

„In meinem gibt es eine Hundebox", erklärte er und deutete auf den glänzenden Audi vor seiner Haustür.

Als Hedi Jannis' Hand erblickte, stieß sie einen entsetzten Schrei aus. „Der Finger ist ja total angeschwollen", rief sie. „Und blau ist er auch. Lenja, wieso holst du nicht deine Arnika-Globuli? Die wirken doch Wunder bei Verletzungen, sagst du immer."

Autsch. Hedi meinte es natürlich gut, aber ich sah Jannis' Gesicht an, dass er lieber eine Nacht auf der Streckbank verbringen würde, als sich ein paar der verhassten Zuckerkügelchen einzuwerfen.

„Wir sind auf dem Weg zum Röntgen", antwortete ich und schritt zügig auf den Audi zu.

Mit mürrischem Gesicht übergab Jannis mir die Schlüssel, nachdem er den Kofferraum geöffnet hatte. Dort war tatsächlich eine Hundebox befestigt und mit einer weichen Decke ausgelegt worden.

Für Fridolin sorgte er offenbar gut. Immerhin.

Ich hob den zappelnden Welpen hoch und setzte ihn in die Box, die ich verschloss. Anschließend öffnete ich die Beifahrertür für Jannis.

„Danke“, murmelte er und stieg ein.

Mit bebenden Händen startete ich den Wagen. Obwohl der Morgen noch kühl war, schwitzte ich. Es war ungefähr hundert Jahre her, dass ich etwas anderes als meinen Corsa gefahren hatte. Hier im brandneuen Audi starrte ich auf irrsinnig viele blinkende Anzeigen. Ich musste dreimal mit dem Schaltknüppel herumrühren, bis ich den Rückwärtsgang fand. Und sobald ich das Gaspedal mit dem Fuß auch nur streichelte, schoss der Wagen bereits los.

„Der hat wahrscheinlich fünfmal so viel PS wie meine alte Karre“, entschuldigte ich mich.

Jannis sagte nichts, aber ein schneller Seitenblick verriet mir, dass sein Kiefer angespannt war. Wahrscheinlich biss er sich dauerhaft auf die Lippe, um nicht den Fahrlehrer zu spielen. Oder er hatte einfach nur starke Schmerzen. Ja, genau, das musste es sein. Sooo schlecht fuhr ich nun auch wieder nicht!

Nach den ersten Kilometern hatte ich mich tatsächlich an den Wagen gewöhnt und wir düsten die Landstraße entlang. Seine verletzte Hand lag reglos in seinem Schoß.

„Ist es immer noch schlimm mit den Schmerzen?“, fragte ich, weil mir nichts Besseres einfiel.

„Es geht schon“, behauptete er. Auch, wenn ich ihn noch nicht lange kannte, konnte ich seiner Stimme anhören, wie gepresst sie war.

Als er aus dem Fenster sah, musterte ich ihn heimlich. Ich konnte Neles Begeisterung verstehen. Jannis hatte das Profil eines Models. Dass er heute nicht wie sonst glattrasiert war, sondern ein dunkler Bartschatten zu sehen war, gefiel mir umso besser. Auch die dichten, dunkelbraunen Haare waren durch den Frühsport verstrubbelt, was mein Herz schneller schlagen ließ. Wie sie sich wohl anfühlten? Er drehte den Kopf, mein Blick versank für eine Millisekunde in seinen fast schwarzen Augen.

Mist, er hatte mich ertappt! „Ich, äh, wollte fragen, ob du die Adresse der Praxis raussuchen kannst. Um mich mit dem Handy dorthin zu navigieren."

„Ulmenstraße siebzehn", sagte er und drückte auf einen Knopf.

Verwirrt sah ich Jannis an.

„Du musst es nachsprechen. Für die Navigation", erklärte er. „Funktioniert aber nur vom Fahrersitz aus."

Klar. Dieser Wagen hatte ein eingebautes Navi. Meiner nur ein Radio mit Kassettendeck, so alt war der.

Ich wiederholte also brav die Adresse und tatsächlich erklärte mir eine sanfte Frauenstimme, dass ich in zwölf Kilometern rechts abbiegen sollte.

Eine halbe Stunde später parkte ich mit einiger Mühe vor einem noblen Ärztehaus ein.

„Warte, ich mach dir die Tür auf", sagte ich und lief ums Auto herum. „Sollen wir noch schnell Nummern austauschen? Dann kannst du mir Bescheid geben, wenn du fertig bist. Nicht, dass ich mit Fridolin in einem Park herumlaufe und nicht beim Auto bin."

„Gute Idee, das machen wir", sagte er und gab mir sein Handy, damit ich meine Nummer einspeichern konnte.

Beim Aussteigen hatte er seine Hand offenbar ein wenig bewegt und das schien so schmerzhaft zu sein, dass er erneut kalkweiß im Gesicht war. Wie gerne hätte ich ihm geholfen! Die Schmerzen irgendwie gelindert. Ein paar Kräuter und Globuli würden mir da einfallen, aber erstens hatte ich nichts davon dabei und zweitens würde er mir die um die Ohren hauen. Außerdem war er auf dem Weg zu einem Spezialisten, alles würde gut werden.

„Bis später. Und danke fürs Fahren“, presste er hervor und ging ins Gebäude.

Ich sah ihm eine Weile nach, dann ließ ich Fridolin aus der Autobox, setzte ihn auf den Boden und leinte ihn an.

Meine Knie fühlten sich noch immer an wie eine Käsesahne-Füllung, meine Kehle wie Raufasertapete. Aber vielleicht würde sich das etwas lösen, wenn ich mich mit Fridolin beschäftigte. Gleich in der Nähe befand sich ein kleiner Park, in dem spazierten wir beide eine Weile umher. Da ich mein Handy sowieso immer in der Hand hatte, um keinesfalls eine Nachricht von Jannis zu verpassen, googelte ich nach Verletzungen des Fingers. Frido beschnupperte eifrig einen Baumstamm, der offenbar vielen Hunden als Stelle zum Beinchen-Heben diente, also hatte ich kurz Zeit.

Sowohl bei Fraktur als auch bei Kapselriss stand, dass das Ganze eine äußerst schmerzhafte Sache wäre und sich über Wochen hinziehen konnte. Mir wurde schlagartig übel. Mehrere Wochen? Himmel! Ich konnte doch nicht mein Café und den Laden komplett aufgeben, um Jannis‘ Assistentin zu spielen!

Zum Glück fiel mir ein, dass er eine Arzthelferin eingestellt hatte. Wenn deren Urlaub vorbei wäre, würde die den Job übernehmen. Puh.

Seltsamerweise gab es einen Teil in mir, dem die Vorstellung gefiel, Zeit mit unserem neuen Doc zu verbringen. Wahrscheinlich war das einfach meine angeborene Neugierde. Was sollte es sonst sein?

Bevor ich länger darüber nachdenken konnte, trudelte

eine Nachricht ein. „Bin gleich da.“

Okay. Ich zerrte Fridolin, der immer noch völlig verzückt an der Rinde schnupperte, zurück auf den Kiesweg und aus dem Park. Kaum kamen wir beim Auto an, sah ich Jannis durch die Eingangstür des Ärztehauses kommen. Seine rechte Hand steckte in etwas, das aussah wie ein halber Handschuh und dafür sorgte, dass sein Mittelfinger gestreckt blieb. Ich schluckte. Die Tatsache, dass er eine Schiene trug, sprach nicht unbedingt dafür, dass es nur eine harmlose Verstauchung war. Und dass er mir nun quasi dauerhaft seinen Mittelfinger entgegenstreckte, passte zur Situation.

„Hast du eine Diagnose?“, fragte ich ängstlich.

„Kapselriss. Wie bereits vermutet.“

„Verdammt.“

Er nickte und lachte bitter. „Echt wahr. Langwierige Sache.“

„Und schmerzhaft. Ich habe gegoogelt“, gab ich zu.

Als Antwort kramte er eine Tablettenpackung aus der Hosentasche und versuchte, eine herauszudrücken. Ich half ihm und gab sie ihm in die linke Hand. Er schluckte sie trocken hinunter.

Ich hoffte, das Schmerzmittel würde schnell seine volle Wirkung entfalten, und öffnete die Beifahrertür, nachdem ich Fridolin verstaut hatte.

Eine Weile fuhren wir schweigend, dann fragte er plötzlich: „Was wolltest du eigentlich mit mir besprechen?“

Im ersten Moment hatte ich keinen Schimmer, was er meinte, deshalb warf ich ihm einen fragenden Blick zu.

„Beim Joggen“, erklärte er. „Du hast mir etwas zugerufen, weil du mich anhalten wolltest. Um etwas zu bereden.“

„Stimmt“, erwiderte ich widerwillig. Der Zeitpunkt erschien mir äußerst ungünstig, aber ich musste seine Frage beantworten.

Also holte ich tief Luft und begann anschließend zu sprechen. „Weißt du, ich hatte den Eindruck, dass da ein Missverständnis vorliegt. Ich habe mich nämlich keinesfalls als Ärztin aufgespielt oder den Leuten, die bei mir Tee kauften, irgendwelche Wunderheilungen versprochen. Ich kenne meine Grenzen sehr wohl.“

„Kommt bei deinen Kunden aber anders an“, konterte er. „Die glauben nämlich, mit einer ominösen Leberkur samt irgendwelchen Tropfen können sie alles heilen und brauchen nicht mal eine Untersuchung.“

„So ist das nicht! Ich rate Hinnerk seit Jahren, sich ordentlich durchchecken zu lassen! Du kannst seine Frau Hedi fragen, die wird das bestätigen. Aber er ist so ein Sturkopf und weigert sich grundsätzlich, eine Arztpraxis zu betreten. Dass er zu dir kam, liegt nur an seiner Neugier.“ Ich versuchte ein kleines Lächeln, aber möglicherweise verrutschte es ein wenig.

„Und du glaubst allen Ernstes, irgendwelche Tees und Pülverchen könnten einer kranken Leber helfen?“

Ich verdrehte die Augen, was er zum Glück nicht sah. Himmel, war dieser Mann stur! Der stand Hinnerk in nichts nach.

„Natürlich weiß ich, dass man sich regelmäßig untersuchen lassen sollte und dass eine kranke Leber richtig behandelt werden muss. Aber einer gesunden Leber schadet es ganz sicher nicht, mal für ein paar Wochen Kräutertee statt Eierlikör eingeflößt zu bekommen, sich nicht mit tierischem Fett herumplagen zu müssen und bei einem warmen Wickel zu entgiften.“

„Die Spezialtropfen nicht zu vergessen“, erinnerte er mich.

Nun seufzte ich so, dass er es mitbekam. „Das sind Bittertropfen, reine Pflanzenauszüge! Du weißt sicher, dass man unserem Gemüse und Salat über viele Jahre fast alle Bitterstoffe weggezüchtet hat. Dabei sind die so gesund. In den Tropfen ist also nur das drin, was man noch vor fünfzig Jahren zu sich nahm, wenn man im Garten sein eigenes Grünzeug angebaut hat.“

„Humbug“, murmelte er vor sich hin und sah aus dem Seitenfenster.

Schon wieder verdrehte ich die Augen. Wenn das so weiterging, würde ich bald selbst einen Arzt aufsuchen müssen, und zwar einen Spezialisten für Muskelkater in der Augenregion. Wahrscheinlich würde man eine Krankheit nach mir benennen. „Oh, der Muskelring um Ihre Augen ist völlig überlastet, Sie haben das Lenja-Augenverdreh-Syndrom, eine sehr ernste Sache“, würden künftige Ärzte ihren Patienten mitteilen.

Oh Mann. Da ich leider noch viele Tage mit Jannis auskommen musste, beschloss ich einzulenken.

„Du hast schon auch recht“, gab ich zähneknirschend zu. „Ich hätte die Möwenitzer noch viel öfter zum Arzt schicken müssen. Vielleicht habe ich manche Wehwehchen tatsächlich auf die leichte Schulter genommen. Aber ernsthaft Kranke habe ich sowieso niemals behandelt, das kann dir jeder im Ort bestätigen.“

„Und wieso hat Hedi dann was von Globuli gesagt, als wir eingestiegen sind?“, beharrte er. „Sie geht offenbar davon aus, dass die einen Knochenbruch heilen können.“

Jannis hatte sich wieder mir zugewandt und sah mich an. Ich hatte Mühe, mich auf die Straße zu konzentrieren, so sehr faszinierte mich der Blick aus diesen dunklen Augen. Sie ähnelten in der Farbe meinen Zartbitter-Pralinen mit Cognac-Füllung und übten eine ungewöhnlich starke Anziehung aus. Lag sicher daran, dass ich immer noch aufgewühlt war wegen Jannis‘ Unfall. Das, was er redete, war allerdings ein großes Missverständnis.

„Da täuschst du dich. Ich gebe Arnika gern mit bei Verletzungen. Nein, nicht als alleinige Behandlung, sondern zur Unterstützung, quasi für den Weg zum Arzt. Ich habe sogar schon von Kliniken gehört, die ihren Patienten bei Operationen Globuli anbieten.“

„Klar. Zur Nervenberuhigung. Würde auch mit Tictac funktionieren“, konterte er, klang aber nicht mehr so missmutig wie vorher, sondern amüsiert.

Ich atmete tief durch. Und rief mir in Erinnerung, dass ich mit ihm nicht über Alternativmedizin diskutieren wollte, sondern nur klarstellen, wie harmlos meine Tees waren.

„Ist ja auch egal. Jedenfalls habe ich mich nie als Ärztin gesehen, sondern hauptsächlich Tees empfohlen, die man auch in jedem Drogeriemarkt kaufen kann. Es gab bei mir weder Ayahuasca-Zeremonien noch Aderlass-Sitzungen, ich habe auch keine Koka-Blätter im Sortiment und biete weder Krötenbein-Extrakt noch Otternasen an.“

So, jetzt hatte ich es ihm endlich gegeben!

Er schwieg eine halbe Minute. Offenbar genügte ihm meine Erklärung. Ich hoffte jedenfalls sehr, dass er mir glaubte.

„Keine Otternasen? Das ist schade. Aber gefüllte Jaguarohrläppchen hast du im Angebot, oder?“, sagte er aus dem Nichts. Und es klang, als hätte er ein Lächeln in der Stimme.

Als ich den Kopf drehte, war dieses Lächeln auch in seinem Gesicht. Und es stand ihm umwerfend gut.

Ich schmunzelte ebenfalls. „Mit einer Tüte Wolfszitzenchips könnte ich dienen. Frisch geröstet."

Zum ersten Mal, seit wir im Auto saßen, lachte Jannis kurz auf. Es war ein schönes Lachen, ein melodisches, tiefes Männerlachen, das mir unter die Haut kroch, bis in meinen Magen hinab glitt und dort sieben Purzelbäume schlug.

Irgendwie hatte sich die Anspannung zwischen uns mit einem Mal gelöst. Vielleicht weil er einsah, dass ich keine Möchtegern-Ärztin war. Vielleicht, weil ihm klar wurde, dass er mich in den nächsten Tagen brauchen würde.

„Es tut mir leid, Lenja. Ich hätte dich nicht so anfahren sollen wegen der Sache mit der Leine. Du hast völlig recht, Fridolin hätte auch einfach so vor meine Beine laufen können. Ich war nur so sauer, weil ich gleich gespürt habe, dass was nicht stimmt mit meiner Hand. Und weil das jetzt, wo die Praxis neu ist, eine echte Katastrophe ist." Er seufzte schwer.

„Kann ich gut verstehen. Es gibt ja nie einen passenden Zeitpunkt, aber genau in den Anfangswochen ist es besonders schlimm."

Jannis nickte. „Und was die Sache mit Tropfen und Kügelchen anbelangt: Ich hatte leider schon ein paar unschöne Erlebnisse mit selbst ernannten Heilkundigen. Allerdings hast du deine Ausbildung zur Kräuterhexe offenbar bei *Monty Python* gemacht, das ändert natürlich alles", sagte er und klang, als würde seine Stimme mir zuzwinkern.

„Und ich hätte nicht gedacht, dass ein seriöser Mensch wie du *Das Leben des Brian* gut findet."

„Ich kann den Film komplett mitsprechen“, behauptete er stolz.

„Pah! Das glaube ich nie im Leben. Da bräuchte ich schon einen Beweis, du Rübennase“, entfuhr es mir.

Verflixt! Das klang jetzt, als würde ich mit ihm einen lustigen Filmabend verbringen wollen. Was absolut nicht stimmte. Ich fühlte Hitze in meine Wangen steigen. Auch das noch!

Andererseits würde sich jetzt gleich herausstellen, ob der den Film wirklich so gut kannte. Dann würde er auf die *Rübennase* mit dem passenden Filmzitat antworten.

Dazu kam es allerdings nicht, denn sein Handy klingelte. Er zog es umständlich aus der Hose, sah darauf und fluchte leise.

„Meine Schwester. Auf die habe ich nun wirklich keine Lust. Die ist auf dem Weg in den Urlaub, hängt garantiert am Flughafen herum und langweilt sich.“ Er drückte das Gespräch weg.

„Willst du ihr nichts von deinem Unfall erzählen?“, fragte ich überrascht. Vielleicht könnte sie ja kommen und ihm zur Hand gehen?

„Sie ist auf dem Weg nach Paris, den Kurztrip will ich ihr nicht verderben. Sie freut sich seit Wochen darauf.“

Ich schluckte trocken. „Wie geht es jetzt weiter mit deiner Praxis?“, fragte ich vorsichtig.

„Gar nicht“, sagte er tonlos. „Mit nur einer Hand kann ich weder Blutdruck messen noch sonst eine Untersuchung durchführen. Nicht mal eine Impfung funktioniert einhändig. Und meine Arzthelferin ist noch auf Teneriffa. Die wird nicht ihren Urlaub abbrechen.“

„Ich könnte helfen“, sagte ich.

Erst als ich es ausgesprochen hatte, wurde mir das Ausmaß dieses Vorschlags bewusst. Herrje, wenn er darauf einging, würden wir den gesamten Tag gemeinsam verbringen müssen! Ob dabei nicht Mord und Totschlag herauskamen?

Aber ich war nicht unschuldig an seiner Situation, also war es das Mindeste, eine helfende Hand zu reichen. Im wahrsten Sinne des Wortes.

„Das ist nicht dein Ernst“, stieß er hervor.

„Wieso denn nicht? Überleg doch mal. Du wirst hauptsächlich Patienten aus Möwenitz oder den Nachbarorten haben. Die kenne ich alle. Und die haben sicher kein Problem damit, sich von mir die Blutdruckmanschette umlegen zu lassen. Außerdem kann ich dir eine Menge über ihre Gewohnheiten und auch ihre Vorgeschichte erzählen.“

„Und wenn ein Tourist kommt?“

„Dann bin ich eben eine Praktikantin. Das Wichtigste ist doch, dass du deine frisch eröffnete Praxis nicht gleich wieder schließen musst. Zu den Hausbesuchen kann ich dich auch chauffieren. Oder zwischendurch mit Fridolin Gassi gehen.“

Es klang logisch, was ich sagte. Trotzdem hatte ich das Gefühl, jemand hätte eine Hundeleine um meinen Hals geschlungen und würde sie langsam zuziehen. Wusste ich wirklich, was ich tat? War dieser Vorschlag nicht vollkommen verrückt und würde mich direkt in den Nervenzusammenbruch führen?

Jannis überlegte eine ganze Weile. Schließlich warf er sich eine weitere Ibu in den Mund. Ob die gegen die Schmerzen in der Hand war oder eher die Vorstellung betäuben sollte, mit mir zusammenzuarbeiten, wusste ich nicht.

„Okay“, sagte er und klang erschreckend ernst. „Mir ist

die Praxis wirklich wichtig, deshalb lasse ich mich darauf ein. Alternativen fallen mir nämlich beim besten Nachdenken nicht ein. Du spielst also meine Assistentin."

Mein Magen verknotete sich zu einem festen Klumpen. Schlagartig kamen mir all die Assistentinnen in Fernsehserien in den Sinn, die von ihren Chefs aufs Übelste herumkommandiert wurden. Okay, manche waren am Ende in seinem Bett gelandet, aber das stand bei Jannis und mir nicht zur Diskussion.

Ich nickte. „Ab sofort bin ich deine rechte Hand. In jeder Hinsicht."

Er sah nicht aus, als fände er das Wortspiel komisch.

Und mir schossen dummerweise ein paar Dinge durch den Kopf, für die Männer ihre rechte Hand nutzten, die mich erröten ließen.

Himmel, worauf hatte ich mich da nur eingelassen?

8. Des Nachbarn rechte Hand

„Das glaube ich einfach nicht“, keuchte Nele, als ich ihr von meinem neuen Einsatzgebiet erzählte.

Ich hatte Jannis vor seinem Haus abgesetzt, den Hund ausgeladen und ihm geholfen, Fridolin zu füttern. Eine Dose einhändig zu öffnen, war nämlich unmöglich.

Die Hausbesuche hatte er auf abends verschoben. Da die ersten angemeldeten Patienten erst in einer Stunde hereinschneiten, hatte ich ein wenig Zeit. Die hatte ich genutzt, um im Laden und Café nach dem Rechten zu sehen. Und um Nele auf den neusten Stand zu bringen.

„Du gehst dem Herrn Doktor also zur Hand“, fasste sie richtigerweise zusammen.

„Yes. Genau das.“

Plötzlich kicherte sie los. „In jeder Hinsicht? Ich meine – hast du dir schon mal überlegt, ob er den Reißverschluss seiner Hose allein öffnen kann, wenn er aufs Klo muss?“

„Nele!“, rief ich. Hatte aber sehr seltsame Bilder im Kopf.

„Eine Arzthose hat bestimmt Gummizug“, stellte ich klar. Trotzdem war mir mulmig zumute.

Nele schien, wie so oft, meine Gedanken zu erraten.

„Überlegst du, wo er außerhalb der Praxis auch noch Hilfe braucht?“, sagte sie. „Der Arme kann sich ja nichts kochen. Denn wie soll er einen Nudeltopf ausgießen?“

Dass sie breit grinste, konnte ich ihrer Stimme anhören.

„Das gefällt dir, nicht wahr?“, fragte ich.

„Und wie! Ich stell mir gerade vor, wie er dich ganz hilflos mit seinen Welpenaugen ansieht und dich bittet, ihm eine Stulle zu schmieren.“

Bei der Vorstellung musste sogar ich losprusten.

„Er hat die Hand doch nicht komplett im Gips, sondern trägt nur eine Schiene. Dann soll er ein Buttermesser in die Handmanschette stecken, das wird schon irgendwie funktionieren.

„Und die Knöpfe an seinem Pyjama“, fuhr Nele kichernd fort. „Ach nein, Männer wie er tragen so etwas nicht. Ich wette, er schläft mit nacktem Oberkörper. Als Jogger hat er bestimmt ein tolles Sixpack. Schau heute Abend mal nach!“

„Das einzige Sixpack, das mich nach einem Tag mit Jannis interessiert, steht in meinem Kühlschrank.“

„Hehe“, machte Nele. „Das klingt ein bisschen wie diese Schicksalsberichte, die manchmal in Zeitschriften stehen. *Mein Nachbar, der sexy Arzt, machte mich zur Alkoholikerin!* Schreib so eine Story und verkauf sie an eine Zeitung, das bringt sicher Kohle. Apropos Kohle – zahlt der Herr Doktor dir eigentlich was?“

„Keine Ahnung. Eher nicht, schätze ich. Immerhin habe ich meine Hilfe ja angeboten.“

Mir wurde schon jetzt himmelangst.

„Ja, weil du so nett bist. Und nicht, weil du an irgendwas schuld bist. Das weißt du hoffentlich? Der Hund hätte ihm auch wegen sonst was vor die Beine laufen können.“

„Ist er aber nicht. Sondern, weil ich gerufen habe. Und selbst wenn ich nicht an dem Unfall beteiligt gewesen wäre – Jannis ist mein Nachbar. Und in Möwenitz hilft man seinen Nachbarn."

„Insbesondere, wenn sie männlich und sexy sind", setzte sie nach und schnurrte bei den letzten Worten wie Tiki, wenn sie einen fremden Futternapf leer fraß.

„Ich sehe jetzt mal in meinem Laden nach, was los ist. Bevor du noch völlig durchdrehst", sagte ich grinsend.

„Ziehst du eigentlich eine neckische Schwesternuniform an? Mit kurzem Röckchen?" Nele kicherte, als hätte sie Sekt intus. Dafür war es aber deutlich zu früh.

„Klar. Minirock, Stilettos und ein tief dekolletiertes Oberteil. So wie ich eben immer herumlaufe", gab ich zurück. „Ich werde später berichten, okay?"

„Jedes Detail!", bekräftigte Nele und verabschiedete sich. Ich schmunzelte, während ich das Telefon weglegte.

Meine Freundin brachte mich immer wieder zum Lachen und das war wahnsinnig viel wert.

Ob ich heute Nachmittag ebenfalls etwas zu lachen hatte, würde sich erst noch herausstellen.

Nachdem ich Hedi ein paar Anweisungen gegeben und eine Brötchenbestellung fertiggemacht hatte, sah ich auf die Uhr. Es wurde Zeit.

Ich drehte mit Fridolin eine schnelle Gassirunde, anschließend klingelte ich in der Praxis.

Jannis öffnete mir als Dreiviertelgott in Weiß. Ich musste fast den Atem anhalten, so unverschämt gut sah er aus in der weißen Arzthose und dem Poloshirt. Durch den Kontrast wirkten seine Haare und Augen noch dunkler, außerdem schien die schlichte Arzt-Uniform noch mehr zu betonen, wie markant seine Gesichtszüge waren. Jeder TV-

Regisseur mit Augen im Kopf würde Jannis umgehend für die Hauptrolle in einer Arztserie besetzen und Werbeplakate drucken lassen.

„Wo, äh, soll ich Fridolin hinbringen?“, fiel mir zum Glück etwas ein, das ich sagen konnte, während ich mich neugierig umsah.

Kaum zu glauben, dass diese helle Praxis früher mal eine Buchhandlung gewesen war. Wenn man hereinkam, stand man vor dem geschwungenen Anmeldetresen, der wie der Rest der Praxis in Weiß- und Pfirsichtönen gehalten war. Offenbar hatte Jannis ein paar dünne Zwischenwände einziehen lassen. An ihnen hingen Aquarelle, die pastellfarbene Blumen und Blütenblätter zeigten. Die Strahler an der Decke ließen die Wände freundlich leuchten, zwei Ficus-Bäume in geräumigen Kübeln sorgten für frisches Grün. Ich gab es ungern zu, aber Jannis‘ Praxis verströmte heimelige Wohlfühl-Atmosphäre.

Er beugte sich zu seinem Hund, um ihm den Kopf zu tätscheln. „Bring ihn nach hinten in den Garten. Da fühlt er sich wohl. Das Wartezimmer hat ein bodentiefes Fenster, da kann er hereinschauen. Vielleicht füllst du noch seine Näpfe auf? Eine Dose mit einer Hand zu öffnen, ist schwierig.“ Er ging mit mir in den Flur und zeigte mir, wo sein Futter stand.

Ich gab Futter und Wasser in die beiden Näpfe, auf die Frido sich sofort stürzte, und stellte beruhigt fest, dass er hier im Grünen ein kuscheliges Hundenest auf der überdachten Terrasse hatte. Als ich zurückging, wollte ich Jannis eigentlich fragen, wie er es hinbekam, sich während der Öffnungszeiten um den Welpen zu kümmern, doch er überfiel mich sofort mit anderen Dingen.

„Du kannst hoffentlich mit einem Computer

umgehen?“, fragte er und schaltete den ein, der an der Anmeldung stand.

„Ich bin kein totaler Nerd, aber die normalen Sachen beherrsche ich.“

„Gut.“ Er nickte zufrieden und klickte eine Anwendung an. „Hier trägst du die Patienten ein. Sollte für dich kein Problem darstellen, du kennst die meisten sowieso. Ich zeige dir beim ersten, wie man die Versichertenkarte einliest. Natürlich musst du für jeden neuen Patienten erst eine elektronische Akte anlegen.“

Obwohl er nur mit einer Hand tippen konnte, raste er durch das PC-Programm, sodass mir bald schon der Kopf rauchte.

„Nach der Sprechstunde oder zwischendurch“, fuhr Jannis fort, „diktiere ich dir dann die Diagnosen und was du sonst noch erfassen musst.“

„Ich muss aber keine Abrechnung machen, oder?“ Vor solchen Dingen hatte ich Heidenangst, da durfte nicht der kleinste Fehler passieren.

„Nein, das erledigt dann Birgit, wenn sie hier anfängt. Sie hat in der alten Praxis mit mir zusammengearbeitet und macht das mit Links. Aber ihr Urlaub war schon gebucht, als sich das hier in Möwenitz kurzfristig ergeben hat.“

„Wo hattest du denn vorher deine Praxis?“ Mir fiel erst jetzt auf, dass ich rein gar nichts über ihn wusste. Außer vielleicht, dass er eine total durchgeknallte Schwester mit rotem Sportwagen hatte und dass er gern joggte.

„In Wismar. Ich war dort angestellt. Aber für Smalltalk ist jetzt keine Zeit, ich muss dir noch so viel erklären. Komm mit in den Behandlungsraum.“

Gehorsam trottete ich hinter ihm her, ließ mir Instrumente zeigen, mich über Arbeitsabläufe aufklären und mir mehrfach einbläuen, dass ich zu schweigen hatte, wenn er mit den Patienten redete.

Wahrscheinlich hatte er Angst, dass ich urplötzlich mit irgendeiner quacksalberischen Diagnose um die Ecke kommen oder aus meinem Fundus ein Glas mit Blutegeln hervorzaubern würde.

„Ich hab's kapiert“, sagte ich irgendwann entnervt. „Klappe halten, nur reden, wenn der Halbgott in Weiß mir das Wort erteilt, und ständig Hände waschen. Muss ich dich auch mit runden Augen anhimmeln wie es bei Professor Brinkmann in der Schwarzwaldklinik üblich war?“

„Nur, wenn du dir eine Schwesternuniform mit kurzem Röckchen und eine 80er-Jahre-Dauerwelle zulegst“, gab er zurück. Seine Mundwinkel zuckten dabei.

Auf den Mund gefallen war er nicht. Immerhin. Trotzdem ärgerte ich mich darüber, dass er mich behandelte, als wäre ich eine Vierzehnjährige, die zum allerersten Mal ein Praktikum in der Arbeitswelt antrat. Ich führte seit vielen Jahren meinen eigenen Laden plus Teestube, war Unternehmerin und nicht auf den Kopf gefallen!

Bevor ich mich darüber beschweren konnte, erschallte ein schrilles Rasseln. Erstaunt sah ich mich um. Explodierte da gerade sein Ultraschallgerät oder was war das?

Doch Jannis grinste mich nur an.

„Showtime!“, sagte er und drückte auf einen Knopf am Tresen. Das Rasseln war die Türklingel gewesen. Die Eingangstür öffnete sich und ein älteres Ehepaar trat ein. Die Frau humpelte deutlich.

„Geh bitte an die Anmeldung“, raunte Jannis mir zu.

Ich eilte hinter die Theke. „Was können wir für Sie tun, Herr und Frau Mellinger?“, fragte ich freundlich. Das Paar lebte erst seit ein paar Monaten in Möwenitz, sie hatten ein

Haus am Ortsrand bezogen.

Der Mann legte eine Versichertenkarte auf den Tresen. „Meine Frau hat wieder Probleme mit dem Knie. Kann sich das der Herr Doktor anschauen?“ Die beiden warfen Jannis einen flehenden Blick zu.

Der straffte die Schultern. „Selbstverständlich, dafür bin ich ja da. Allerdings bin ich heute etwas gehandicapt.“ Er deutete auf seine geschiente Hand. „Deshalb wird Lenja mir assistieren. Ist das für Sie in Ordnung?“

„Sicher doch.“

Erleichtert ließ ich die Luft entweichen, die ich unbewusst angehalten hatte. Nicht jeder Patient würde sich wohl darüber freuen, dass die Teetante von nebenan plötzlich als Arzthelferin einsprang.

Jannis zeigte mir, wie man die Karte einlas und die fehlenden Daten der Patientin in das Programm tippte. Nach dem Paar kam gleich ein junger Mann, den ich nicht kannte, anschließend die alte Frau Ohlenkamp. Puh, ein richtiger Ansturm!

Ich erklärte allen, was los war, und bat die Patienten, mit mir geduldig zu sein.

Frau Ohlenkamp lächelte mich an. „Mach dir keinen Kopp, min Deern. Wir sind froh, dass wir endlich einen Arzt haben! Und dass du aushilfst, rechnet dir bestimmt jeder hoch an.“

Das beruhigte mich ein wenig. Ich tippte alle Daten ein, da rief Jannis mich auch schon ins Behandlungszimmer, um ihm bei Frau Mellinger zu assistieren.

Auch wenn er sich mir gegenüber barsch zeigte – bei den Patienten sprach er mit sanfter Stimme, lies sich mit Engelsgeduld die Leidensgeschichte des Knies erklären und packte sein allercharmantestes Lächeln aus, als er sagte: „Das kriegen wir sicher wieder hin, Frau Mellinger, machen Sie sich keine Sorgen."

Dem Strahlen nach zu urteilen, dass auf dem Gesicht der Frau aufblühte, glaubte sie ihm jedes Wort. Und hoffte wahrscheinlich gleichzeitig auf ein paar kleinere Wehwehchen, um regelmäßig beim umwerfenden Herrn Doktor vorbeischauen zu können.

Ich wusste nicht recht, was ich davon halten sollte. War das eine Masche? Bezirzte er die Patientinnen mit seinem Zahnpastalächeln und versicherte er ihnen schnelle Heilung, damit sie für ihn die Werbetrommel rührten? Oder war das echt?

„Ganz wichtig wäre, dass Sie ein paar Übungen machen. Die erste am besten gleich morgens im Bett", erklärte er. „Ich zeig Ihnen die gleich mal."

Verwundert beobachtete ich, wie Jannis auf die Liege kletterte, sich hinlegte, und der Patientin geduldig vorführte, wie sie ihr Knie bewegen sollte. Er nahm sich sogar die Zeit, ihr zwei weitere Übungen im Stehen zu zeigen. Und er versicherte ihr erneut, dass sie bald wieder herumhüpfen würde wie ein junges Reh.

„Ach, Herr Doktor!" Sie lief rot an. „Ein junges Reh bin ich wirklich nicht. Aber ich verspreche, die Übungen zu machen."

„Das will ich hoffen." Er strahlte sie an, ein Traummannlächeln im Gesicht. „Ich werde beim nächsten Mal nämlich kontrollieren, ob das stimmt. Eine Salbe schreibe ich Ihnen aber auch noch auf."

Sie kicherte wie ein Mädchen und strahlte zurück.

Das musste man ihm lassen, mit Patienten konnte er wirklich gut umgehen. Auch wenn das Wartezimmer fast überquoll, hörte er jedem von ihnen geduldig zu und gab ihnen das Gefühl, der wichtigste Fall des heutigen Tages zu sein. Ich gab es ungern zu, aber das gefiel mir.

Ich hatte ihn für einen dieser 08/15-Mediziner gehalten, der seine Patienten möglichst schnell abfertigte. Weil die Kasse sowieso nur eine kleine Pauschale bezahlte oder so. Aber er ging tatsächlich auf alle Wehwehchen ein – wenngleich in schulmedizinischer Engstirnigkeit.

Kurze Zeit später pumpte ich auch schon bei einem anderen Patienten die Armmanschette auf, damit Jannis den Blutdruck ablesen konnte. Bei der Eingangstür hatte ich inzwischen den Schnapp-Mechanismus eingestellt, sodass die Patienten, ohne zu klingeln, hereinkommen konnten. Heute war offenbar ein Tag, an dem jeder zweite Möwenitzer urplötzlich zum Arzt musste, denn das Wartezimmer war fast voll besetzt. Lag sicher eher an der Neugier als an akuten Erkrankungen.

Die Patientin jedoch, die nun hereingekommen war, hatte allem Anschein nach ein wirkliches Problem, denn sie polterte laut durch die Tür und hatte ein weinendes Kind dabei.

Jannis gab mir durch ein Nicken zu verstehen, dass ich nach dem Blutdruckmessen nach draußen schauen sollte. Ich verließ das Behandlungszimmer und rannte um ein Haar in Anneke, Arnes Schwester, die eine ihrer Zwillingstöchter hinter sich herzog. Das Mädchen hatte eine Schürfwunde im Gesicht, hielt sich den Ellbogen und weinte. Allerdings nicht so sehr wegen der Verletzungen, sondern weil sie nicht hier sein wollte.

„Ich will zu keinem Doktor“, heulte sie. „Der tut mir bestimmt nur weh!“

„Lotta, das stimmt nicht. Er ist sicher ganz vorsichtig. Aber wir müssen deinen Ellbogen anschauen lassen“, beharrte Anneke.

„Nein!“, kreischte Lotta in höchsten Tönen und machte Anstalten, dem Griff ihrer Mutter zu entkommen und davonzulaufen.

Überrascht sah ich Anneke an. Sie besuchte ihren Bruder regelmäßig und war oft bei mir im Laden gewesen, deshalb kannte ich sowohl sie als auch ihre beiden Töchter. Lotta und Leonie waren zwei kleine Wirbelwinde, die ich als recht robust eingeschätzt hätte. Sie tobten liebend gern am Strand herum, spielten ihrem Onkel Arne kleine Streiche und waren alles andere als verzärtelt.

„Sie hat mal schlechte Erfahrungen gemacht“, raunte Anneke mir zu. „Bei einem anderen Arzt. Der hat ihr ohne Vorwarnung eine Wunde desinfiziert, was schlimm gebrannt hat. Seither traut sie keinem Weißkittel mehr.“

Bevor ich antworten konnte, kam Jannis aus dem Sprechzimmer. Er umriss die Lage mit einem Blick und wandte sich den anderen Patienten zu.

„Ein Notfall geht immer vor, das verstehen Sie sicher. Dafür nehme ich mir für jeden von Ihnen ganz viel Zeit!“, sagte er und bat Anneke ins zweite Behandlungszimmer.

Ich lief voraus und flüsterte ihm eilig zu, dass Lotta Angst hatte. „Ist mir schon aufgefallen“, sagte er.

Nur zögerlich folgte Lotta ihrer Mutter und blieb im Türrahmen stehen, unschlüssig, ob sie die Höhle des Löwen betreten sollte.

„Du kannst gern dort stehenbleiben“, sagte Jannis mit teddybärenruhiger Stimme und lächelte das Mädchen an. „Ich höre mir erst einmal an, was passiert ist. Und dann kannst du entscheiden, ob du mir eine deiner Verletzungen zeigen magst oder nicht.“

Das überraschte Lotta. Sie unterbrach ihr Weinen und

sah Jannis verdutzt an.

„Ich kann einfach hier stehenbleiben?"

„Klar. Und wenn du kein gutes Gefühl hast, kannst du einfach wieder gehen", bestätigte er.

Unsicher sah Lotta zu ihrer Mutter.

„Wir waren am Spielplatz", erklärte Anneke. „Sie ist aufs Klettergerüst hoch, wirklich bis ganz oben. Und dann ist sie plötzlich heruntergesprungen. Oder abgerutscht."

„Wow", sagte Jannis. „Du hast echt Mut. So etwas habe ich mich nie getraut. Ich bin da ein totaler Schisser."

Lottas Augen weiteten sich. So etwas hatte sie sicher noch nie von einem Arzt gehört. „Echt?", fragte sie mit zitternder Stimme.

„Absolut. Ich war schon als Kind ein Angsthase. Kennst du diese Wippen, wo auf jeder Seite zwei Kinder sitzen können?"

„Logo, das ist was für Babys." Sie klang nun deutlich gefasster. Bei diesem Thema war sie in ihrem Element.

„Da wollte ich nie mit wilden Kindern wippen. Manche kommen nämlich absichtlich so hart auf dem Boden auf, dass es die an der anderen Seite fast aus dem Sitz schleudert. Schrecklich!"

Ich starrte ihn mindestens so verblüfft an wie Lotta. So, wie er es erzählte, glaubte ich ihm jedes Wort!

„Das ist doch das Beste!", widersprach sie ihm eifrig. „Wenn man da so einen Hops macht! Da kribbelt es richtig in meinem Bauch."

Er schüttelte entsetzt den Kopf. „Nicht für mich. Ich habe mich da wie verrückt festgehalten. Die anderen haben sich totgelacht über mich."

„Pah!", machte Lotta. „Du bist ja wirklich ein richtiger Angsthase!"

„Lotta! So spricht man nicht mit Erwachsenen“, schimpfte ihre Mutter, doch ich legte meine Hand beruhigend auf ihren Rücken. Im Gegensatz zu Anneke verstand ich, was Jannis vorhatte. Er zeigte sich dem Mädchen gegenüber menschlich, sogar unterlegen, damit sie ihn nicht mehr als Bedrohung sah. Das war wirklich schlau!

„Wieso? Lotta hat recht“, sagte er und wandte sich wieder dem Kind zu. „Warum bist du denn eigentlich heruntergehüpft? Denn dass ein Kletterprofi wie du einfach abgerutscht ist, glaube ich in hundert Jahren nicht.“

Lotta grinste. Noch ein bisschen vorsichtig, aber immerhin. „Das war, weil neben dem Spielplatz der Balu vorbeigelaufen ist. Den wollte ich unbedingt streicheln!“

Jannis riss die Augen auf. „Der Bär aus dem Dschungelbuch? Der läuft hier in Möwenitz rum?“

Nun lachte sie tatsächlich. „Quatsch mit Soße! Ich meine doch den Balu von Frau Johannsen. Den hab ich schon ein paar Mal gestreichelt. Das ist ein Labrador, aber schon ein ganz alter.“

„Ach so! Du bist also ein Hundefan? Magst du denn auch flauschige Welpen?“

„Na klar!“, rief Lotta sofort.

„Lenja, hol doch den Fridolin rein. Der kann uns hier helfen“, wandte er sich an mich.

Eine Sekunde lang starrte ich ihn nur an. Er wollte einen Hund ins Behandlungszimmer holen? Das widersprach sicher sämtlichen Richtlinien für Arztpraxen, die es gab, aber ich fand die Idee absolut wunderbar.

Ein paar Augenblicke später kehrte ich mit dem aufgeregten Fridolin an der Leine zurück. Als Lotta ihn sah, quietschte sie sofort los. „Der ist ja total niedlich! Schau mal, Mama, wie süß der ist. Und das Fell ist sooo weich!“

So wuselig Frido sonst war – in diesem Moment spürte er, dass er eine wichtige Funktion innehatte. Während Lotta jeden Zentimeter seines Plüschfells streichelte, hielt er still wie nie.

„Darf ich mir nebenbei deine kleinen Verletzungen anschauen?“, frage Jannis.

Lotta stimmte sofort zu. Sie ließ sich den Ellbogen untersuchen, in die Pupillen leuchten und sogar die Schürfwunden desinfizieren. Ich assistierte Jannis bei allem und konnte nicht anders, als sein vorsichtiges und einfühlsames Vorgehen zu bewundern.

Lächelnd wandte er sich Anneke zu. „Mit dem Ellbogen ist alles in Ordnung, der ist nur ein wenig geprellt. Und Lotta zeigt auch keine Anzeichen für eine Gehirnerschütterung. Sie soll sich einen Eisbeutel auf den Arm legen, falls er noch wehtut, und sich für den Rest des Tages ruhighalten.“

„Darf ich noch hierbleiben, Mama?“, bettelte Lotta, als Anneke ihre Handtasche hochnahm.

Sie lachte. „Das ist ja ganz was Neues, dass du freiwillig in einer Arztpraxis bleiben willst.“

„Wegen Fridolin!“, erklärte das Mädchen. „Obwohl der Doktor auch voll cool ist. Aber mehr wegen Frido.“

„Du kannst das nächste Mal gerne mit ihm im Garten spielen“, sagte Jannis. „Aber jetzt muss er leider raus. Nicht alle Patienten sind solche Hundenarren wie du, weißt du?“

Sie zog eine Schnute, aber verabschiedete sich brav von Jannis. Ich brachte den Hund zurück in den Garten, ging in die Hocke und tätschelte ihn. „Das hast du richtig gut gemacht, mein kleiner Freund“, flüsterte ich ihm zu. „Du bist etwas ganz Besonderes.“

„Wuff“, machte er und wedelte stolz. Anscheinend war er der gleichen Ansicht.

Nachdenklich kehrte ich zurück in die Praxis. Wie Jannis mit dem ängstlichen Mädchen umgegangen war, gefiel mir. Mehr noch, es verwirrte mich. Nicht viele Menschen hatten dieses Feingefühl. Wie er sich absichtlich als Angsthase dargestellt hatte, um Lotta ein Gefühl der Stärke zu geben, das war richtig gute Psychologie gewesen. Oder folgte er dabei einfach nur seinem Bauchgefühl? Nein, das konnte ich mir bei einem kopflastigen Typen wie ihm nicht vorstellen. Schließlich schimpfte er sich Wissenschaftler und die hatten mit Bauchgefühl nun wirklich nichts am Hut. Oder doch?

„Wo bleibst du denn?“, nörgelte Jannis sofort los, als ich das Behandlungszimmer betrat. „Wir müssen bei Frau Funk einen neurologischen Test durchführen und sehen, ob sie in beiden Beinen die gleiche Kraft hat. Ich sage dir, was du machen musst.“

Um ein Haar hätte ich „Aye, aye, Käpt'n“ gesagt, konnte mich aber im letzten Moment zusammenreißen. Ich setzte ein professionelles Arzthelferinnen-Lächeln auf, desinfizierte mir wieder einmal die Hände und war bereit für die nächste Untersuchung.

So ging das den ganzen Nachmittag weiter. Als ich schon auf dem Zahnfleisch daherkam und heilfroh war, hinter dem letzten Patienten die Tür zu schließen, wedelte Jannis mit dem Autoschlüssel vor meiner Nase.

„Keine Müdigkeit vorschützen, jetzt geht es weiter mit den Hausbesuchen.“

„Nicht dein Ernst!“ Ich starrte ihn entsetzt an. „Willst du nicht deine Hand schonen?“

„Klar will ich das. Aber es gibt noch drei Patienten, die

auf mich warten. Also husch, husch! Dreh du noch eine kleine Runde mit Frido, ich bereite meine Tasche vor.“

Stöhnend holte ich die Leine, ließ Fridolin seine diversen Geschäfte verrichten und lud ihn schließlich ins Auto.

Die Patienten, die wir besuchten, waren nur teilweise bettlägerig. Tildas Vater war der erste, er war sehr schwach, weil er eine Lungenentzündung gehabt hatte, befand sich aber auf dem Weg der Besserung. Wir wurden großzügig mit Kaffee und Kuchen bewirtet. Bei der Nummer zwei handelte es sich um Frau Dörkamp, die wegen ihres Gipsbeins nicht in die Praxis kommen konnte. Ihr Mann hatte extra für uns Schnittchen hergerichtet und liebevoll dekoriert, sodass wir nicht nein sagen konnten. Der letzte Patient dieses Tages war ein zehnjähriger Junge mit Mittelohrentzündung. Sein Vater war beruflich verreist, die Mutter hatte keinen Führerschein, also hatte Jannis zugesagt, bei dem kleinen Lukas vorbeizuschauen. Das Otoskop konnte Jannis inzwischen mit links bedienen, im wahrsten Sinne des Wortes.

„Das Trommelfell ist nicht mehr gewölbt, kaum noch rot, der Erguss hat sich zurückgebildet“, erklärte er der erleichterten Mutter. „Wird alles wieder gut. Aber das Antibiotikum muss er auf jeden Fall noch weiter nehmen.“

Sie versprach es und bot uns einen selbstgebrannten Birnenschnaps an. Ich ertappte mich dabei, am liebsten laut zu rufen: „Ja, nur her damit, ich nehme einen doppelten!“ Aber natürlich lehnte ich brav ab, schließlich war ich die Fahrerin.

Auch in Jannis‘ Augen erkannte ich ein sehnsuchtsvolles Funkeln, das der Schnapsflasche galt. Der Tag war für ihn sicher kein Zuckerschlecken gewesen.

„Ich habe Pizza im Ofen, nehmen Sie doch ein Stück“,

bot die Mutter an, doch wir lehnten beide ab.

Es wurde fast schon dunkel, als wir die Heimfahrt antraten. Im Westen färbte sich der Himmel in bunte Pastellfarben und tauchte ganz Möwenitz in warmes Licht.

„Immer wieder spektakulär, nicht wahr?“, fragte ich lächelnd, weil ich Jannis‘ faszinierten Blick aus dem Fenster bemerkte.

„Gewöhnt man sich irgendwann daran?“, wollte er wissen.

Ich zuckte mit den Schultern. „Keine Ahnung. Ich kann das nicht beantworten, denn ich lebe erst seit vierunddreißig Jahren hier. Bisher habe ich mich kein bisschen daran gewöhnt, es ist immer wieder ein Wunder. Aber vielleicht kommt das noch.“

„Ja, vielleicht“, sagte er leise, lehnte seinen Kopf an die Kopfstütze und schloss für einen winzigen Moment die Augen.

Da ich die Strecke auch im Schlaf fahren konnte, warf ich ihm immer mal einen kurzen Blick zu. Nach zwei oder drei Sekunden öffnete Jannis seine Augen wieder.

Ertappt sah ich weg, konnte aber nicht verhindern, dass sich unsere Blicke kurz getroffen hatten.

„Danke, Lenja“, sagte er mit warmer Mousse-au-Chocolat-Stimme, die mir direkt ins Herz fuhr. „Ohne dich wäre ich heute aufgeschmissen gewesen.“

„Ist doch selbstverständlich“, wiegelte ich ab.

Doch er schüttelte den Kopf. „Nein, ist es nicht. Weißt du, ich habe mich natürlich geärgert über den Sturz. Weil ich mit der Praxis so richtig Gas geben wollte, mir einen Namen machen und, na ja, beweisen, dass ich es total draufhabe. Dann kam das mit der Hand dazwischen und hat diese ehrgeizigen Pläne zunichte gemacht. Da war ich echt angepisst.“

„Kann ich verstehen.“

„Mag sein, aber ich war wirklich unfair, dir die Schuld zu geben. Erst neulich ist Fridolin dieser kleinen grauen Katze nachgesprungen, die uns schon mehrmals beim Gassigehen begegnet ist. Da wäre ich auch fast über ihn gestolpert. Wenn einer schuld ist, dann nur ich. Weil ich mich besser auf Frido hätte konzentrieren müssen. Ich bin das leider nicht gewöhnt.“

Er fuhr sich durch die Haare. Sie standen ein bisschen ab, was ihn mit einem Mal wie einen kleinen Jungen wirken ließ. Himmel, ich musste aufpassen! Bei Männern mit jungenhaftem Charme konnte ich schwach werden.

„Was genau bist du nicht gewöhnt?“, fragte ich eilig, um mich abzulenken. „Dich beim Joggen auf etwas anderes zu konzentrieren?“

Er nickte. „Ich mache das, um den Kopf freizubekommen. Hat mir schon immer geholfen.“

„Wenn ich das will, ziehe ich mir eine Folge Gilmore Girls rein“, murmelte ich halblaut vor mich hin.

Jannis lächelte.

Oh verdammt, sein Lächeln war plötzlich gar kein abgeklärtes Filmstarlächeln mehr, sondern ein schüchternes ‚Ich finde dich nett und bin eigentlich froh, hier in Möwenitz gelandet zu sein‘-Lächeln.

Glücklicherweise bog ich gerade auf den Dorfplatz ein und parkte vor Jannis‘ Praxis.

„Ist für mich eine nette Abwechslung, bei dir in der Praxis zu arbeiten“, behauptete ich und stieg eilig aus. „Soll ich noch mal eine Runde mit Fridolin drehen?“

Der Welpe hatte seinen Namen gehört und bellte kurz.

„Nicht nötig, das schaffe ich selbst. Aber könntest du

noch kurz eine Dose aufmachen? Ich habe zwar auch Trockenfutter da, aber das Nassfutter mag er am allerliebsten."

„Klar doch."

Er drückte mir den Hausschlüssel in die Hand und zog mit dem munter herumhopsenden Fridolin davon.

Wie in Trance schloss ich auf und betrat die Praxis. Ich schritt den Flur entlang, durch den heute eine Menge Patienten gegangen waren, musterte die Bilder an der Wand, meinte, einen Hauch von Jannis' Aftershave zu erschnuppern. In einem Schrank vor der Tür zum Garten fand ich die Dosen, öffnete eine und stellte sie neben die anderen. Alles fühlte sich an wie ein Traum.

Noch gestern hatte ein Tag in meinem Leben mehr oder weniger dem anderen geglichen. Ich hatte wie immer in meinem Laden gestanden, war die Treppen nach oben ins Café gelaufen, hatte meine Stammkunden bedient und Tee gekocht. Und jetzt? Befand ich mich in einer Arztpraxis, fütterte einen Hund und kutschierte ausgerechnet einen verbohrten Schulmediziner durch die Gegend, wenn ich ihm nicht gerade das Händchen hielt beim Blutdruckmessen.

Wie zur Hölle war ich nur in diese Situation geraten?

Und was zum Teufel musste ich anstellen, um wieder mein sorgenfreies altes Leben zurückzubekommen?

9. Der Arzt meines Misstrauens

„Dann ist er also doch ein *Doctor McDreamy*?“, hauchte Nele, als ich ihr von meinem Tag erzählte.

Nachdem ich endlich in meinen eigenen vier Wänden angekommen war, hatte ich eigentlich einen ruhigen Restabend mit mir selbst und meinen Gedanken angestrebt. Ja, ich hatte in Ruhe herumsinnieren wollen, wieso mein Herz heute manchmal ein paar zusätzliche Hüpfer gemacht hatte. „Extrasystolen“, hätte Jannis das sicher genannt und mir Elektroden für ein EKG auf die nackte Haut geklebt.

Aus dem Herumsinnieren und der Vorstellung, dass er mich berührte, war allerdings nichts geworden, weil Nele Sturm geklingelt hatte. Die Neugier hatte sie zu mir getrieben. Und die Neugier sorgte auch dafür, dass sie jetzt auf meinem Sofa saß, meinen besten Rotwein trank und mich mit weit aufgerissenen Augen ansah.

„Ist er nicht“, widersprach ich. „Er ist weder ein kitteltragender Traummann aus *Grey's Anatomy* noch ein süßer Nachbar wie in irgendwelchen Liebesfilmen. Er ist einfach ein stinknormaler Hausarzt, mehr nicht.“

Es half hoffentlich gegen heutige und zukünftige Extrasystolen, mir das einzureden.

„Unsinn! Ein stinknormaler Hausarzt würde niemals so toll mit der kleinen Lotta umgehen! Und hast du nicht gesagt, dass er Tildas Vater auch total Mut gemacht hat?“

Das stimmte leider. Dem geschwächten alten Herrn hatte Jannis immer wieder versichert, dass seine Kraft bald zurückkehren würde und dass sogar junge Sportler bei einer Lungenentzündung schlapp wie eine alte Socke herumliegen würden. Das mit der Socke hatte dem Patienten sehr gefallen. Und die aufbauenden Worte noch mehr.

„Ja, schon“, gab ich zu. „Aber so wahnsinnig außergewöhnlich ist das nun auch wieder nicht. Du und ich, wir würden genauso agieren.“

„Wir sind aber keine Ärzte, sondern Heilpraktikerinnen. Und Frauen. Uns liegt das im Blut“, gab Nele zurück.

Ich grinste. „Ist ziemlich sexistisch, was du da sagst.“

„Pah“, machte sie. „Von wegen. Das erlebe ich gerade mit Noah. Männer sind sowas von gefühlskalt und unempathisch!“ Als könnte sie damit ihre Aussage bestätigen, trank sie ihr Glas Wein leer. Mit einem Schluck. Obwohl es noch halbvoll gewesen war.

„Der – ich zitiere – ‚irrsinnig süße und sooo irre emotionale‘ Noah, bei dem du ‚weiche Knie wie nie‘ bekommen hast?“

Sie war erst seit ein paar Wochen mit ihrem Kollegen liiert und hatte in den allerhöchsten Tönen von seiner Einfühlsamkeit geschwärmt.

„Wohl eher der ‚ich kann zwar gut küssen, bin aber trotzdem lieber mit meinen Kumpels beim Fußball als mit dir zusammen‘-Mistkerl!“, rief sie und goss sich nach.

„Oh, das tut mir leid.“ Ich legte ihr mitfühlend die Hand auf den Rücken.

„Dabei hat er mir vorgesäuselt, wie nah wir uns doch

stehen und dass er noch nie so viele Gefühle für eine Frau hatte wie für mich. Alles nur Show! Ich sag's dir: Kerlen kann man nicht über den Weg trauen!"

„Quatsch. Irgendwann kommt sicher der Richtige für dich. Der es total ernst meint", beteuerte ich.

Szenen wie diese hatte ich mit Nele schon oft erlebt. Nicht nur, dass sie sich schnell verliebte – sondern auch, dass ihre Angebeteten sich anfangs als aufmerksame und sehr gefühlvolle Männer zeigten, dies aber nicht lange durchhielten.

„Ob das bei Jannis auch alles nur gespielt ist?", murmelte ich nachdenklich vor mich hin.

Dummerweise hatte Nele Ohren wie ein Luchs. Sie sah sofort auf. „Hat er dir auch versichert, dass du schöner bist als die Prinzessin aus Tausendundeiner Nacht, die seit seiner Kindheit seine absolute Traumfrau war?"

Ich lachte, weil ich das für einen Witz hielt.

Doch Nele blieb ernst und zog die Stirn kraus. „Das ist kein bisschen zum Lachen. Ich habe ihm das geglaubt, weil er mir so tief in die Augen gesehen hat. Und küssen konnte der!" Sie seufzte träumerisch. „Besser als Ali Baba persönlich!"

Nun war ich verwirrt. „Ali Baba hat doch mit Scheherazade rein gar nichts zu tun, der ist Anführer der Räuber", sagte ich. „Außerdem ist sie eine dunkelhaarige Schönheit, aber du ein blondes Deern aus dem Norden."

Sie verdrehte die Augen. „Du bist manchmal schlimmer als jeder Mann", schimpfte sie. „Das war bildlich gesprochen. Außerdem kann so ein Räuberhauptmann garantiert super küssen."

Da konnte ich ihr mangels Erfahrung schlecht widersprechen. Bei einer Sache war ich mir allerdings sicher:

„Nein, Jannis hat mich nicht als Prinzessin bezeichnet. Aber er hat sich immerhin bei mir bedankt für meine Hilfe."

„Ist ja auch das Mindeste."

Ich nickte und trank einen Schluck Wein. Auch wenn dieser Noah ein völlig anderer Typ war als Jannis, waberten Neles Worte in meinem Kopf herum. War Jannis' Nettigkeit bei den Patienten echt? War das er selbst, sein wahres Wesen? Oder handelte es sich dabei um Jannis, den Arzt, der alles daransetzte, bei seinen Patienten einen guten Eindruck zu hinterlassen?

„Wenn er nicht nur als Arzt, sondern immer so mitfühlend wäre, würde er doch nicht als Einsiedler leben", sinnierte ich.

Mist, ich hatte meine Gedanken schon wieder laut ausgesprochen.

„Wer sagt, dass er so lebt?", hakte Nele sofort ein.

„Seine Schwester. Deshalb hat sie ihm den Hund geschenkt. Damit er mal unter Leute kommt und nicht nur einsam über seinen Fachbüchern brütet."

„Der Mann muss dringend gerettet werden." Sie grinste mich an und zeigte mit dem Finger auf mich. „Das ist genau die richtige Mission für dich, Lenja!"

„Oh nein!", lachend schüttelte ich den Kopf. „Ich spiele gern die nette Nachbarin, helfe ihm in der Praxis oder gehe mal mit Frido Gassi. Aber zu seiner persönlichen Florence Nightingale werde ich sicher nicht werden!"

Nele wiegte den Kopf hin und her. „Na, wer weiß", sagte sie und warf sich eine Erdnuss in den Mund. „Wie lange musst du eigentlich durchhalten und ihm zur Hand gehen?"

„Seine Arzthelferin kommt Ende nächster Woche aus

Teneriffa zurück. Sie hätte dann eigentlich noch Urlaub, aber vielleicht kann er sie bezirzen, gleich anzufangen. Und er hat die Praxis nicht jeden Tag für acht Stunden geöffnet, ich kann mich also auch um den Laden und ums Café kümmern."

„Oooch", sagte sie gedehnt, „ihr werdet euch sicher gut aneinander gewöhnen. Heute hast du ja schon alles Wichtige in der Praxis gelernt. Ab morgen wird es dann richtig entspannt. Du weißt jetzt, wie die Technik funktioniert. Und die meisten Patienten kennst du sowieso."

Ich nickte. „Stimmt. Die Handgriffe fürs Blutdruckmessen, Lunge abhören und solche Dinge habe ich bereits intus. Und sogar Blutabnehmen haben wir hinbekommen, schon mehrfach."

„Sage ich doch. Es wird jetzt total chillig. Also lehne dich ab morgen zurück und genieß den Anblick deines sexy Chefs. Außerdem – Mensch, dass mir das nicht früher eingefallen ist!" Sie saß mit einem Mal aufrecht da. „Du kannst dich ganz vielen Patienten als erfahrene Arzthelferin präsentieren!"

Verständnislos sah ich sie an. „Wozu?"

„Lenja! Das ist super, wenn wir irgendwo unser ganzheitliches Zentrum eröffnen! Die Leute haben dann schon richtig Vertrauen zu dir, weil du dich auch mit Schulmedizin beschäftigt hast. Die erleben dich als rechte Hand eines echten Arztes und haben dadurch noch mehr Anreiz, zu dir in die Wellness-Oase zu kommen, um sich beraten zu lassen. Das mit Jannis' Unfall war also für uns ein Wink des Schicksals!"

Sie strahlte mich glückselig an.

Im Gegensatz zu mir ging Nele noch fest davon aus, dass wir in kürzester Zeit geeignete Praxisräume finden und unseren Traum umsetzen konnten.

Ich bewunderte sie für diese Zuversicht. Und für ihren Glauben, dass ein Wunsch ans Universum ihr einen Mietvertrag mit Sonderrabatt in den Briefkasten flattern lassen würde.

Für so etwas war ich zu sehr Realistin. Aber mit der anderen Sache hatte sie natürlich recht. Die Arbeit mit Jannis verlieh mir ein großes Stück Seriosität in Sachen Gesundheitsberatung.

„Du meinst also, ich mache mit meiner Assistentinnenrolle Werbung für unser künftiges Business?“, fragte ich.

„Yes!“, rief sie. „Es läuft alles nach Plan. Vielleicht ein wenig verzögert, aber das macht nichts. Wenn du also etwas für unseren gemeinsamen Traum tun willst: Geh morgen wieder in die Praxis, sei richtig nett zu allen Patienten und ganz besonders zu unserem sexy Superdoc!“

10. Wasserlassen für Fortgeschrittene

Von wegen sexy Superdoc! Am nächsten Tag hatte ich während der Sprechstunde immer wieder Zweifel, ob Jannis diese Bezeichnung verdient hatte. Okay, sexy war er womöglich noch immer, denn auch das hellblaue Poloshirt, das er heute zur weißen Arzthose trug, stand ihm hervorragend. Aber ein Superdoc war er ganz gewiss nicht!

Die vorletzte Patientin des Tages war Meike, ihres Zeichen Vorsitzende des örtlichen Strick-, Häkel- und Gartenbauvereins. Ihr berühmtestes Amt war das der weiblichen Tratschzentrale von Möwenitz, auch wenn sie dafür keine offizielle Urkunde an der Wand hängen hatte. Sie war schon am ersten Tag hier in der Praxis gewesen, natürlich aufgrund eines akuten Neugierdeanfalls, den sie laut ihrer Akte als akuten Heuschnupfenanfall getarnt hatte. Offenbar hatte sie dabei nicht genügend Informationen beziehungsweise Klatschmaterial sammeln können, deshalb wurde sie heute erneut vorstellig.

„Herr Doktor, es ist meine Blase“, flötete sie, kaum dass ich sie ins Behandlungszimmer geholt hatte. „Ich muss schon seit Wochen ganz oft aufs Klosett. Eine Freundin sagte, das könnten die Wechseljahre sein, aber dafür bin ich doch noch viel zu jung, nicht wahr?“

Ich biss mir auf die Lippe, um die Klappe zu halten. Meike war weit über sechzig und hatte meines Wissens die Wechseljahre schon lange hinter sich gebracht. Für den neuen Arzt hier am Ort hatte sie sich heute massiv aufgetakelt. Sie trug ein Leinenkostüm in hellem Rosé, dazu eine Perlenkette und tiefroten Lippenstift, der kein bisschen dazu passte. Beim Schminken war sie offensichtlich sehr aus der Übung, denn mit Rouge hatte sie sich dicke Kreise auf die Wangen gemalt und ihr knallblauer Lidschatten betonte alles Mögliche, nur nicht ihre Augen.

Gespannt sah ich Jannis an. Was würde er antworten?

„Nun, Ihren Hormonstatus kann ich hier in der Praxis leider nicht prüfen, dafür wäre ein Gynäkologe zuständig.“

Da täuschte er sich gewaltig, denn Meikes Hormonausschüttung kam richtig in Schwung, seit sie die Praxis betreten hatte!

„Aber für die Blase sind Sie zuständig“, beharrte Meike. „Und ich möchte wetten, dass Sie sich sogar mit Frauenleiden gut auskennen. Sagen Sie, sind Sie eigentlich verheiratet?“ Sie klimperte ihn an.

„Bin ich nicht“, sagte er. „Viel wichtiger sind aber andere Fragen: Wie oft am Tag müssen Sie denn Wasser lassen?“

„Unfassbar oft!“, behauptete sie schnell.

Was eine glatte Lüge war. Erst letzte Woche hatte sich Meike bei mir in der Teestube zwei volle Kannen Roiboos Karamell einverleibt, zusammen mit zwei Joghurt-Heidelbeer-Schnitten. Und das, ohne ein einziges Mal mein Gäste-WC zu besuchen, das sich im Erdgeschoss befand.

„Spüren Sie auch ein Brennen oder Jucken in der Blase?“, fuhr er fort.

Sie wiegte den Kopf hin und her, was ein klares Zeichen dafür war, dass sie keine Ahnung hatte, was er meinte.

„Darauf habe ich nicht geachtet, ich bin nicht besonders schmerzempfindlich", log Meike ungeniert. „Aber jetzt, wenn ich genau darüber nachdenke – doch, es brennt manchmal."

Fassungslos starrte ich sie an. Der brannte vielleicht der Hut, aber sonst gar nichts! Wenn sie wirklich Schmerzen hätte, wäre das das Erste gewesen, was sie dem Doc um die Ohren gehauen hätte. Meike war die empfindlichste Person, die ich nur kannte. Die ließ sich vom Zahnarzt sogar eine Spritze geben, wenn der nur ein bisschen Zahnstein entfernen musste. Und sie warf sich beim kleinsten Kratzen im Hals eine Familienpackung Aspirin ein, gefolgt von einer halben Flasche Wick MediNait, um auch wirklich schlafen zu können.

„Klingt nach einer beginnenden Blasenentzündung", diagnostizierte Jannis. „Wir machen jetzt eine Urinuntersuchung. Falls wir da Keime finden, gehen wir lieber auf Nummer sicher. Ich schreibe Ihnen dann ein Antibiotikum auf."

„Nein!", entfuhr es mir.

Jannis drehte sich ruckartig zu mir um, seine Stirnfalte hatte sich tief in die Haut gegraben.

Ich imitierte einen Hustenanfall. „Sorry, ich wollte sagen: Nein, sowas! Es wird bestimmt bald regnen", rang ich mir eine eher mittelmäßige Ausrede ab und deutete in Richtung des Fensters.

Dann fügte ich an: „Jannis, kann ich dich mal kurz nebenan sprechen? Mir fällt leider erst jetzt wieder eine Frage eines Patienten ein."

„Später“, gab er mürrisch zurück.

„Nein, es ist wirklich wichtig!“, beharrte ich.

„Lenja, du kannst nicht mitten in der Behandlung ...“

„Dauert nur zehn Sekunden! Komm mit, bitte“, ließ ich nicht locker und öffnete die Tür ins angrenzende Zimmer.

Jannis‘ Miene sah nicht gerade begeistert aus, als er mir folgte und die Tür hinter sich schloss.

„Was soll das? Du kannst nicht einfach...“, fuhr er mich an, doch ich unterbrach ihn sofort.

„Sie simuliert. Sie war erst neulich bei mir, eine ganze Weile sogar, und musste nicht aufs Klo. Außerdem ist sie höllisch schmerzempfindlich und würde es merken, wenn sie wirklich eine richtige Entzündung hätte.“

„Es gibt auch asymptomatische Blasenentzündungen, bei denen die Patienten keine Schmerzen haben“, dozierte er kühl.

„Trotzdem. Ich kenne Meike. Sie ist nur hier, weil sie etwas über dich herausfinden will, was sie herumerzählen kann. Und nicht, weil sie wirklich Probleme hat.“

Das musste er doch erkennen!

„Ich habe es dir schon einmal gesagt“, erwiderte er in einem so schneidenden Tonfall, dass jedes Skalpell vor Neid erblasst wäre. „Du hast den Mund zu halten, wenn ich mit Patienten rede! Wo kämen wir denn da hin?“

„Aber du kannst ihr doch kein Antibiotikum verschreiben, wenn sie gar keine richtigen Symptome hat! Eine Blasenreizung kriegt man auch total leicht mit anderen Dingen in den Griff! Man kann ...“

Nun war es an ihm, mich zu unterbrechen.

„Mit irgendwelchen Tees? Mach dich nicht lächerlich.“ Um zu unterstreichen, wie albern er meinen Vorschlag fand, stieß er die Luft aus.

„Es gibt tatsächlich gute Blasentees! Aber auch andere pflanzliche Präparate. Wie wäre es mit Canephron? Das wurde einer Freundin von mir sogar mal in der Klinik empfohlen."

Jannis machte einen Schritt auf mich zu. Seine Stirnfalte näherte sich den Ausmaßen des Grand Canyons, in seinen Augen funkelte blanke Wut. Er stand so nah vor mir, dass ich es kaum wagte zu atmen. Mein Puls raste. Hätte er mich jetzt an sein EKG angeschlossen, wären alle Alarmlämpchen in aufgeregtes Blinken verfallen.

„Ich will so etwas nie wieder hören!", zischte er mich an. „Hast du das verstanden? Was bildest du dir eigentlich ein? Ich habe ein Einser-Abitur hingelegt, mich jahrelang durchs Medizinstudium und die Praxisausbildung gequält, alles mit Bestnoten abgeschlossen. Und jetzt will eine dahergelaufene Kräuterhexe ohne Ausbildung mich belehren?"

Seine Vehemenz ließ meinen Herzschlag fast explodieren. Vielleicht lag es auch an seiner Nähe. Ich konnte Jannis riechen, die Mischung aus teurem Aftershave und Desinfektionsmittel stieg mir in die Nase. Und in den Kopf. Mein klares Denken schien ein kleines Päuschen einzulegen und mein Mund hatte beschlossen, sich in eine Wüste zu verwandeln.

„Okay", krächzte ich. „Deine Praxis, deine Regeln."

„Ganz genau. Und jetzt geh und gib der Patientin einen Urinbecher!"

Ich brachte kein Wort mehr heraus. Und das ärgerte mich maßlos. Klar, das hier war sein Reich. Aber ich war im Recht!

Trotzdem hielt ich wie befohlen die Klappe. Selbst dann, als der Teststreifen, den ich in Meikes Urinbecher hielt, nur eine ganz zarte Rosafärbung im Bereich der Leukozyten zeigte. Von einem richtigen Harnwegsinfekt konnte keine Rede sein, allenfalls war es eine leichte Reizung. Oder aber Meike hatte erst gar nicht, wie angewiesen, Mittelstrahlurin verwendet. Dann könnte das sogar der Befund eines Gesunden sein.

Immerhin kam Jannis anhand des Urinsticks ein wenig ins Zweifeln.

„Der Befund ist nicht klar", sagte er. „Viele Keime haben Sie nicht in der Blase. Wir könnten auch einfach mal einen oder zwei Tage abwarten und dann kommen Sie wieder."

Und bis dahin? Ich musste mir auf die Lippe beißen, um nicht schon wieder herauszuplatzen. Wieso sagte er ihr nicht, dass sie die Blase ordentlich durchspülen sollte? Wieso empfahl er ihr nicht wenigstens Cranberry-Kapseln, um den pH-Wert zu ändern und es einem E.coli-Keim ungemütlich zu machen?

„Das ist eine gute Idee", säuselte Meike. „Ich komme einfach in ein paar Tagen erneut in die Praxis. Man soll so etwas ja nicht auf die leichte Schulter nehmen. Vielleicht kann meine jüngste Tochter Mila mich begleiten. Mit ihr hätten Sie sofort ein Gesprächsthema, Herr Doktor. Sie mag nämlich auch Hunde. Sie hat übrigens ein paar Jahre in Hamburg gewohnt, kommen Sie da nicht auch her?"

Das Wimperngeklimper, mit dem Meike ihren künftigen Wunschschwiegersohn zu beeindrucken versuchte, war kaum auszuhalten.

„Nein, ich bin kein Hamburger", sagte er.

„Ach, dann habe ich mich da getäuscht. Wo kommen Sie denn her?" Erneut ein dramatischer Augenaufschlag.

Ich drehte mich weg, um heimlich in mich hineingrinsen zu können. Geschah ihm recht, dieser sturköpfigen Miesmuschel im weißen Kittel, dass er von Meike in die Mangel genommen wurde!

„Ursprünglich aus Lübeck“, rang er sich ab. „Aber jetzt muss ich mich leider um die anderen Patienten kümmern.“

Mit etwas griesgrämiger Miene verabschiedete sich Meike von mir, während sie Jannis strahlend zuflötete: „Bis bald, Herr Doktor!“

Er atmete tief durch, als sie endlich zur Tür raus war.

Ich ließ mir meinen Ärger nicht anmerken und rief den nächsten Patienten auf.

Wie hatte ich auch nur für einen Moment denken können, Jannis sei ein empathischer Mensch? Ein sturer Bock war er! Ein engstirniger Pharma-Fanatiker, der es ablehnte, über den Tellerrand zu sehen. Nur, weil er sich auf sein ach so schwieriges Studium sonst was einbildete!

Meine Oma und ihre Vorfahrinnen hatten sich schon seit Jahrhunderten mit Kräuterkunde beschäftigt. Aber so etwas galt beim Herrn Wissenschaftler natürlich nichts. Bei ihm zählten nur Akademiker etwas, allen anderen hörte er erst gar nicht zu.

Die Enttäuschung darüber, dass er nun doch kein warmherziger und offener Mann war – wie ein klitzekleiner Teil von mir gehofft hatte – ließ mich unkonzentriert werden. Deshalb bemerkte ich bei Jettes Baby zu spät, dass es sich nach Jannis‘ Blick in den leicht entzündeten Hals übergeben musste. Die Bescherung landete mitten auf seinem hellblauen Shirt. Zum Glück hatte er selbst den Holzspatel in den Mund des Kleinen geschoben und nicht ich.

Während er sich notdürftig abtupfte und Jette sich entschuldigte, hielt ich das Baby. „Hast du gut gemacht“, flüsterte ich in sein Babyohr und streichelte sanft über seine

Babyhaare. Vielleicht gab es doch so etwas wie Karma?

Nachdem er das Kind versorgt hatte, sagte Jannis: „Ich gehe schnell nach oben in die Wohnung und ziehe mich um. Du kannst ja kurz nach Fridolin sehen."

Das machte ich sehr gerne. Vor der Sprechstunde war Jannis eine lange Runde mit ihm gegangen, zwischendurch hatte ich ihn ein paar Minuten nach draußen geführt und mit ihm gespielt. Und wenn Patienten da waren, die selbst einen Hund besaßen und die ich gut kannte, durfte er sogar kurz in die Praxis, um sich streicheln zu lassen.

Doch kaum kam ich vom Mini-Ausflug zum nächsten Baum und ein paar Spielzeug-Wurf-Einheiten zurück, lief ich einem aufgeregten Jannis in die Arme.

„Wasser!", rief er. „Da ist überall Wasser in der Wohnung!"

Im ersten Moment wollte ich die Augen verdrehen und fragen, ob Fridolin vielleicht irgendwo hingepullert hatte. Der Kleine war noch nicht ganz stubenrein, da konnte so ein kleines Malheur schon mal passieren. Aber so ein Drama deswegen machen?

Aber Jannis sah so verzweifelt drein, dass ich ihn nun doch ernst nahm. „Im Bad?", fragte ich. „Hast du aus Versehen einen Wasserhahn laufen lassen?"

Für einen Moment schoss ein Bild durch meinen Kopf. Jannis in der Badewanne, ein Glas Rotwein neben sich, der Schaum seinen Adoniskörper umschmeichelnd ...

„Kennst du einen Klempner?", riss seine Stimme mich aus meinen wohlig warmen Badewannenträumen. „Da ist vielleicht ein Rohr geplatzt."

„Ich frage Tjark, der weiß sicher jemanden." Sofort zog ich mein Handy heraus und klingelte bei ihm durch. Tjark leitete in Möwenitz den Küstenmarkt, in dem man nicht nur Lebensmittel, sondern auch Heugabeln, Gummistiefel und Heimwerkerbedarf kaufen konnte. Handwerker gingen bei ihm ebenfalls ein und aus.

Tjark gab mir die Nummer eines Fachmanns aus dem Nachbarort, ich diktierte sie Jannis, der sofort dort anrief. Der Handwerker versprach, in einer Viertelstunde vor Ort zu sein.

„Verdammt noch mal!“, fluchte Jannis. „Seit ich in Möwenitz bin, geht wirklich alles schief. Erst der Unfall, dann der Wasserrohrbruch. Wenn ich Pech habe, tropft das Wasser auch noch in die Praxis und ich kann die zumachen!“

„Jetzt mal nicht gleich den Teufel an die Wand“, beruhigte ich ihn, obwohl ich einen Stich fühlte. Klar, der Unfall war doof und sicher schmerzte ihn seine Hand noch immer – aber ich war eingesprungen und tat, was ich konnte! Sooo ein schweres Schicksal hatte er nun wirklich nicht zu tragen, da kannte ich ganz andere Fälle.

Er grummelte nur vor sich hin.

„Soll ich beim Aufwischen helfen?“, fragte ich.

Doch er schüttelte den Kopf. „Kriege ich selbst hin. Das Problem ist, dass es in den Boden und ins Mauerwerk zieht. Könntest du dich um Fridolin kümmern? Nicht dass der noch zwischen den Handwerkern herumhüpft.“

„Mach ich gerne. Ich schaue mal rüber, was im Laden los ist.“

Mit Fridolin an der Leine ging ich nach nebenan, wo die letzten Kunden ihre Einkäufe bezahlten. Ich erzählte Hedi kurz, was in Jannis‘ Wohnung passiert war.

„Oh Gott“, rief sie entsetzt. „Wo wird er dann wohnen?“

Ich nahm Fridolin hoch und versuchte zu verhindern,

dass er mich vor lauter Freude wieder abschlabberte. „Wieso? Seine Bude ist nicht komplett verwüstet. Da ist nur Wasser drin. Und so ein Rohr ist bestimmt schnell repariert.“

Hedi riss die Augen auf. „Na, du bist gut! Da wird die Wand aufgeschlagen, überall der nasse Putz weggemacht, vielleicht der Boden herausgerissen. Außerdem laufen Tag und Nacht diese fürchterlichen Trocknungsmaschinen. Das hält kein Mensch aus. Wir hatten das mal und sind in dieser Zeit zu meiner Schwester gezogen.“ Sie hielt inne, neigte den Kopf und hatte mit einem Mal ein sehr verdächtiges Lächeln im Gesicht.

„Du hast doch ein Gästezimmer, oder?“, fragte sie mich.

Vor Schreck hätte ich fast Fridolin fallen gelassen. „Spinnst du? Ich nehme doch Jannis nicht bei mir auf!“

„Wieso? Ihr seid sowieso Kollegen und arbeitet den ganzen Tag zusammen. Er wäre doch nur zum Schlafen da. Und wer weiß, vielleicht ...“

„Es gibt kein *vielleicht*“, stellte ich sofort klar. „Niemals! Er wird ja wohl eine andere Bleibe finden. Möwenitz hat schließlich einige Ferienwohnungen zu bieten.“

„Lenja, du weißt genau, dass die jetzt im Sommer alle voll sind. Obwohl ...“ Sie hielt inne und schien über irgendetwas nachzudenken.

„Was *obwohl?*“, hakte ich nach. Jedes noch so kleine *obwohl* klang tausendmal besser als die Idee, mein Gästezimmer ausgerechnet an Sturkopp Jannis zu vergeben!

„Ich muss mit Hinnerk reden“, beschloss Hedi und zog sich die Schürze über den Kopf. „Kannst du oben noch abkassieren?“

Verwirrt sah ich sie an. „Natürlich. Was ist denn los?“

„Ich melde mich!“, rief sie nur und Schwupps – lief sie flink wie ein Schulmädchen zur Tür hinaus.

Fridolin und ich sahen ihr hinterher. Er ließ ein enttäuschtes „Wuff“ ertönen, weil er sich auch nicht erklären konnte, wieso Hedi sich nicht wenigstens mit einem Streichler von ihm verabschiedet hatte.

Mit Frido auf dem Arm stieg ich die Treppe ins Café hinauf, wo tatsächlich noch ein Tisch besetzt war. Kurt und seine Frau Bentje saßen bei einem späten Tee.

Überrascht trat ich auf sie zu. „Müsstet ihr nicht längst selbst am Tresen stehen?“, fragte ich, denn die beiden waren die Inhaber von *Kurts Kombüse*, dem skurrilsten Lokal weit und breit.

„Wir gönnen uns heute einen Ruhetag“, erklärte Bentje. „Ich habe Kurt dazu überredet, mit mir endlich mal einkaufen zu fahren.“

„Gezwungen hat sie mich“, sagte er. „Weil ich angeblich neue Klamotten gebraucht habe. So ein Unsinn!“

Schmunzelnd musterte ich Kurt. Wenn er nicht hinterm Tresen stand, sah er nicht mehr ganz so sehr nach Pirat aus. Aber völlig abgelegt hatte er diesen Look nicht. Er trug einen goldenen Ohrring, eine abgewetzte Jeans und ein T-Shirt mit einem Totenkopf. Immerhin auf das übliche Kopftuch über seinem Glatzkopf hatte er heute verzichtet.

Bentje deutete auf zwei Tüten neben ihrem Stuhl. „Er hat jetzt immerhin drei neue Shirts und zwei Hosen, die nicht aussehen, als wäre schon Störtebeker persönlich in ihnen herumgeschippert. Jetzt im Sommer kommen viele Touristen in unser Lokal, man muss sich ja schämen, wenn Kurt da als Vogelscheuche am Tresen steht.“

„Pah!“, machte er. „Genau das gefällt denen doch!“

Da musste ich ihm allerdings recht geben. Kurt war ein

absolutes Unikat und genau das mochten die Gäste.

Die beiden bewunderten natürlich Fridolin, der so herumzappelte, dass ich ihn auf den Boden setzte, wo er mit stolz in die Höhe gerecktem Schwanz herumlief und verzückt an Kurts Hosenbein schnüffelte.

„Ein Berner Sennenhund?“, fragte Bentje.

„Ein Mischling, aber die Mutter war einer, genau“, erklärte ich.

Wir klönten noch ein wenig, während Fridolin seinen gesamten Welpencharme spielen ließ, sich vor Bentje auf den Rücken warf und es genoss, dass sie ihm den Bauch kraulte.

„Der weiß, wie's geht“, knurrte Kurt, beugte sich aber ebenfalls zum Fellknäuel hinunter.

Als sie sich verabschiedet hatten, nahm ich Fridolin mit nach oben in meine Wohnung, wo er mir in die Küche folgte. Vor lauter Aufregung hinterließ er eine kleine Pfütze auf dem Fliesenboden, aber das war schnell weggeputzt. Ich zerdrückte ein Stück Banane und mischte es unter ein paar Löffel Quark.

Kaum hatte ich das Schüsselchen auf den Boden gestellt, stürzte er sich darauf und schob die Schüssel beim Fressen quer durchs Zimmer. Danach schlabberte er aus einer zweiten Schüssel Wasser, lief mit tropfnassem Maul in der gesamten Küche herum, sodass ich erneut wischen durfte.

„Du kleiner Racker“, sagte ich lächelnd und tätschelte ihm den Kopf.

Er flitzte in den Flur, kam wedelnd zurück, wobei er meinen Turnschuh im Maul hatte und darauf herum kaute.

„Frido, aus!“, rief ich, doch er hatte offenbar noch keine Kommandos gelernt. Oder keine Lust, ihnen zu gehorchen.

Ich sprang auf und versuchte, ihm den Schuh wegzunehmen, was er jedoch für ein lustiges Zerr-Spiel hielt. Er stemmte sich mit den Hinterbeinen gegen den Boden, zerrte und schüttelte wie verrückt am anderen Ende meines Schuhs und knurrte mich auch noch an.

„Das ist meiner!“, erklärte ich ihm nachdrücklich und hob den Schuh zehn Zentimeter in die Höhe. Dummerweise hing der ganze Hund auch noch daran. Fridolin ließ schließlich los, purzelte nach hinten und schüttete mit großem Geklapper die Wasserschüssel um, sodass ich erneut den Putzlappen schwingen musste.

„Bei deinem Herrchen nebenan ist wahrscheinlich weniger aufzuwischen“, schimpfte ich mit Fridolin.

Der neigte den Kopf zur Seite, stellte seine Flauscheohren auf, sah unfassbar niedlich aus – und flitzte im nächsten Moment wieder in den Flur. Ich hinterher. Natürlich war er schneller, schnappte sich den zweiten Turnschuh und verschwand damit in meinem Schlafzimmer. Ich rannte ihm nach, sah ihn aber nicht, weil er unters Bett verschwunden war. Nur deutliche Kaugeräusche verrieten mir, dass er sich darunter versteckte und Riesenspaß mit meinem Sneaker hatte.

Ich seufzte tief.

Ein Trick musste her, sonst war mein Schuh Geschichte. Ich holte eine halbvolle Müslipackung aus dem Küchenschrank und hoffte, dass die ähnlich knisterte wie Fridos Leckerlis. Bevor ich damit ins Schlafzimmer ging, räumte ich sämtliche Schuhe in den Schrank und schloss die Zimmertüren. Dann raschelte ich im Schlafzimmer mit der Müslitüte herum. Tatsächlich kam Fridolin hervorgekrochen, ohne Schuh natürlich. Ich warf zwei Cornflakes in den Flur, er hechtete hinterher und ich schloss in bester

Geheimagenten-Manier die Schlafzimmertür.

„Yes!“, jubelte ich. „Mission Turnschuhrettung ist geglückt!“

Ich tanzte begeistert vor mich hin, was Fridolin toll fand und gleich mittanzte. Dummerweise war mein Flur so schmal, dass ich mit dem Ellbogen an den Garderobenschrank stieß. Die Tür öffnete sich ein wenig, ein Fitzelchen meines roten Seidenschals ragte heraus – und wurde von Fridolin sofort hervorgezerrt. Bevor ich reagieren konnte, hatte er den zarten Stoff schon mit der Pfote fixiert und mit den Zähnen in mehrere Bahnen gerissen.

„Fridolin, nein!“, kreischte ich. „Das ist mein Lieblingsschal!“

Er sah auf, hechelte lächelnd und wedelte mich freundlich an. Offenbar wartete er darauf, für seine wunderbare Aktion gelobt zu werden.

Ich gab es auf. Der kleine Kerl konnte ja nicht wissen, dass mir der Schal ans Herz gewachsen war. Wahrscheinlich hätte ich ihm einfach seine Spielzeuge mitnehmen sollen.

„Komm, wir gehen wieder nach unten“, beschloss ich.

Nach einem ausgiebigen Spaziergang, bei dem Fridolin mit unglaublicher Energie hinter einem Tennisball her gewetzt war, den ich immer wieder auf die Wiese geworfen hatte, kehrten wir zurück. Vor Jannis‘ Praxis stand ein Kastenwagen. Ein Mann im Blaumann holte irgendein Werkzeug heraus.

Ich wollte ihn gerade etwas fragen, da kam Jannis aus dem Haus. Sein Gesicht war ungesund blass. Wäre er nicht selbst Mediziner, hätte ich ihn zu einem Arzt geschickt.

„Wie sieht es aus?“, fragte ich.

Er stöhnte. „Die müssen die halbe Wand im Badezimmer aufklopfen. Das Rohr dahinter ist wohl schon länger kaputt, aber weil ein Schränkchen davorstand, habe ich nicht bemerkt, dass die Wand nass ist."

„Und jetzt brach das Wasser durch?"

„Durch eine morsche Fuge, genau. Deshalb muss der Boden raus, auch im Flur. Der Putz muss teilweise ab."

„Und du bekommst diese Maschinen, die das alles trocknen sollen, aber laut sind wie ein Düsenjet?", vermutete ich.

„Exakt. Sie fangen gleich heute Abend an, alles herauszureißen, damit nichts nach unten in die Praxis tropft. Schöne Scheiße." Er schüttelte fassungslos den Kopf.

Auch wenn ich Jannis für einen engstirnigen studierten Sturkopf hielt und ihm heute Nachmittag am liebsten den akademischen Kragen umgedreht hätte, tat er mir jetzt richtig leid.

So leid sogar, dass mein dämliches gutes Herz tatsächlich überlegte, ihm mein Gästezimmer anzubieten. Als ich gerade den Mund öffnen wollte, hörte ich hinter mir ein Fahrrad heranklappern. Ich drehte mich um und erkannte Hinnerk, der angestrampelt kam.

„Hedi hat es mir erzählt!", rief er, noch bevor er abgestiegen war. „Deshalb habe ich den Schlüssel vorbeigebracht."

Jannis sah ihn völlig verdutzt an. Ich ebenfalls, zumindest bis bei mir der Groschen fiel.

„Redest du vom Leuchtturm?", fragte ich ungläubig.

„In der Kirche werde ich unseren Herrn Doktor wohl kaum einquartieren." Hinnerk grinste, fasste in seine Hosentasche und zog einen Schlüssel hervor.

Den gab er mir. „Zwischen zwei Buchungen ist ein Leerstand. Nur für fünf Tage, aber vielleicht hilft es."

„Kann mir mal jemand erklären, worum es geht?", mischte Jannis sich ein.

Fridolin hingegen schnupperte begeistert an Hinnerks Hinterrad. Durch irgendetwas extrem Spannendes war er wohl geradelt.

„Na, um die Wohnung im Leuchtturm, das ist doch klar! Hedi hat mir erzählt, dass Sie einen Schaden haben, Herr Doktor."

Ich grinste heimlich. „Einen Wasserschaden", korrigierte ich Hinnerk.

„Genau", nickte der. „Wir hatten das auch mal, ganz schlimm, sag ich Ihnen! Da können Sie ja nicht wohnen in den nächsten Tagen. Und deshalb der Schlüssel. Lenja zeigt Ihnen alles. Ich muss leider wieder zurück, wir sind bei den singenden Seefahrern gerade an einer ganz kniffligen Sache dran, also bei der Mechanik. Da muss ich Thorben zur Hand gehen, sonst wird das nichts."

Er sprang aufs Rad, winkte uns kurz zu und strampelte davon.

„Singende Seefahrer?", wiederholte Jannis und sah aus, als könnte ihm ein Fläschchen Riechsalz nicht schaden.

„Ist eine lange Story", wiegelte ich ab. „Viel wichtiger ist, dass du eine Bleibe hast!"

Und ich ihn nicht bei mir aufnehmen musste!

„Im Leuchtturm? Kann man da wohnen?"

„Na klar! Brauchen die Handwerker dich noch? Falls nicht – pack ein paar Sachen zusammen und komm mit. Ich zeige dir deine Bleibe für die nächsten Tage!"

Mein Bauch fühlte sich an, als würde Brausepulver darin kribbeln. So lange hatte ich schon davon geträumt, endlich mal wieder den Leuchtturm zu besteigen. Und nun war es so weit!

Hinnerk behauptete ja steif und fest, der Turm hätte magische Kräfte. Da sowohl Mona als auch Jessica sich während ihres Aufenthalts dort verliebt hatten, fühlte er sich in dieser Annahme bestätigt. Natürlich war das kompletter Unsinn, sie hatten nur zufällig dort gewohnt, als sie ihren Traummännern begegnet waren.

Trotzdem drehte ich mich um, wandte mein Gesicht dem Leuchtturm zu, der etwas außerhalb von Möwenitz auf einer Landzunge stand, stolz in den Himmel ragte und mein Herz ein klein wenig schneller schlagen ließ.

Ähnlich wie der Wind gehörte der Leuchtturm zu mir und meiner Heimat. Er hatte etwas von einem guten Freund, weil er immer da war, sich beständig gegen alle Stürme des Lebens stemmte, niemals etwas von seiner Kraft verlor. Ich konnte ihn von meinem Schlafzimmerfenster aus sehen, vom Café aus ebenfalls. Und auch jetzt, wenn ich vor meinem Laden stand, sah ich seine Spitze über die Häuser ragen. Ich mochte das. Der Leuchtturm gab mir Mut und Zuversicht, und ich wusste: An einem Ort, von wo aus ich ihn sehen konnte, würde ich immer sicher und geborgen sein.

11. Hoch hinaus

Es dauerte eine Weile, bis Jannis seine Siebensachen gepackt und mit den Handwerkern alles Nötige besprochen hatte. Als er endlich im Auto saß, um sich von mir zum Leuchtturm kutschieren zu lassen, schickte die Sonne sich an, einen spektakulären Untergang hinzulegen.

Obwohl der Umzug mich nur am Rande betraf, war ich hibbelig. Meine geliebte Ostsee von ganz oben zu betrachten, noch dazu in diesen wunderbaren Farben, würde sicher eine Augenweide sein!

„Ist er nicht ein Traum?", fragte ich Jannis, als ich auf den Kiesweg einbog und auf die Landzunge fuhr. An deren Ende thronte der Leuchtturm, kraftvoll und wunderschön wie immer, und schien uns zu erwarten.

Leider schloss er sich meiner Begeisterung nicht sofort an. „Der ist aber weit draußen", sagte er.

Jannis war seltsam. Seine Schwester hatte mir verraten, dass er das Einsiedlerleben liebte. Und nun stand ihm der Turm zu weit abseits? Männer würden für mich immer rätselhafte Wesen bleiben.

„Ich dachte, du magst es einsam und zurückgezogen?", konnte ich mir nicht verkneifen.

„Natürlich! Normalerweise würde ich so einen Ort lieben. Aber ich kann mich derzeit nicht einfach aufs Rad schwingen und samt Fridolin in die Praxis fahren. Oder ihn mal kurz in die Wohnung sperren."

„Ach so! Das ist kein Problem, ich kann dich abholen. Und Fridolin kannst du zu mir bringen, wenn du ihn loshaben willst. So lange ich meine Schuhe wegräume, ist das kein Problem. Und die Schals." Ich lachte kurz.

Jannis wandte sich mir zu. „Hat er etwas kaputt gemacht? Oh Mann, das tut mir leid. Ich ersetze dir das natürlich."

Ich winkte ab. „Nicht nötig, die Schuhe haben überlebt und Schals habe ich noch mehrere."

„Trotzdem will ich nicht, dass du ständig Chauffeur für mich spielen musst. Ich kann morgens mit Frido zu Fuß in die Praxis gehen. Muss dort eben Futtervorräte und solche Dinge für ihn herrichten. Und natürlich bin ich sehr dankbar, dass so schnell eine Wohnung frei wurde. Noch dazu eine so tolle." Sein Blick wanderte zum Leuchtturm und verharrte dort.

„Kannst du auch sein! Soweit ich weiß, sind alle anderen Gästezimmer ausgebucht. Und hier kannst du auch nicht lange bleiben, in fünf Tagen kommen neue Gäste."

„Ich weiß. Aber ich habe den Handwerkern ein paar Scheinchen zugesteckt, damit sie sich beeilen." Er schmunzelte. „Jetzt bin ich wirklich gespannt auf die Wohnung in luftiger Höhe."

Ich parkte den Wagen neben dem Turm, stieg aus und hob Fridolin aus der Autobox, während ich mit Jannis sprach. „In luftiger Höhe ist nur das Wohnzimmer. Der Rest ist hier unten im Anbau, da hast du dein Schlafzimmer und das ... Frido, komm zurück!"

Kaum hatte ich den Welpen auf den Boden gesetzt, stürmte er los, direkt auf den Anbau zu. Als ich ihm mit der Leine in der Hand nachlief, sah ich auch warum.

Auf dem Fensterbrett saß Tiki, Arnes Katze. Sie tat ultra-gelangweilt und gab vor, tief in das Putzen ihres Rückenfells vertieft zu sein, während Fridolin zu ihren Füßen einen Riesenzirkus veranstaltete. Er bellte, sprang in die Luft, drehte sich um sich selbst und stellte sich immer wieder auf die Hinterbeine, weil er wohl gern die Wand hinaufgeklettert wäre, um Tiki ausgiebig übers Fell zu schlabbern. Was möglicherweise nicht ratsam wäre.

Tiki strafte ihn während der gesamten welpenhaften Begeisterungsaktion mit stoischer Missachtung. Mir schwante nichts Gutes.

„Oh je“, sagte ich zu Jannis. „Ob das mal gutgeht?“

Er sah mich verständnislos an. „Was meinst du?“

„Das ist Tiki.“

Jannis zuckte mit den Schultern. „Eine Katze eben.“

Schmunzelnd schüttelte ich den Kopf. „Oh nein, nicht irgendeine Katze! Tiki ist die Königin von Möwenitz. Das würde sie zumindest sagen, wenn sie sprechen könnte.“

Ich musterte sie aus den Augenwinkeln. „Ehrlich gesagt, würde ich bei ihr nicht einmal ausschließen, dass sie das kann. Sie hält es vielleicht einfach geheim“, raunte ich Jannis zu.

Er lachte. „Scheint ja eine wahre Wunderkatze zu sein. Dabei ist sie doch recht klein und zierlich. Sieht eigentlich total harmlos aus.“

„Von wegen! Das ist ihre Masche, damit täuscht sie die Leute. Sie hat es faustdick hinter den seidigen Ohren. Außerdem gehört der Leuchtturm zu ihrem Revier. Fremde Katzen duldet sie hier sicher nicht. Wie es mit Hunden aussieht, weiß ich leider nicht."

Erneut lachte Jannis. „Komm schon, Lenja: Frido ist ungefähr dreimal so groß wie die Katze! Der kann ihr mit einem Pfotenhieb zeigen, wer der Herr im Ring ist."

Als hätte sie unsere Worte verstanden, sprang Tiki ohne Vorwarnung vom Fensterbrett, blieb vor Frido stehen und plusterte ihren Schwanz auf.

„Oh je", machte ich. „Sollen wir Fridolin wegholen?", fragte ich.

„Sicher nicht. Die freche Katze wird jetzt lernen, wer das Sagen hat."

Das sah Tiki anders. Als Fridolin neugierig auf sie zu tapste, verpasste sie ihm einen blitzschnellen Tatzenhieb auf die Nase. Und flitzte davon. Bevor wir reagieren konnten, sauste er hinterher. Die beiden rannten zwei Runden um den Leuchtturm herum, bis Tiki auf einen hohen Blumentopf sprang und von dort aus Fridolin, der sich mit den Vorderpfoten gegen den Topf stemmte, erneut zwei blitzschnelle Nasenstüber bescherte.

„Das ist ja ein kleiner Teufelsbraten!", rief Jannis, nahm mir die Leine aus der Hand und knipste sie ins Halsband seines Hundes. Fridolin wusste nicht, ob er wedeln oder den Schwanz einziehen sollte. Er schien auf eigenartige Weise fasziniert zu sein von Tiki.

„Der will gar nicht weg von ihr", stellte Jannis fest. „Dabei hat ihm das Katzenvieh mehrere Hiebe verpasst."

„Tja, diesen Effekt hat sie. Auch auf Kater. Und auf Menschen." Während Jannis den widerwilligen Welpen wegführte, ging ich zu Tiki und streichelte ihr über den Kopf. Sie fing sofort an, lautstark zu schnurren, und sah insgesamt sehr zufrieden aus.

„Verräterin", zischte Jannis mir zu, grinste aber dabei.

Mit einiger Mühe schafften wir es, Frido samt Jannis' Gepäck ins Innere des Leuchtturms zu bugsieren. Vor der Wendeltreppe nahm Jannis seinen Hund hoch.

„Wir gehen gemeinsam nach oben, ich trage ihn", sagte er und es klang ein wenig feierlich. Ein bisschen, als würde er mit seiner Braut die Hochzeitssuite betreten.

„Macht das. Ich hole noch die Kiste mit Lebensmitteln und bringe sie in die Küche."

Es dauerte ein paar Minuten, bis ich alles hereingebracht und eingeräumt hatte. Verhungern musste Jannis in den nächsten Tagen schon mal nicht.

Schließlich ging ich ebenfalls die lange Wendeltreppe nach oben. Seltsamerweise hörte ich aus dem Wohnzimmer keinerlei Geräusche. Als ich es nach den letzten Stufen betrat, wusste ich, warum.

Jannis stand am Fenster, den Hund immer noch in den Armen haltend. Beide sahen fasziniert aufs Meer hinaus. Ich selbst hielt ebenfalls die Luft an bei diesem Ausblick. Glutrot versank die Sonne in der Ostsee, färbte auch das Meer, verlieh dem Himmel einen pastellfarbenen Anstrich. Ein paar Wolken hatten sich aufgebauscht, wurden von unten beleuchtet und sahen so unwirklich aus, als hätte ein Maler sie an den Himmel gepinselt.

Schweigend machte ich ein paar Schritte auf die beiden zu und stellte mich neben sie, den Blick noch immer auf das atemberaubende Panorama gerichtet. Von hier oben sah es aus, als könnte man direkt in die Unendlichkeit blicken. Himmel und Meer verschwammen, es schien keinen Anfang und kein Ende zu geben, überall war Weite und hinreißende Schönheit.

Erst nach ein paar Minuten fiel mir auf, wie ungewöhnlich es war, dass Frido sich so ruhig verhielt.

War er vielleicht eingeschlafen? Ein Seitenblick verriet mir, dass er wach war, seinen Blick aber genau wie sein Herrchen auf die schimmernde Ostsee und den pastellfarbenen Himmel gerichtet hatte.

„So schön hatte ich es mir nicht vorgestellt", hörte ich Jannis irgendwann sagen. Seine Stimme verriet tiefe Ehrfurcht vor diesem Naturschauspiel. Ich mochte es, dass ihn der Anblick genauso berührte wie mich. Viele Leute bekundeten leichthin, wie schön sie einen Sonnenuntergang fänden, aber nur wenige versanken in diese andächtige Stille, die ich bei Jannis fühlte.

„Man kommt sich ganz klein vor", bestätigte er im nächsten Moment mein Empfinden. „Und man wird bescheiden, findest du nicht?"

Ich nickte langsam und ließ mir Zeit mit der Antwort.

„Wenn ich hier oben stehe und aufs Meer schaue, werde ich immer zutiefst dankbar", sagte ich schließlich. „Dass ich hier leben darf. Dass die Sonne jeden Tag wieder aufgeht, egal, was passiert oder wie schwierig mein Leben gerade ist. Und dass der Leuchtturm mir immer wieder zeigt, wie es funktioniert, einfach an seinem Platz zu stehen und allen Stürmen die Stirn zu bieten."

Verflixt. Ich hatte einfach drauflosgeredet und ausgesprochen, was ich fühlte. Wahrscheinlich hielt er mich jetzt für eine Verrückte. Männer hatten es bekanntlich nicht so mit bildhaften Gefühlsäußerungen.

Vorsichtig schielte ich zu ihm hinüber und erwartete zumindest eine hochgezogene Augenbraue. Oder ein Belächeln meiner seltsamen Sätze.

Doch Jannis nickte nur. „Ich weiß genau, was du meinst. Aber ich hätte es nicht so schön ausdrücken können. Hier sein zu dürfen, ist ein Geschenk."

Überrascht sah ich ihn an. Ich bildete mir das also nicht ein? Er empfand es genau wie ich? Das zu wissen, sandte ein Prickeln über meinen Körper.

Dabei hatte ich Jannis für viel nüchterner gehalten. Für einen dieser Kerle, die bei Sonnenuntergängen die Augen verdrehten und das als romantischen Käse abtaten. Aber er war ehrlich fasziniert von dem Anblick und übertrug das auf Frido, der sich immer noch reglos in Jannis' Arme schmiegte. Ich lächelte in mich hinein.

Jannis sah zu mir. „Wie ist es, hier seine Heimat zu haben?", flüsterte er. „Spürst du den Wind, auch wenn du in deinem Laden bist? Schmeckst du das Meer, obwohl du gerade Pralinen machst?"

Seine Fragen waren so innig, so nah. Ich machte einen kleinen Schritt auf ihn zu. Stand jetzt neben ihm und legte meine Hand auf Fridos Rücken. Sein Fell war warm. So warm wie der Sand an einem Frühsommertag.

„Ich habe diese Landschaft immer in mir", antwortete ich leise. „Vielleicht brauche ich deshalb keine Meditation: Ich muss nur die Augen schließen und schon sehe ich die Wellen vor mir, wie sie am Ufer auslaufen, sich zurückziehen, von Neuem einen Anlauf nehmen. Ich kann die Schreie der Möwen hören, auch wenn es mitten in der Nacht ist und sie schlafen. Und ich fühle den Wind auf meiner Haut, selbst wenn ich eine dicke Jacke trage. Er ist stets bei mir, er hilft mir, mich zu spüren. Manchmal gehe ich an einem stürmischen Tag ans Meer, irgendwohin, wo mich niemand sehen kann. Dann strecke ich die Arme aus, schließe die Augen und lass den Wind durch meine Haare fahren, mir ins Gesicht blasen, mir Tränen in die Augen treiben. Wenn ich lange genug stehe, kommt dann ein Gefühl, als würde er durch mich hindurch wehen. Als wäre ich kein Hindernis mehr, sondern ein Teil von ihm geworden. Ein Teil des Sandes. Ein Teil der Ostseeküste. Das ist unbeschreiblich schön."

So schön sogar, dass ich alleine bei dem Gedanken feuchte Augen bekam. Ja, manchmal weinte ich dabei. Einfach, weil ich meine Heimat so sehr liebte. Weil ich hier sein durfte. Weil der Wind mein Freund war.

Jannis' Hand lag plötzlich auf meiner. Und sein Blick auf meinem Gesicht.

Er räusperte sich, bevor er leise begann. „Ich habe noch nie jemanden so wundervoll von seiner Heimat sprechen hören. So viele Menschen bezeichnen sich als Weltbürger, leben mal hier, mal dort, wollen mit ihren Wurzeln nichts zu tun haben. Aber du – du bist hier verankert. Du bist wirklich ein Teil von all dem." Er sah wieder aufs Meer hinaus.

„Ich mag das", fügte er an. „Wie du über all das redest. Und dass du darüber redest. Mit mir."

Seine Augen schimmerten. Sein Blick kehrte zu mir zurück. Fand meinen. Hielt mich fest. Und da war immer noch seine Hand, die sanft über meine strich. Vielleicht, weil er eigentlich den Hund streichelte. Vielleicht, weil wir uns plötzlich so nahe waren.

Ich ließ sie einfach dort liegen, meine Hand. Und ich ließ es zu, ganz tief in seinen Augen zu versinken.

„Die meisten Männer würden mich für verrückt halten, wenn ich ihnen so etwas erzählte", sagte ich irgendwann.

Er lächelte weich. „Dann bin ich wohl anders als die meisten Männer. Ich beneide dich für diese Gefühle. Und ich kann verstehen, wie besonders es hier ist."

Zwei Möwen flogen direkt am Fenster vorbei. Elegant segelten sie in Richtung Strand, ließen einen heiseren

Schrei ertönen.

Jannis‘ Lächeln wurde breiter. „Die beiden sehen es ganz genauso, schätze ich.“

Ich spürte zu gleichen Teilen Aufregung, weil seine Finger noch immer meine berührten, und tiefe Ruhe. Es war, als hätte das Leuchtturmpanorama einen Zauber gewirkt und uns in diesen eingehüllt.

Erst als ich meine Hand von Jannis‘ löste, tauchte ich allmählich wieder auf. Ich blinzelte in die untergehende Sonne. Jannis‘ Duft verwirrte mich. Seine Nähe noch mehr.

Sicherheitshalber machte ich einen kleinen Schritt zur Seite. „Die Sonne freut sich offenbar, dass ihr beide die neuen Bewohner des Leuchtturms seid. Deshalb hielt sie eine so farbenfrohe Begrüßung für euch parat.“

„Das wird es sein.“ Jannis wirkte mit einem Mal schelmisch. „Wenn ich ehrlich sein soll: Ich habe das Rohr im Badezimmer absichtlich angesägt, damit ich einen Wasserschaden vorschieben kann und Hinnerk mich aus Mitleid hier im Leuchtturm wohnen lässt.“

Da war er wieder, sein Humor! Und zwar einer, den ich sehr schätzte.

„Schlau gemacht“, lobte ich und zwinkerte ihm zu. „Und das mit dem Kapselriss ist auch nur vorgeschoben, nehme ich an?“

„Mist, jetzt hast du mich durchschaut. Hab mir extra ein Röntgenbild von meinem Kumpel fälschen lassen“, neckte er mich. „Du pumpst aber trotzdem morgen für mich die Blutdruckmanschette auf? Nachdem ich Frido jetzt gefühlte zwei Stunden im Arm gehalten habe, bin ich viel zu schwach dazu. Der Vielfraß wiegt mindestens fünfzehn Kilo!“

Ich lachte. Und auch Jannis stimmte mit ein.

Mein Bauch kribbelte und über meinen Rücken lief eine Ameisenherde, was nicht an der Höhenluft lag, auch wenn ich mir das gern einreden würde.

Nein, es lag an Jannis‘ Lachen. An seinen blitzenden dunklen Augen. Am sanften Klang seiner Stimme, wenn er von den Schönheiten der Abendstimmung schwärmte.

Es war wundervoll, mit ihm herumzualbern. Und herumzuschwärmen.

Dass wir beide so ergriffen waren von diesem Ausblick, hatte etwas Verbindendes. Und dass seine Ruhe sich so sehr auf den Wirbelwind Fridolin übertrug, gefiel mir.

Obwohl Fridolin langsam aus seiner andächtigen Starre erwachte und mit seinen Teddybärpfoten herumhampelte, wandte sich Jannis erneut dem Ausblick zu.

„Schade, dass das Schlafzimmer unten ist. Ich muss mir wirklich überlegen, ob ich nicht hier auf dem Sofa schlafe. Es sieht aus, als könnte man es ausziehen. Mal dir mal aus, wie es wäre, hier oben aufzuwachen! Du schlägst morgens die Augen auf und schaust direkt in die Wolken. Oder siehst eine Möwe, die ganz nah vorbeischwebt. Ich stelle mir das irrsinnig schön vor.“

Sein Gesicht leuchtete in den letzten Sonnenstrahlen, er hatte ein ganz leises Lächeln auf den Lippen.

In mir schmolz irgendetwas, als ich ihn anblickte. Etwas, das mir bisher verboten hatte, Jannis ernsthaft als Mann zu betrachten. Etwas, das mich plötzlich überlegen ließ, wie es wohl wäre, hier oben neben ihm aufzuwachen.

Ja, er war ein verbohrter Schulmediziner. Und ja, er blickte auf mich und meine Leidenschaft herab, was ich auf den Tod nicht ausstehen konnte.

Aber er war auch ein Mann, der einen flauschigen

Welpen adoptiert hatte, diesen trotz verletzter Hand herumschleppte und ihm ein Heim geschaffen hatte.

Und er war ein Mann, der angesichts eines eigentlich stinknormalen Sonnenuntergangs, wie er jedes Jahr hundertmal an der Ostsee stattfand, in Bescheidenheit und Dankbarkeit versank.

Auch wenn es dem vernünftigen Teil von mir kein bisschen recht war: Jannis gefiel mir. Oder zumindest eine Facette von ihm gefiel mir, nämlich die, die er hier oben im Leuchtturm offenbarte.

Hatte Hinnerk am Ende doch recht und der Leuchtturm hatte magische Kräfte?

Nein, natürlich nicht. Ich schüttelte über mich selbst den Kopf. Was war nur los mit mir? Das hier war das normale Leben und kein zuckersüßer Liebesroman. Nein, das war die Realität. Und Jannis war ein waschechter Mediziner mit Hang zur Überheblichkeit, zum Alleinsein und zum Tragen von unpassenden Goldknopf-Sakkos, aber keinesfalls ein Traummann.

Ich war eindeutig unterzuckert. Oder dehydriert. Oder irgendetwas anderes, wahrscheinlich war der Sauerstoff hier oben knapp. Denn dass mein Herz ausgerechnet für meinen neuen Nachbarn schneller schlug, konnte einfach nicht sein, Leuchtturmromantik hin oder her!

12. Unruhige Nächte

Am nächsten Tag öffnete Jannis‘ Praxis erst um zehn Uhr. Das gab mir Zeit, am Morgen neue Zitronenmöwen und Leuchttürme zu backen. Pralinen wurden im Sommer zum Glück kaum gekauft, über die Produktion musste ich mir also nicht den Kopf zerbrechen. Ich hatte Hedi gegenüber ein schlechtes Gewissen, weil ich sie so lange alleine ließ, aber als ich ihr das sagte, lachte sie nur.

„Lenja, du könntest mir keinen größeren Gefallen tun, als mich hier im Laden arbeiten zu lassen!“, erklärte sie sehr überzeugend. „Bei mir daheim ist die Hölle los. Hinnerk und sein Freund Thorben schnitzen wie verrückt an diesen komischen Seeräuberfiguren oder was immer das sein soll. In die beiden größten bauen sie jetzt winzige Lautsprecher ein, damit diese windschiefen Gartenzwerge dann auch noch Shantys singen.“

„Lass mich raten: Hinnerk träumt davon, die Prototypen an eine Kette wie Dehner oder Hornbach zu verkaufen? Um dann reich und berühmt zu werden als der Erfinder der singenden Piratenzwerge?“

Sie stöhnte nur. „Du kennst ihn sehr gut. Er hat schon Jessica angerufen und quasi beauftragt, Werbefotos zu schießen. Dabei funktionieren die Dinger noch nicht mal richtig. Von der Optik will ich erst gar nicht reden."

Bei der Vorstellung von windschiefen, selbst geschnitzten Piratenzwergen musste ich zwangsläufig lachen.

„Wer weiß", kicherte ich. „Vielleicht begründen die Dinger irgendeinen irren Tiktok-Trend und ihr beide könnt euch vor Fans nicht mehr retten."

„Nicht *wir beide*", korrigierte Hedi eilig. „Er. Oder besser gesagt: die beiden Kerle. Ich habe mit dem ganzen Klimbim nichts zu tun und bin heilfroh, dass ich bei dir im Laden meine Ruhe habe. Tee kochen, mit lieben Nachbarn klönen, netten Touristen Tipps geben und ihnen deine Leckereien verkaufen – das ist herrlich entspannend."

„Ach Hedi, wenn ich dich nicht hätte!" Ich ging auf sie zu und drückte sie kurz an mich. „Du bist wirklich toll."

„Vor allem bin ich neugierig, wie es nebenan in der Praxis läuft. Seid ihr schon ein eingespieltes Team, der Herr Doktor und du?"

„Fachlich nicht wirklich."

Hedi grinste sehr breit und sehr neugierig. „Und menschlich?"

Ich prustete. „Was soll ich mit einem Mann? Hab gar keine Zeit für so etwas. Nele und ich suchen immer noch nach Räumen, um unseren Traum zu erfüllen. Das ist viel wichtiger."

„Aber Kind, du willst doch wohl nicht ewig alleine bleiben?", fragte sie alarmiert.

„Wer weiß? So schlimm ist das heutzutage nicht."

„Mag sein, aber du bist so liebenswert. Und so hübsch!"

„Hedi, das sind tausend andere Frauen auch. Du, ich muss mich jetzt fertig machen. Wir reden später, okay?"

„In Ordnung. Aber glaub bloß nicht, dass du dem

Thema ausweichen kannst. Ich werde nicht eher ruhen, bis wir einen Traummann für dich gefunden haben.“ Sie gluckste, zwinkerte mir zu und strahlte wie ein junges Mädchen.

„So einen wie deinen Hinnerk gibt es leider kein zweites Mal“, sagte ich.

„Zum Glück! Den hält sicher nicht jede Frau aus. Aber ich weiß, was ich an ihm habe.“

In ihren Augen war dieses Funkeln, das ich bei ihr schon oft gesehen hatte. Wie die beiden miteinander umgingen, war einfach wunderbar. Manchmal wünschte ich mir, meine Eltern wären wie Hinnerk und Hedi. Nein, eigentlich wünschte ich mir sogar, die beiden wären meine Eltern. Vieles wäre sicher anders gelaufen.

Ich verabschiedete mich von Hedi, um nach oben in meine Wohnung zu gehen. Das Thema ließ mich leider nicht los. Wie immer, wenn ich an meine Familie dachte, verkrampfte sich mein Brustkorb und ließ alles eng werden. Deshalb schob ich solche Gedanken auch eilig zur Seite, falls sie zufällig auftauchten. Dummerweise funktionierte das nicht immer. So sehr ich es heute versuchte, es klappte nicht. Das strenge Gesicht meines Vaters tauchte ständig vor meinem inneren Auge auf. Dabei hatte ich ewig nicht mehr an ihn gedacht!

Aber ich wusste natürlich, woran das lag. An Jannis. Er wirbelte all diese unangenehmen Gedanken nach oben. Ich musste das in den Griff bekommen. Gleich nachdem ich in meinem Flur stand, legte ich eine Hand auf den Bauch, schloss die Augen und atmete ganz bewusst ein. Dann entließ ich den Atem ganz, ganz langsam. Diese Übung wiederholte ich mehrmals und hatte das Gefühl, dass sich die Enge in meiner Brust allmählich löste.

Ein Blick auf die Uhr verriet mir, dass ich noch eine Viertelstunde Zeit hatte. Das reichte, um mir eine große Tasse Tee zu kochen. Unten im Laden verwendete ich natürlich einen modernen Wasserkocher mit Temperaturanzeige. Schließlich benötigte japanischer Grüntee eine andere Temperatur als ein friesisch-starker Schwarztee. Aber in meinen eigenen vier Wänden liebte ich den uralten Wasserkessel, mit dem schon meine Oma ihre berühmten Tees zubereitet hatte. Auf einem Holzofen. Und mit einem geschnitzten Löffel, der nur zum Herausholen der Teeblätter aus den unzähligen luftdichten Gläsern verwendet werden durfte.

„Ach Omi, du fehlst mir", seufzte ich, während ich eine große, bauchige Tasse aus dem Schrank nahm. Sie war mit Blümchen und Kräutern bemalt, außerdem trug sie die Aufschrift: „Eine Tasse Tee ist eine Tasse Frieden".

Oma hatte die Tasse, die ich ihr mal zum Geburtstag geschenkt hatte, sehr geliebt. Nach ihrem Tod war mir egal gewesen, wer ihre wenigen Habseligkeiten bekam. Aber ihre Lieblingstassen, den abgeschlagenen Teekessel und natürlich den hölzernen Teelöffel hatte ich für mich selbst beansprucht und hielt alles auch jetzt noch in Ehren.

Ich griff zu einer Kräutermischung, die ich selbst hergestellt und mit *Omas Beste* beschriftet hatte. Es war nichts Besonderes, nur Pfefferminze aus meinem kleinen Hochbeet hinterm Haus, Verbene, Malve, Zitronenmelisse und ein paar Sonnenblumenblätter. Kein Heiltee und auch keine exotische Teemischung – aber die Kräuter rochen nach der winzigen Küche, in der ich so oft mit meiner Großmutter gesessen hatte und mir von ihr alles über die Heilkräfte der Natur hatte beibringen lassen.

Sehr zum Leidwesen meines Vaters allerdings, der in

regelmäßigen Abständen einen Tobsuchtsanfall bekam, wenn meine Mutter, meine Oma oder ich über Pflanzenheilkunde redeten. „Wagt es bloß nicht, mir irgend so einen Hexensud vorzusetzen! Ich will eure Schamanenkräuter nicht im Haus haben", hatte er gepoltert und vor lauter Wut einen so roten Kopf bekommen, dass seine Ader an der Schläfe gefährlich gepocht hatte.

„Schluss damit", schalt ich mich selbst. Er musste wieder raus aus meinem Kopf. Ärgerlich presste ich die Backenzähne aufeinander. Von wegen Hexensud! Er hatte sich auf die ach so starke Schulmedizin verlassen. Und wohin hatte ihn die geführt? Direkt ins Grab. Und zwar auf eine Art und Weise, die ich niemandem wünschte.

Aus reinem Trotz holte ich mein Mäppchen hervor, in dem sich meine homöopathische Hausapotheke befand, und kontrollierte, ob alle wichtigen Mittel vorhanden waren. Zusammen mit einer Stimmgabel für die sanfte Stimulation von Akupressurpunkten und der Anregung der Selbstheilungskräfte, einem Fläschchen Bachblüten-Notfalltropfen und noch ein paar anderen Utensilien stopfte ich alles in meinen Rucksack, den ich als Handtasche benutzte. Da war dann auch genügend Platz für Hundebeutel, Leckerlis oder was man als vielreisender Berner Senn-Mix sonst noch benötigte.

„Ätsch, Papa", sagte ich grimmig und meinte damit auch ein klein wenig Jannis. Der würde künftig jedenfalls mit allerlei Schamanenkraut hinterm Fahrersitz herumkutschiert werden. Und auch, wenn ich meine Sachen in seiner Anwesenheit natürlich nicht anwenden würde, verschaffte mir das eine kleine Genugtuung.

Ich räumte noch ein wenig auf, trank meinen Tee aus und fühlte mich gestärkt, als ich um kurz vor zehn Uhr mein Haus verließ und bei Jannis‘ Praxis klingelte.

Er öffnete und mir entfuhr ein kleines „Huch!“

Jannis seufzte und gab mir ein Handzeichen, dass ich eintreten sollte. Das tat ich, starrte ihn aber weiterhin fragend an, während er den Schnappmechanismus der Eingangstür einstellte. Bald würden die ersten Patienten kommen. Und die würden garantiert ebenfalls staunen angesichts seines ramponierten Gesichts. Er sah aus, als hätte ihm jemand einen Baseballschläger über den Kopf gezogen und ihn danach ins Tigergehege geworfen.

„Schuld an allem ist der hier“, sagte er und deutete mit äußerst finsterem Blick auf Fridolin, der mich so freudig begrüßte, als hätten wir uns seit vier Monaten nicht gesehen.

„Frido hat dir eine Beule und diese Kratzer verpasst?“ Das konnte ich kaum glauben. „Hat er Tiki in dein Schlafzimmer gelassen oder wie ist das passiert?“

„So ähnlich“, stöhnte Jannis. Anschließend schleppte er sich zum Tresen, wo eine Tasse Kaffee stand, die er leertrank. Erwartungsvoll sah ich ihn an.

„Tagsüber ist Frido ja meist trocken“, erzählte er endlich. „Aber nachts klappt das nicht immer. Und jetzt im Leuchtturm schon gar nicht. Die neue Umgebung hat ihn unruhig gemacht. Ich bin jedenfalls viermal aufgestanden, weil er immer wieder gewinselt hat. Musste jedes Mal die Treppe runter und das im halbwachen Zustand. Ein Graus.“ Er gähnte herzhaft.

„Du hast also tatsächlich oben geschlafen?“

„Nur ansatzweise. Irgendwann wurde es mir zu dumm und ich bin nach unten ins Schlafzimmer gezogen. Frido sollte vorm Bett liegen, da hatte ich ihm zumindest ein schönes Schlafnestchen gebaut. Aber der sture Ziegenbock wollte das nicht und ist immer wieder zu mir ins Bett gehüpft."

„Wie niedlich." Ich grinste breit.

Nicht nur, weil ich mir die Szene lebhaft vorstellen konnte. Sondern auch, weil ich mich fragte, was Jannis nachts trug. Einen Shorty-Pyjama? Ein Tanktop zu gestreiften Boxershorts? Nur einen Hauch Aftershave?

„Von wegen niedlich", brummte er. „Ich hab's irgendwann aufgegeben, ihn aus dem Bett zu werfen, weil mich der Tiefschlaf ereilt hat. Und irgendwie hat er sich wohl an meinen Kopf gekuschelt oder so. Dummerweise hat der Weckton meines Handys den Herrn Fridolin dann so erschreckt, dass er aufgesprungen ist, mir seine Krallen ins Gesicht gerammt und gleichzeitig die Nachttischlampe umgeworfen hat. Direkt auf meine Denkerstirn."

Ich musste mich sehr bemühen, nicht laut loszuprusten.

„Muss eine sehr massive Lampe gewesen sein", sagte ich und betrachtete die Beule an seiner Stirn.

„Schweres Messing", knurrte er. „Und total überdimensioniert auf einem Nachttisch."

„Soll ich dir die Beule und die Kratzer ein bisschen überschminken? Sonst kriegen die Patienten ja einen Schock, wenn sie dich sehen."

Skeptisch sah er mich an. „Funktioniert das?"

„Versuch macht kluch", reimte ich. „Bin gleich zurück."

Ich eilte in mein Badezimmer und kramte nach einem Concealer und einem matten Puder. Bewaffnet mit diesen Schminkutensilien kehrte ich zurück in die Praxis.

„Komm, wir gehen ins Behandlungszimmer, da ist gutes Licht", schlug ich vor.

„Wenn du dir einbildest, dass ich mich auf die Liege lege, täuschst du dich", grummelte er.

Ich lachte. „Schon klar, Ärzte sind richtig schlechte Patienten. Ich krieg das auch im Stehen hin, keine Angst.“

Sein Blick blieb skeptisch auf meinen Concealer gerichtet, den ich aufdrehte. „Ich will aber nicht total angemalt aussehen“, brummte er.

„Wirst du nicht. Der Farbton passt glücklicherweise genau zu deiner Haut.“

Seltsam eigentlich. Ich hätte nicht gedacht, dass wir da übereinstimmten. Schließlich hatte er dunkle Haare, während ich blond war. Aber da ich schon immer gern draußen gewesen war, während Jannis garantiert zur Gattung der über Fachliteratur gebeugten Stubenhocker gehörte, passte das.

Damit ich die Abdeckung auftragen konnte, musste ich ganz nah vor Jannis stehen. So nah, dass sein Duft mir in die Nase stieg. Er trug heute kein Aftershave, roch aber trotzdem unwiderstehlich nach herbem Duschgel, Kaffee und einem Hauch Desinfektionsmittel. Diese Mischung musste irgendwelche magischen Kräfte haben, denn mein Herz schlug plötzlich im Renngalopp. Hoffentlich bemerkte Jannis das nicht, sonst wäre es richtig peinlich für mich.

Ich musste mich ablenken. Über irgendetwas Belangloses sprechen. „Du kommst also aus Lübeck“, fiel mir ein, was er Meike verraten hatte. „Aus einer alteingesessenen Arztfamilie?“

Seine Mundwinkel zuckten. „So stellst du dir das also vor? Jannis, der jüngste Spross einer Ärztedynastie? Mit lauter Verwandten, die Chefärzte in berühmten Kliniken sind?“ In seinen Augen blitzte ein Lächeln auf.

Schmunzelnd zuckte ich mit den Schultern. „Könnte ja sein. Nur deine Schwester wäre dann das schwarze Schaf, nehme ich an. Als Arztserie im Fernsehen würde sich das prima machen."

Er lachte kurz. „Gut möglich. Aber ich muss dich leider enttäuschen. Mein Vater arbeitet als Physiker im Max-Planck-Institut."

„Ah, ein Wissenschaftler!"

„Gravitationsphysik."

„Da war er sicher stolz auf dich, als du ebenfalls studiert hast. Und noch dazu mit Spitzennoten."

Seine Miene verschloss sich. „Das wurde von mir erwartet", sagte er kühl. „Du solltest anfangen mit der Verschönerung, sonst kommen die ersten Patienten und ich sehe noch immer aus wie jemand, der sich in einer Kneipe verprügeln ließ."

„Bin schon bereit."

Mit angehaltenem Atem tupfte ich den Concealer auf die Kratzer und die Beule, danach verwischte ich die Ränder mit einem weichen Make-up-Pinsel. Jannis hatte sich leicht nach vorne gebeugt, damit ich besser an seine Stirn herankam.

Bildete ich mir das ein oder ging auch sein Atem schneller? Ach was, das lag sicher nur daran, dass die Beule schmerzte und nicht an meiner Nähe.

„Hier ist die Farbe zu dick, das wische ich mit dem Finger weg", kündigte ich an.

Mein Nacken kribbelte, als ich mit dem Zeigefinger ganz sanft über seine Schläfe wischte. Die kleine Berührung sandte mir einen Schauer nach dem anderen über den Rücken. Jannis hatte den Kopf noch weiter nach unten gebeugt und sah mir in die Augen. Mein Puls raste. Immer wieder flackerte mein Blick, landete auf seinen Lippen, die nur wenige Zentimeter von meinen entfernt waren. Wie sie wohl schmeckten? Wie es sich wohl anfühlte, Jannis zu küssen?

„Das machst du gut“, raunte er mir zu und seine dunkle Schokoladenstimme kroch tief in meinen Bauch hinein.

Ich schluckte. „Vielleicht lässt du eine Strähne in die Stirn hängen?“, fragte ich heiser.

Er hielt mich mit seinem Blick fest. So fest, dass mein Puls jeden Fingersensor in Panik versetzt hätte.

Wie in Trance griff ich in seine Haare, die seidig weich waren, und zupfte vorsichtig eine Strähne hervor. Nur mit Mühe konnte ich meine Finger davon abhalten, tief in seine dichten Haare zu greifen, sie zu zerwühlen, Jannis‘ Kopf heranzuziehen.

Auch er schien in diesem Moment gefangen zu sein. Er öffnete seine Lippen leicht. Sein Atem ging unregelmäßig. Und sein Blick war noch immer bei mir, nur bei mir. Ich versank in seinen dunklen Augen. Tauchte einfach ein, verlor mich in ihnen. Sehnte mich danach, mit meinen Händen den Rest von Jannis zu erkunden, seine Lippen auf meinen zu fühlen, mich einem Kuss hinzugeben, der alles um uns herum ...

„Ah, hier seid ihr zwei Hübschen!“, riss mich eine knarzende Stimme in die Realität zurück.

Jannis und ich stoben ertappt auseinander. Verdammt!

Hinnerk stand in der Tür, ein Grinsen im Gesicht, das von hier bis Panama reichte.

„Ich lasse euch gleich weiterturteln, keine Angst. Hab nur eine kleine Frage an Lenja.“ Er zwinkerte mir zu.

„Wir haben nicht geturtelt“, widersprach ich sofort. Nur blöd, dass meine Stimme sich anhörte wie die eines heiseren Zwerghamsters.

„Lenja hat nur meine Beule verarztet“, bestätigte Jannis.

Hinnerk machte einen Schritt auf ihn zu und verengte die Augen. „Beule? Ich sehe kein bisschen was von einer Verletzung."

„Ja, weil ich alles überschminkt habe", gab ich nun zu.

Leider führte das nur dazu, dass Hinnerk erneut grinste wie ein Honigkuchenpferd.

„Ihr müsst euch da keine komischen Ausreden ausdenken. Ist völlig in Ordnung, wenn ihr zueinandergefunden habt. Hach, wie schön, endlich wieder Turteltäubchen in Möwenitz!"

„Hinnerk!", rief ich streng. „Du täuschst dich da total! Und wehe, du rennst jetzt im ganzen Ort herum und verbreitest irgendwelche falschen Gerüchte. Dann kriegst du nie wieder eine Zitronenmöwe von mir!"

Er zog eine Schnute. „Ist ja schon gut. Du tust ja gerade so, als würde ich ständig herumtratschen."

Was absolut der Wahrheit entsprach, aber das sagte ich natürlich nicht. Fridolin sprang inzwischen aufgeregt um Hinnerks Beine und wedelte wie verrückt, als dieser ihn streichelte.

„Wollten Sie nicht etwas von Lenja wissen?", lenkte Jannis auf ein anderes Thema über. Draußen im Flur hörte man Patienten hereinkommen.

„Ah, stimmt!" Hinnerk wandte sich mir zu. „Thorben und ich hatten eine Idee für die Vermarktung unserer singenden Seefahrerhelden. Meinst du, du könntest passende Figuren backen? Oder Pralinen kreieren? Dann könnten wir Fanpakete schnüren. Wäre für dich doch eine klasse Geschäftserweiterung, oder?"

Er strahlte mich an wie ein kleiner Junge, der auf die Idee gekommen war, sein Taschengeld mit dem Verkauf von Kastanientieren aufzubessern.

„Habt ihr denn schon welche fertig?“, fragte ich.

„Klar!“, verkündete er stolz. „Zwei Prototypen. Gut, es gibt noch ein paar Probleme, aber wir sehen großes Potential!“

Ich versuchte, nicht zu kichern. Hinnerks selbstgebaute Projekte waren zwar immer sehr besonders, aber nie sehr erfolgreich. In den letzten Jahren hatte er versucht, einen Toilettenaufsatz für Hunde zu konstruieren, außerdem ein Möwenschiss-Abwehr-Signal, einen automatischen Strandkorb-sandfrei-Bläser und meinen persönlichen Favoriten: ein Gerät, das an heißen Sommertagen mit einem Solarpanel Mais zu Popcorn werden ließ und die dabei anfallende *Springenergie*, wie Hinnerk sie nannte, zum Aufladen von Handyakkus nutzen sollte. Das mit dem Laden hatte kein bisschen funktioniert, aber ich hatte mit dem Prototyp tatsächlich mal am Strand Popcorn hergestellt, was mich schwer beeindruckt hatte. Eine Eismaschine wäre mir zwar lieber gewesen, aber das behielt ich tunlichst für mich.

„Ich schaue mir eure Gartenzwerg-Piraten mal an, dann sehen wir weiter. Aber jetzt müssen wir leider ein paar Patienten behandeln.“

„Es sind keine Gartenzwerge!“, protestierte er lautstark, verstummte aber, als ich ihn sanft nach draußen beförderte, wo er Tilda in die Arme lief.

Hinnerk war vielleicht kein begnadeter Handwerker, aber er nutzte gnadenlos alle Möglichkeiten, die sich ihm boten. Seine Augen blitzten freudig, also vermutete ich, dass er der Bürgermeisterin eine Horde seiner Figuren andrehen wollte, um das Rathaus zu verschönern.

Grinsend wandte ich mich dem Computer zu, um die erste Versichertenkarte einzulesen. Inzwischen war ich schon geübt und musste mich beim Eingeben der Daten nicht mehr konzentrieren. Deshalb schweiften meine Gedanken zurück zu der Szene vorhin. Wieso hatte es so heftig geprickelt, als ich Jannis berührt hatte? Spielten meine Hormone verrückt, nur weil ich seit langer Zeit keinen Mann mehr in meinem Schlafzimmer gehabt hatte?

Ich rechnete nach. Es war tatsächlich schon über zwei Jahre her, dass Holger und ich uns getrennt hatten. So richtig vermisst hatte ich ihn nicht. Und auch sonst niemanden. Wieso auch? Ich hatte Freunde, ich liebte meinen Laden, meine Kunden, die lustigen Abende am Strand mit Nele.

Außerdem wäre mein Traummann jemand, der sich ebenfalls für ganzheitliches Heilen interessieren würde. Ein Reiki-Meister mit wilden Locken zum Beispiel. Oder zumindest ein Akupunkteur, den ich dann liebevoll als „mein kleiner Fakir“ bezeichnen könnte. Ja, es musste auf jeden Fall jemand sein, der meine Leidenschaft für alternative Heilkunst teilte, damit wir gemeinsam Menschen auf sanfte Art unterstützen konnten. So etwas schweißte sicher ungemein zusammen.

Trotzdem hatte es mir den Atem verschlagen, als ich Jannis‘ Nähe gespürt hatte. Und auch gestern schon, als wir gemeinsam im Leuchtturm den Sonnenuntergang bewundert hatten, war da dieses seltsame Ziehen in meiner Brust gewesen.

Ach was. Das war sicher nur eine normale Reaktion, wenn man zu lange alleine lebte, und hatte rein gar nichts zu bedeuten.

„Lenja, Assistenz!“, hörte ich Jannis aus dem Behandlungszimmer rufen. Ich gab dem Patienten, der vor mir stand, lächelnd die Karte zurück und eilte zum Herrn Doktor. Fridolin hatte ich vorhin nach draußen gebracht, er schnupperte eifrig im Garten herum.

Es ging wieder einmal um eine Blutabnahme. Ich band den Arm des Patienten ab, reichte Jannis die Nadel und nahm ihm die fertigen Blutproben ab. So nah er mir noch vor einer Viertelstunde gewesen war, so distanziert gab er sich jetzt wieder. Und das nicht nur, wenn Patienten anwesend waren, sondern auch in den kurzen Momenten, in denen er mir die Diagnose oder die Daten für ein Rezept diktierte, damit ich es in den Computer eintrug.

So ging es auch den restlichen Tag weiter. Und das wurmte mich ordentlich. Wo war der Mann hin, der gestern Abend mit mir über sein Gefühl der Dankbarkeit gesprochen hatte?

Verschwunden. Den gab es nur, wenn er nicht in der Rolle des Mediziners unterwegs war. Jannis‘ Laune verschlechterte sich im Laufe der nächsten Stunden sichtlich. Gut, ich konnte das zum Teil verstehen, denn es gab einige Patienten, bei denen er beide Hände zur Untersuchung benötigt hätte. Seine rechte Hand nicht wie üblich nutzen zu können und sich oft auf mich verlassen zu müssen, nervte ihn natürlich kolossal.

Trotzdem musste er mich nicht gar so finster anfunkeln, als Helga Schumann ihm erzählte, dass sie wegen ihres Rheumas neulich bei einer Heilpraktikerin gewesen war.

„Scheint ja nicht geholfen zu haben, sonst wären Sie nicht hier“, kommentierte Jannis ihre Aussage und warf mir einen dolchartigen Blick zu.

Ich biss mir auf die Zunge.

„Ein bisschen besser ist es durchaus geworden“, klärte Helga ihn auf. „Aber mein Sohn sagt, ich soll trotzdem lieber zu Ihnen kommen, Herr Doktor.“

„Sie haben einen sehr schlauen Sohn.“ Jannis schenkte

ihr sein bestes Lächeln. „Diese ganzen Möchtegern-Heilkräuter nutzen nämlich nur dem Kontostand von Heilpraktikern, sonst niemandem."

Dieser arrogante Mistkerl!

Ich musste mir auf die Zunge beißen, um ihm nicht zu widersprechen. Es gab jede Menge chronische Krankheiten, bei denen die ach so tolle Schulmedizin recht hilflos herumruderte. Da war es mehr als sinnvoll, auch mal eine andere Herangehensweise auszuprobieren. Ich hätte ihm von zahlreichen Fällen berichten können, bei denen Menschen ihre langjährigen Allergien durch Schwarzkümmelöl in den Griff bekommen hatten oder bei denen eine homöopathische Konstitutionsbehandlung immer wiederkehrende Nebenhöhlenentzündungen geheilt hatte. Von psychosomatischen Erkrankungen ganz zu schweigen. Mein Onkel Willibald war fünf Jahre lang durch die gesamte Diagnostik und mehrmalige Eingriffe gegangen, bis endlich jemand kapiert hatte, dass er keine echten Herzprobleme, sondern Panikattacken hatte. Eine Psychotherapie hatte schließlich erreicht, was ein ganzer Schwarm Ärzte nicht geschafft hatte – ihn beschwerdefrei zu machen.

Aber so etwas durfte ich Mister Superdoc natürlich nicht sagen, sonst würde er mich hochkant aus der Praxis werfen. Und das wollte ich nicht. Ich kannte die meisten der Patienten, ich hörte hier oft noch eine andere Seite ihrer Beschwerden. Und ich hoffte, einige von ihnen künftig in meiner eigenen ganzheitlichen Praxis behandeln zu dürfen – und zwar mit richtig viel Zeit und Einfühlungsvermögen.

In mir brodelte es den ganzen Tag vor sich hin. Vielleicht war ich heute besonders empfindlich, weil ich an meinen Vater gedacht hatte. Vielleicht war Jannis aber auch heute besonders überheblich, wenn das Gespräch auch nur am Rande auf Alternativmedizin kam. Ich wusste es nicht.

Jedenfalls fieberte ich dem Feierabend entgegen. Als Jannis eine längere Anamnese machte, ging ich mit dem Hund spazieren. Außerdem kam Jessica vorbei und fragte, ob sie Fridolin für einen kleinen Ausflug zum Strand mitnehmen sollte. Jannis stimmte sofort zu.

Jetzt war es schon nach sieben Uhr abends und noch immer saß ein Patient im Wartezimmer. Immerhin war es der letzte und ich holte ihn mit freundlichen Worten ins Behandlungszimmer.

„Hallo Ludger, bist du inzwischen schon Poker-Millionär?“, fragte ich ihn augenzwinkernd.

Er hielt sich den Rücken, als er aufstand. Dabei war er noch nicht einmal dreißig. Schwerfällig folgte er mir nach nebenan.

„Leider nicht. Dabei spiele ich wirklich viel! Aber immer ist es total knapp und dann ergattere ich doch keinen Hauptpreis.“

Ludger war Programmierer, ernährte sich hauptsächlich von Pizza und hatte mir mal verraten, dass er in seiner Freizeit viele Stunden mit Online-Poker verbrachte. Ich mochte den gutmütigen jungen Mann sehr gerne und freute mich immer, wenn er in meinen Laden kam, um sich ein paar Nussecken zu gönnen.

„Das sind Glücks-Ecken“, hatte ich erst neulich gesagt, „die machen dich sicher steinreich. Dann krieg ich aber eine Provision.“

Wir hatten ein wenig herumgealbert, wie wir es immer taten. Heute jedoch wirkte er angeschlagen.

„Wie kann ich Ihnen helfen?“, fragte Jannis und lächelte den jungen Mann an.

„Ich glaube, ich habe Migräneanfälle“, jammerte Ludger sofort los und erzählte ausführlich von seinen Kopfschmerzen und den Problemen im Rücken.

Inständig hoffte ich, dass Jannis unsere Unterhaltung auf dem Flur aufgeschnappt hatte und deshalb ahnte, wie viel Zeit Ludger am PC verbrachte. Er hatte sicher einen verspannten Nacken, der Kopfschmerzen auslöste. Neles Osteopathie würde garantiert Wunder wirken. Aber auch stinknormale Physiotherapie wäre hilfreich, vermutete ich.

Doch Jannis griff am Ende des Gesprächs in die immergleiche Arztkiste. „Wir machen eine Blutuntersuchung, damit ich mir generell ein Bild machen kann. Dazu müssten Sie am Vormittag vorbeikommen. Lenja macht Ihnen einen Termin. Und gegen die Schmerzen schreibe ich Ihnen ein starkes Migränemittel auf.“

„Das ist alles?“, entfuhr es mir.

Verdammt! Ich hatte doch nichts sagen wollen!

Jannis‘ Stimme klang kalt wie Metall. „Ja, das ist alles, bis ich die Blutwerte habe“, zischte er mir zu.

Sein Blick schien mich durchbohren und an die Wand nageln zu wollen.

Blöderweise wandte Ludger sich mir zu. „Was meinst du damit, Lenja? Hast du denn noch andere Vorschläge?“

„Hat sie nicht“, stellte Jannis eisig klar.

Und wie ich die hatte! Jede Menge davon!

Es gab Akupunktur und Aromatherapie, es gab Anfängeryoga und Atemübungen, es gab Aloe-Vera-Massagen und Altchinesischen Tigerbalm und Ashwagandha-Tee. Und da war ich erst beim Buchstaben A und hatte sogar den Aderlass weggelassen!

Ich öffnete den Mund, doch die fliegenden Dolche aus Jannis' Augen sorgten dafür, dass ich umgehend verstummte.

„Ich, ähhh, ich wollte sagen, dass das dann wohl alles für heute ist, weil du der letzte Patient bist", rettete ich mich schnell und fühlte mich wie Omas Teekessel kurz vor dem Pfeifen.

Anschließend verdünnisierte ich mich eilig und lief ins Labor, um dort für Ordnung zu sorgen. Wenn ich noch eine Minute länger im Behandlungszimmer blieb, konnte ich für rein gar nichts garantieren! Um mich ein wenig abzureagieren, ließ ich Fridolin aus dem Garten ins Haus.

Ich hörte, wie Jannis sich von Ludger verabschiedete und nach mir rief, damit ich ihm einen Termin zur Blutabnahme geben konnte. Widerwillig kam ich aus dem Flur zurück, Fridolin tappte hinter mir her. Konnte Jannis das nicht selbst erledigen?

Ich ging zum Tresen, sprach kurz mit Ludger und vereinbarte, dass er nächste Woche erneut erschien. Kaum war er zur Eingangstür hinaus, explodierte Jannis.

„Ich dachte, wir hätten geklärt, dass *ich* hier das Sagen habe!", fuhr er mich an.

„Fällt mir aber schwer, wenn das, was du sagst, so ein Unsinn ist", keifte ich zurück.

Seine Augenbrauen sprangen in die Höhe. „Ach so? Du hättest ihm also gegen seine Migräne irgendwelche schamanischen Teufelskräuter verschrieben, oder was?"

Seine Worte waren wie Messerstiche. Ich sah mit einem Mal wieder meinen Vater vor mir stehen, sah dessen Zornesfalte, die wütenden Augen, die pochende Ader an der Stirn. Hörte, wie er meine Mutter und meine Oma anschrie, bis sie sich duckten und aus dem Zimmer schlichen, als hätte er auf sie eingeprügelt.

In mir kochte die Wut vieler Jahre hoch. Da half es auch nichts, dass Fridolin mich freudig ansah und um meine Beine tanzte.

„Du bist der bornierteste Mensch, der mir je untergekommen ist“, fauchte ich. „Wie kann man nur solche Scheuklappen aufhaben? Du bist genau wie mein Vater: Total stur, weigerst dich, auch nur einen Zentimeter über den Tellerrand zu schauen und kümmerst dich aus lauter Engstirnigkeit keinen Deut darum, was für den Patienten das Beste sein könnte.“

„Ach ja? Mein Medizinstudium war also völlig unnötig, weil eine selbst ernannte Kräuterfrau wie du alles besser weiß und mit irgendwelchem Hokuspokus echte Krankheiten kurieren will? Das ist einfach nur lachhaft.“

Fridolin winselte und versuchte abwechselnd, an Jannis‘ und meinen Beinen hochzuspringen. Ich beachtete ihn nicht.

„Ich habe auch eine Ausbildung!“, konterte ich. „Außerdem die Erfahrung vieler Jahre, in denen meine Oma ...“

Er lachte schallend. „Lenja, ist das dein Ernst? Du willst wirklich irgendeine uralte Großmutter aufführen, die dir ins Ohr geflüstert hat, dass zerriebene Rosskastanien gegen Arthrose helfen, wenn man sie in einer Vollmondnacht gesammelt hat?“

Fridolin winselte jetzt in hohen Tönen und hatte seinen Schwanz zwischen die Hinterbeine gezogen. Ich hatte aber keine Augen für ihn, sondern funkelte Jannis an.

„Du bist so ein Idiot“, zischte ich und stürmte zur Tür. „Mit dir kann man einfach nicht reden. Kein Wunder, dass du keine Frau findest und deine Schwester dir einen Hund als einzige Gesellschaft andreht. Weil niemand sonst es mit dir aushält!“

Heiße Wut kochte in mir. Ich musste raus aus der Praxis, sonst würde ich ihm noch den Locher an den Kopf werfen, der auf dem Tresen stand. Und diese Beule würde ich dann garantiert nicht wegschminken!

Ich drehte den Schlüssel und riss die Tür auf. Bevor ich selbst hinausgehen konnte, schoss ein schwarzbrauner Blitz an mir vorbei.

„Fridolin!“, riefen Jannis und ich gleichzeitig.

Doch der Welpe jagte kopflos über den Parkplatz vor der Praxis und über die Straße. Ein Auto konnte im letzten Moment abbremsen, der Wagen dahinter hupte wild.

Mir wurde schlagartig übel.

Er konnte doch nicht einfach so losflitzen! Wenn ihn jetzt ein Auto anfuhr ... Oh Gott, ich durfte gar nicht daran denken!

„Wir müssen ihn einfangen“, keuchte Jannis neben mir, drückte mich zur Seite und lief hinter Fridolin her.

„Warte, wir brauchen die Leine!“, fiel mir ein.

Ich riss sie vom Haken, machte mir nicht die Mühe, die Praxis abzusperren, sondern stürmte hinter den beiden her. Fridolin hatte ich bereits aus den Augen verloren, aber Jannis‘ helles Shirt sah ich weiter vorne aufblitzen. Er rannte offenbar in Richtung Strand. Dort würden wir Fridolin hoffentlich finden.

Im Laufschritt überquerte ich die Straße, lief eine schmale Gasse entlang, hoffte inständig, nicht das Quietschen von Reifen oder gar einen dumpfen Knall zu hören.

Schwer atmend kam ich am Strand an. Jetzt am Abend waren kaum noch Badegäste hier, zumal sich die Sonne heute hinter grauen Wolkenbergen versteckte. Aber ein paar Spaziergänger gab es.

„Fridolin!", hörte ich Jannis rufen und folgte der Stimme. Dort drüben stand er! Ich eilte zu ihm.

„Hast du ihn noch gesehen?", keuchte ich. „Gibt es vielleicht Pfotenspuren im Sand?"

„Ich habe ihn um die Ecke flitzen sehen. Aber ob er zum Strand oder in irgendeine Straße gelaufen ist, weiß ich nicht."

Jannis war leichenblass. Immer wieder rief er Fridolins Namen, machte ein paar Schritte in die eine, dann in die andere Richtung. Ich sah eine Familie, die ich flüchtig kannte, ging zu ihnen und fragte, ob sie einen Berner Senn-Welpen gesehen hätten. Aber sie verneinten.

Verzweifelt fuhr Jannis sich durch die Haare. „Wir müssen den ganzen Ort ablaufen. Er kann doch nicht weit sein. Er darf einfach nicht ..." Seine Stimme brach. Ich sah, wie seine Hände zitterten. Sein Blick suchte immer wieder die Wasserlinie ab.

„Jannis." Ich legte ihm meine Hand auf die Schulter, damit er mich ansah. „Wir finden ihn. Ich helfe dir. Und ganz Möwenitz hilft auch mit. Wir beide machen uns jetzt gemeinsam auf den Weg und holen Fridolin zurück."

Er schluckte sichtbar. „Ihm ist doch nichts passiert, oder?", fragte er bebend.

Ich versuchte ein zuversichtliches Lächeln. „Ihm geht es gut. Ganz sicher. Das hier ist ein kleiner Ort und viele Menschen kennen Fridolin. Wir denken jetzt beide ganz fest daran, wie es sein wird, ihn wieder im Arm zu halten und durch sein Fell zu wuscheln. Dann wird alles gut."

Jannis' Blick flackerte. Aber er nickte schließlich. „Du hast recht. Gemeinsam kriegen wir das hin."

13. Suchaktion

„Ich starte gleich mal einen Rundruf, damit möglichst viele Bescheid wissen“, schlug ich vor und zog mein Handy heraus.

Sein Blick saugte sich am Meer fest. Reflexartig berührte er mich am Arm. „Lenja – er wird doch nicht ins Wasser gegangen sein, oder? Gibt es da gefährliche Strömungen? Kann er von einer zurückfließenden Welle hineingezogen worden sein?“

Ich schluckte. Ausschließen konnte ich das nicht. Allein der Gedanke daran sorgte dafür, dass sich mein Hals zuschnürte. Ich räusperte mich, bevor ich antwortete.

„Das hier ist nicht die Nordsee mit Ebbe und Flut. Wir haben hier nur wenige Stellen mit Wirbeln oder Strömungen. Und schau doch nur, wie viele Spaziergänger es gibt. Denen wäre sicher aufgefallen, wenn ein junger Hund in die Wellen rennt. Bei so einem Anblick bleibt doch jeder stehen und sieht zu.“

Das hoffte ich zumindest. Die meisten Strandkörbe waren leer. Ein paar abendliche Spaziergänger waren zu sehen, aber natürlich konnte es sein, dass sie nicht auf einen herumlaufenden Hund achteten.

„Wenn ihm etwas passiert ist ...“ Er brach ab. Der Schmerz in seinem Gesicht war unübersehbar.

Ich strich über seine Schulter und er sah mich dankbar an. Am liebsten hätte ich Jannis in die Arme genommen und ihm versprochen, dass alles wieder gut werden würde und wir Frido sicher bald fänden. Aber ich konnte ihm besser helfen, indem ich ein Suchkommando organisierte. Deshalb wählte ich der Reihe nach alle Nummern, die mir passend erschienen. Ich bat Tjark, im Küstenmarkt herumzufragen, ob jemand Fridolin gesehen hatte. Ich rief Erna an, Tildas Sekretärin, und erzählte vom entlaufenen Hund. Könnte ja sein, dass sich jemand bei der Gemeinde meldete. Hinnerk erreichte ich leider nicht, ihm sprach ich aufs Band. Da Meike ein paar Häuser weiter wohnte, bat ich auch sie, die Augen offen zu halten.

„... und schau bitte regelmäßig, ob er vor der Praxis sitzt“, sagte ich zu ihr. „Es ist möglich, dass er zurückkommt und dort auf sein Herrchen wartet.“

Sie versprach, alle paar Minuten vor die Tür zu gehen. Auch Arne und Jessica sagten ihre Hilfe zu. Und Nele wollte ebenfalls nach Möwenitz kommen, sobald ihr Abendseminar zu Ende war.

„Danke, Lenja.“ Jannis war den Strand in beiden Richtungen entlang gejoggt, hatte aber weder Fridolin noch Hundespuren gefunden. Jetzt stand er neben mir, atmete schwer und nickte mir zu. Obwohl er schnell gelaufen war, blieb sein Gesicht fahl.

Dabei war ich doch die Schuldige, weil ich die Tür geöffnet hatte! Aber davon wollte ich jetzt nicht reden, wir mussten weitersuchen.

„Lass uns die Straßen rund um den Dorfplatz durchkämmen“, schlug ich vor. „Vielleicht ist er gar nicht so weit gerannt, sondern in der Nähe geblieben?“

„Gut, das machen wir.“ Seine Stimme war belegt.

Ohne uns zu unterhalten, gingen wir zurück zum Ortskern, sahen in jeden Garten, riefen Fridos Namen.

Fehlanzeige.

Irgendwann hielt ich es nicht mehr aus.

„Es tut mir wahnsinnig leid“, brach es aus mir heraus. „Hätte ich nicht die Tür aufgemacht, wäre er nicht weggelaufen.“

Doch Jannis schüttelte den Kopf. „Er ist davongestürmt, weil wir uns gestritten haben. Du kannst überhaupt nichts dafür. Ich bin sein Besitzer und ich hätte die ganze Zeit über merken müssen, wie schlimm das für ihn war.“

„Stimmt, er hat gewinselt.“

„Und den Schwanz zwischen die Hinterbeine gekniffen, das ist ein deutliches Zeichen für Angst. Ich hätte reagieren müssen! Was bin ich nur für ein Idiot. Nicht mal auf meinen Hund kann ich aufpassen.“ Jannis fuhr sich mit den Händen übers Gesicht, als könnte er dadurch alles wegwischen. Es gelang nicht.

„Du bist ein ganz wunderbares Herrchen“, widersprach ich ihm. „Und Frido fühlt sich total wohl bei dir. Er war nur einfach durcheinander. Und das ist auch meine Schuld.“ Ich senkte den Blick. „Oder die meines Vaters“, murmelte ich vor mich hin.

Wir bogen in eine neue Straße ein. Nachdem Jannis mehrmals nach Fridolin gerufen hatte, wandte er sich mir zu. „Erzähl mir von ihm.“

„Von meinem Vater?“, fragte ich überrascht. „Jetzt?“

Er nickte. „Wenn wir noch eine Weile zusammenarbeiten wollen, müssen wir diese Dinge wohl klären. Außerdem brauche ich dringend eine Ablenkung, sonst werde ich noch verrückt vor Sorge."

Ich zögerte einen langen Moment. Schließlich gab ich mir einen Ruck. Vielleicht hatte er recht und es war an der Zeit, diesen schwelenden Konflikten ein Ende zu bereiten, indem wir offen darüber redeten.

„Also gut", begann ich. „Er war ein typischer Patriarch. Nein, das klingt jetzt, als wären wir eine noble Familie. Sagen wir eher: Er war ein kleingeistiger Tyrann, ein Sturkopf, einer, der immer das Sagen haben wollte und keine andere Meinung neben seiner gelten ließ."

Jannis lachte bitter. „Hört sich ein bisschen an wie meiner."

Vor lauter Verwunderung stolperte ich über die Schwelle des Gehwegs. Geistesgegenwärtig griff Jannis nach meinem Ellbogen und hielt mich fest.

„Deiner? Ich dachte, der ist ein berühmter Wissenschaftler, der stolz ist auf seinen Medizinersohn?"

„Der es gerade mal zu einem popeligen Landarzt gebracht hat?" Erneut dieses freudlose Lachen. „Für ihn bin ich eine Enttäuschung. Aber nicht die einzige in seinem Leben."

„Verstehe ich nicht. Du hast dich durch ein Medizinstudium gequält, das ist kein Pappenstiel. Und jetzt hast du dich auch noch selbstständig gemacht und eine eigene Praxis eröffnet."

Jannis zuckte mit den Schultern. „Schätze, das beeindruckt ihn nicht besonders. Aber du wolltest von deinem Vater erzählen."

Ich nickte. „Da muss ich wahrscheinlich weit vorne anfangen. Er hat meine Mutter sehr umworben, sich anfangs für alles verständnisvoll gezeigt, deshalb hat sie ihn geheiratet. Aber meine Oma war ihm schon immer ein

Dorn im Auge."

„Wegen der Sache mit den Kräutern?", fragte er weich. Zum ersten Mal hörte er sich bei diesem Thema nicht herablassend an, sondern ehrlich interessiert.

„Richtig. Meine Großmutter und auch die Frauen vor ihr hatten sich schon immer mit Heilkunde beschäftigt." Ich warf ihm einen Seitenblick zu. „Schon klar, auf andere Art als du."

Er hob abwehrend seine bandagierte Hand. „Ich habe nichts gesagt. Erzähl weiter."

Ich rief erst nach Fridolin, leider kam aber nur ein neugieriger Dackel an den Gartenzaun gelaufen, sonst niemand.

„Omi wusste alles über Kräuter und ihre Heilkräfte. Und vieles andere auch. Sie hat das alles meiner Mutter beigebracht und mir ebenfalls. Da meine Eltern beide berufstätig waren, bin ich zum großen Teil bei meiner Oma aufgewachsen. Nur war das meinem Vater überhaupt nicht recht."

„Weil sie dich quasi zur Kräuterhexe ausgebildet hat?" Auch beim genausten Hinhören konnte ich keine Schärfe in seiner Frage erkennen.

„Er ist völlig ausgeflippt, wenn wir nur über diese Themen gesprochen haben! Da hat er uns wüst beschimpft und immer wieder versucht, uns das alles zu verbieten."

„Hm", machte Jannis und dachte eine Weile nach. „Hatte er Angst vor euch?"

Ich blieb stehen und sah ihn fragend an.

„Nun ja", fuhr er fort, „es klingt für mich, als hätte er sich bedroht gefühlt. Weil ihr etwas Gemeinsames hattet, das ihm unheimlich war, das er nicht greifen konnte. So eine Art Geheimbund, die ihn ausschloss."

Darüber musste ich eine Weile nachdenken.

„Kann sein", gab ich schließlich zu. „Ehrlich gesagt habe ich mir noch nie Gedanken darüber gemacht, wieso er sich so verhalten hat. Ich habe ihn teilweise sogar gehasst, weil er meine Mutter so oft zum Weinen brachte. Omi war da stärker, die hat sich nichts sagen lassen. Aber als er ihr verboten hat, mich zu sehen, ist sie fast wahnsinnig geworden."

Nur ungern dachte ich an diese Zeit zurück. Jannis schien das zu fühlen, denn er legte mir seine warme Hand auf die Schulter. „Du musst nicht weiterreden, wenn das zu schmerzhaft ist", sagte er sanft.

„Doch. Ich will dir den Rest noch erzählen." Er war so nah bei mir. Nicht nur körperlich. Ihn interessierte ehrlich, was in meiner Kindheit passiert war, und das half mir. Vielleicht verstand er dann, wieso ich so dünnhäutig war, wenn er sich über Kräuter und Globuli lustig machte.

Ich atmete tief durch, anschließend fuhr ich fort. „Ich habe mich damals fortgeschlichen, um meine Oma besuchen zu können. Sie war einfach meine engste Bezugsperson, deshalb tat ich alles, um sie sehen zu können. Und noch heute halte ich ihre Lieblingstasse und ihren Teekessel in Ehren."

„Sie lebt nicht mehr? Das tut mir sehr leid, Lenja."

Jannis' Hand strich mir über den Rücken. Ich mochte seine Berührung. Den Klang seiner warmen Stimme. Die mitfühlenden Blicke, die er mir zuwarf. Deshalb fiel es mir leicht, weiterzusprechen.

„Sie war fast achtzig, als sie starb, und hatte trotz allem ein erfülltes Leben. So vielen Menschen hat sie geholfen. Immer war sie für alle da, die ein Problem hatten, nicht nur körperlich. Ich schätze, sie hat mich sehr geprägt. Auch wenn sie gesagt hat, dass echte Heilerinnen mit ihrem Beruf verheiratet sind und keinen Partner in ihrem Leben haben sollten." Ich lächelte bei dem Gedanken vor mich hin.

Jannis sah mich lange an. „Sie war eine ganz besondere Frau", sagte er schließlich.

Ich nickte nur. „Oh ja. Sie hat sogar versucht, meinem Vater zu helfen. Weißt du, er wurde krank. Schwer krank. Er hatte ... Jannis! Da vorne!"

Ein Schatten war um eine Häuserecke geflitzt.

„Hast du das auch gesehen?", fragte ich atemlos.

Statt mir zu antworten, sprintete Jannis los. Ich hinterher. Er rief Fridolins Namen, während er um die Ecke bog. Doch die Straße vor uns lag friedlich da, kein Hund kam uns mit wippenden Ohren und fröhlichem Lächeln im Welpengesicht entgegengesprungen.

„Ich werde noch wahnsinnig", stöhnte er und schüttelte verzweifelt den Kopf. „Er muss uns doch hören. Wieso kommt er nicht zu uns?"

Während ich erneut beteuerte, dass wir ihn sicher finden würden, spähte ich weiterhin in die Straße. Dort hinten – sah da nicht eine Katze aus einem Hauseingang hervor?

„Tiki?", rief ich vorsichtig.

Sie machte einen Schritt auf uns zu. Danach spurtete sie in die anderen Richtung davon. Eine Sekunde später hörte ich ein kurzes Bellen – und sah ein schwarzes Fellbündel hinter ihr herjagen.

„Das ist er!" Jannis rannte sofort los, hatte aber keine Chance, die beiden zu erreichen. So viel er auch schrie, Fridolin kehrte nicht zurück, sondern flitzte Tiki hinterher.

Japsend kam ich bei ihm an, als er an einer Weggabelung stehen blieb. „Die beiden spielen!", keuchte ich. „Die machen eine lustige Verfolgungsjagd."

Sein Gesicht strahlte. „Dann ist ihm nichts passiert! Aber einfangen müssen wir ihn trotzdem. Nicht dass er doch noch über die Straße läuft und ein Auto ihn erwischt. Nur – wo sind sie hin?" Er sah sich um.

„Vielleicht zum Leuchtturm!", fiel mir ein. „Daran haben wir noch gar nicht gedacht. Könnte doch sein, dass Fridolin sich da schon zu Hause fühlt. Und Tiki treibt sich dort sowieso gern herum."

„Also los!"

Wir machten uns auf den Weg. Inzwischen war die Abendsonne fast ganz hinter dunklen Wolken verschwunden. Ich fröstelte, denn ein kühler Wind kam auf. Sommer an der Ostsee war eben kein italienischer Sommer mit warmen Nächten an der Piazza Navona, Rotwein und einem Gitarristen, der bis in die frühen Morgenstunden alte *Celentano*-Hits zum Besten gab. Sondern manchmal eine raue, kühle Angelegenheit mit eisigen Böen, grauen Wolkenbergen und dem Gefühl, dringend einen heißen Tee mit Rum zu benötigen.

Von den beiden fehlte weiterhin jede Spur. Doch ein Wagen hielt an, als wir schon das Dorf verlassen hatten und auf dem Weg zur Landzunge waren. Die Scheibe wurde heruntergekurbelt und ich erkannte Nele.

„Habt ihr Fridolin schon gefunden?", fragte sie sofort.

„Leider nein. Aber er wetzt offenbar Tiki hinterher, vielleicht haben wir am Leuchtturm Glück", sagte ich.

„Soll ich euch hinfahren?", bot sie sofort an.

Jannis schüttelte den Kopf. „Wenn wir zu Fuß gehen, haben wir bessere Chancen, ihn zu finden. Aber ich hätte eine andere Bitte."

Überrascht zog Nele die Brauen hoch. „Was denn?"

„Du bist auf dem Weg nach Hause, oder?“

Sie nickte.

„Dann könntest du Lenja vielleicht die Jacke leihen, die du anhast? Es ist nämlich ganz schön frisch geworden.“

Mir verschlug es fast den Atem. Er hatte bemerkt, dass mir kalt war, und besorgte mir etwas Warmes zum Anziehen?

„Klar doch!“ Nele schlüpfte sofort aus der Jacke und reichte sie mir durchs Fenster.

„Aber was ist mit dir?“, fragte ich Jannis. Auch er trug nur ein T-Shirt und fror garantiert ebenfalls.

„Ich bin abgehärtet.“

„Du holst dir im Leuchtturm einen Pulli!“, beschloss ich und schlüpfte in Neles Jacke.

Sie versprach, eine langsame Runde durch Möwenitz zu drehen und nach Fridolin Ausschau zu halten, dann verabschiedete sie sich und tuckerte davon.

„Das war wirklich nett von dir.“ Ich lächelte Jannis an. Ihm war trotz aller Sorge um Fridolin mein Frösteln aufgefallen und er hatte sich um etwas zum Anziehen gekümmert. Das war richtig ritterlich. Und es sorgte dafür, dass es mir warm ums Herz wurde, nicht nur wegen der Jacke, die ich jetzt trug.

„Ist doch selbstverständlich.“

Er wollte noch etwas sagen, zuckte aber im nächsten Moment zusammen. „War das ein Bellen?“

„Ja, es klang so! Es kam aber nicht aus der Richtung des Leuchtturms.“

„Nein, eher von dort drüben.“

Nun ging es in ein Jaulen über. Mir lief es kalt über den Rücken hinab. „Fridolin!“, keuchte Jannis. „Oh Gott, ihm ist etwas passiert!“

Er stürmte los, wusste bald nicht mehr weiter, musste stehenbleiben, um zu lauschen. Verzweiflung stand in seinem Gesicht. „Ich werde mir das nie verzeihen“, stammelte er. „Wenn er verletzt ist – ich darf mir das gar nicht vorstellen. Nie wieder werde ich so unachtsam sein!“

Ich presste meine Hand gegen seine Brust. „Sei leise“, flüsterte ich. „Sonst hören wir ihn nicht.“

Erneut ein Wehklagen. Ein Heulen, das mir durch Mark und Bein ging. Er musste tatsächlich schwer verletzt sein, wenn er solche Töne von sich gab.

„Dort entlang.“ Jannis‘ Stimme war nur noch ein heiseres Stöhnen.

Ich schickte ein Stoßgebet zum Himmel, dass dem Welpen nichts Ernsthaftes zugestoßen war. Doch sein erneutes Jaulen in hohen Tönen ließ mir das Blut in den Adern gefrieren.

„Er muss einen schrecklichen Unfall gehabt haben“, presste Jannis hervor.

Mein Hals war so zugeschnürt, dass ich nichts erwidern konnte. Wir bogen in die Straße ein, in der Hinnerk und Hedi wohnten. Das schlimme Heulen wurde lauter.

Jannis ergriff meine Hand. Drückte sie fest. Als suchte er Hilfe. Als könnte er den Anblick, der sich uns gleich bieten würde, nicht alleine ertragen.

Ich schluckte trocken. Dann endlich sahen wir Frido.

Jannis wollte losstürmen, doch ich hielt ihn zurück. „Langsam! Wenn er verletzt ist, ist er vielleicht verwirrt und läuft vor uns weg, wenn wir nicht vorsichtig sind.“

„Du hast recht“, keuchte er.

Mit langsamen Schritten näherten wir uns Fridolin.

Und jetzt erkannte ich endlich, was passiert war.

„Das darf doch wohl nicht wahr sein!“, stieß ich aus.

Und dann – dann lachte ich so erleichtert, dass ich kaum mehr damit aufhören konnte. Die gesamte Anspannung schien sich in diesem Lachen zu entladen.

Fridolin lebte und war wohlauf! Mehr als wohlauf sogar, er saß direkt vor Hedis Begonienbeet, starrte auf zwei windschiefe Holzfiguren und jaulte aus voller Kehle vor sich hin.

Erst jetzt hörte ich, wieso. Aus dem Bauch dieser grob geschnitzten Figuren, die beide keinen Schönheitspreis gewinnen würden, erklangen schräge Töne. Nur mit viel Phantasie konnte ich den Hans-Albers-Song *La Paloma* erkennen, denn die Aufnahme eierte fürchterlich. Fridolin störte das nicht, er jaulte bei „Auf, Matrosen, oheee" so begeistert mit, als wäre er von diesen komischen Piratenzwergen in einen Werwolf verwandelt worden.

Auf dem untersten Ast des Baums, der hinter dem Beet stand, saß Tiki, musterte ihren flauschigen Freund mit großen Augen und sah ein bisschen so aus, als würde sie über seinen fragwürdigen Musikgeschmack den Kopf schütteln.

„Das glaub ich nicht", keuchte jetzt auch Jannis. „Er ist gesund!"

„So würde ich das nicht nennen", gab ich grinsend zurück. „Er hat eindeutig ein Problem mit seinen Ohren."

Doch er ging nicht darauf ein. Stattdessen zog er mich an sich und drückte mich an seine Brust. „Wir haben ihn gefunden!", freute er sich. „Ich bin so glücklich!"

Das war ich ebenfalls. Nicht nur wegen Fridolin. Sondern auch ein klein wenig, weil es sich ziemlich gut anfühlte, von Jannis festgehalten zu werden. Er war groß und warm und sexy und roch verdammt gut. Ich könnte mich durchaus daran gewöhnen, an seiner Brust zu kleben und seine Arme an meinem Rücken zu spüren. Wenngleich die Schiene an seiner rechten Hand ein wenig kratzte.

Natürlich ließ er mich schnell wieder los. Es ging um Fridolin, nicht um mich. Jannis ging vorsichtig auf ihn zu, strich ihm über den Flauschekopf und klickte dabei die Leine ins Halsband.

Mir war trotz aller Freude mit einem Mal kalt. Ich wollte zurück in Jannis' Umarmung. Wollte erneut seine Wärme fühlen, seinen Duft einsaugen, seine dunkle Samtstimme ganz nah an meinem Ohr hören, sodass sie mir durch und durch ging. Aber er war in die Hocke gegangen, drückte nun Fridolin an sich, streichelte seinen Kopf und seine seidenweichen Ohren. So etwas hatte ich natürlich nicht zu bieten, fiel mir auf. Mit den Flauscheohren von Fridolin konnte ich nicht mithalten. Und mit einem Mal fühlte ich einen Hauch von Eifersucht, weil Jannis' Finger durch das Welpenhaar fuhren statt durch meins.

Oh Mann. Diese Verfolgungsjagd hatte mich gewaltig durcheinandergebracht. Hoffentlich bekam ich mich schnell wieder in den Griff!

Ein Auto kam angerauscht und hielt direkt neben uns. Als ich mich umdrehte, sah ich Hinnerk und Hedi aussteigen. Die beiden strahlten sofort los, als sie uns sahen.

„Schau, Hedi", wandte sich Hinnerk seiner Frau zu, „ich hab's dir doch gesagt: Meine Seemänner sind ein wahrer Touristenmagnet!"

Lachend schüttelte ich den Kopf. „Da täuschst du dich schwer. Erstens sind wir keine Touristen. Und zweitens sind wir nur hier, weil Fridolin deine komischen Gartenzwerge für Wölfe hält und mit Hans Albers mitjault."

Inzwischen war es allerdings Freddy Quinn, der uns mitteilte *Seemann, deine Heimat ist das Meer*. Auch diese

Aufnahme eierte schrecklich, sodass Fridolin begeistert in das leiernde *Wooohoo* der Backgroundsängerinnen einstimmte und stolz den Seemannsmond anheulte.

Hedi zog die Augenbrauen in astronomische Höhen und sah ihren Gatten vorwurfsvoll an. „Ein Wahnsinnstouristenmagnet, genau. Jaulende Hunde und Katzen locken diese komischen Trolle an, aber sonst nichts. Ich habe dir doch gesagt, dass du nicht einfach deine uralten Kassettenmitschnitte verwenden kannst. Da hilft das ganze Digitalisieren nichts."

„Und du brauchst eine GEMA-Genehmigung", ergänzte ich.

Hedi prustete. „Ach, das ist das geringste Problem. Selbst Freddy persönlich würde bei diesen schlechten Aufnahmen seine Songs nicht erkennen."

Hinnerk schob seine Unterlippe nach vorne und sah aus wie ein trotziges Kleinkind. „Ich habe nie behauptet, dass schon alle Details total ausgereift sind. Jeder baut erst mal Prototypen. Der allererste Tesla schoss bei Regen immer Blitze aus dem Auspuff und mit dem allerersten iPhone konnte man nur Ortsgespräche führen."

„Ähm", machte Jannis, „das halte ich für ein Gerücht."

„Ach was, das wurde beides nur geheim gehalten. Ihr kennt euch einfach nicht aus mit wichtigen Erfindungen!"

Er ging zu den Seebärenzwergen, nahm einen rechts und einen links unter den Arm und stapfte nach drinnen, während die Figuren sogar noch windschiefer herumjodelten als vorher.

Jannis sah mich mit großen Augen an. „Ein Elektroauto hat überhaupt keinen Auspuff", sagte er.

Ich winkte ab. „Da kennst du dich als Mediziner einfach nicht aus. Hinnerk ist sicher Mitglied im geheimen

Erfinderbund von Steve Jobs und Elon Musk, deshalb kennt er all diese Geheimnisse."

Hedi seufzte schwer. „Er sieht sich als verkanntes Genie. Und wird jetzt weitertüfteln. Aber das ist immer noch besser, als wenn er gar kein Hobby hätte und mir ständig auf der Pelle hocken würde."

Plötzlich öffnete sich die Haustür wieder und Hinnerk kam herausgestürmt. „Ihr habt was aufs Band gesprochen. Ist Fridolin denn in Ordnung?"

„Ja, es geht ihm gut", sagte Jannis. „So wie es aussieht, ist er Tiki hinterhergerannt. Er hielt das wohl für ein lustiges Spiel."

Tiki hatte ihren Namen gehört und sprang elegant vom Baumstamm. Sie sah uns alle nacheinander an, entschied dann, dass Hedi das lohnenswerteste Opfer war, und begann sofort, ihr laut schnurrend um die Beine zu streichen.

Als Fridolin das sah, zerrte er an der Leine und wollte auf Tiki zuflitzen. Wahrscheinlich, um erneut eine fröhliche Verfolgungsjagd durch ganz Möwenitz zu starten.

„Nix da, du bleibst hier." Jannis nahm die Leine fest in seine linke Hand. „Wir gehen jetzt nach Hause. Es ist ja schon fast dunkel."

„Und ich koche eine Kanne Tee", entschied Hedi. „Wir haben heute Abend meine Cousine besucht. Jetzt brauche ich mein Sofa." Sie winkte uns zu, nahm Hinnerk an der Hand und betrat mit ihm zusammen das Haus.

„Sind die beiden nicht ein wunderbares Paar?", rutschte mir heraus.

Jannis nickte langsam. „Schade, dass nicht alle Paare so miteinander umgehen. Hast du gesehen, wie sie seine Hand gedrückt hat und ihm einen liebevollen Blick zugeworfen hat?“

Ich schluckte. „So etwas haben meine Eltern nie getan.“

„Meine auch nicht.“ Er suchte meinen Blick und hielt ihn fest. „Komm mit in den Leuchtturm. Ich brauche auf den Schreck mit Fridolin ein Glas Rotwein. Oder eine ganze Flasche. Und wir könnten über unsere Eltern reden.“

Mein Herz pochte so laut, dass ich fürchtete, Jannis könnte es hören. Ich sollte den Abend mit ihm verbringen? Obwohl das eigentlich nichts wahnsinnig Besonderes war, da wir uns ja tagsüber auch sahen, sandte die Vorstellung ein Prickeln durch meinen Körper.

„Okay“, presste ich schließlich hervor. „Bei Rotwein sage ich nicht nein.“

Und bei der Aussicht, etwas über Jannis‘ Vergangenheit zu erfahren, erst recht nicht!

14. Leuchtturm-Gespräche

Eine halbe Stunde später saß ich auf dem Sofa im Leuchtturm-Zimmer und konnte mich wieder einmal nicht sattsehen. Allerdings nicht nur am Panorama, sondern auch an Jannis, der mir gegenübersaß. Er hatte einen Sessel herangezogen und Fridolins Hundekissen neben seinen Füßen ausgebreitet. Der Welpe hatte gefressen wie ein Scheunendrescher und sich nun eingerollt wie eine Katze. Der Umgang mit Tiki färbte offenbar ab.

„Vielleicht solltest du ihm ein paar Hundefreunde suchen", sagte ich mit Blick auf das Fellknäuel. „Es fehlt nicht viel und er fängt an zu schnurren."

Jannis lächelte, was mein Herz umgehend zum Stolpern brachte. Wieso zum Teufel musste er so attraktiv sein? Nein, das war es gar nicht. Es war nicht sein Aussehen, sondern die Liebe in seinen Augen, wenn er Frido ansah. Es war die Tatsache, dass er seine Socken ausgezogen hatte, um den jungen Hund immer mal wieder mit dem Fuß streicheln zu können. Und es war die Erinnerung an seine Umarmung, als wir Fridolin gefunden hatten. All diese Dinge waren es, die meinen Puls beschleunigten, und nicht sein makelloses Modelgesicht.

„Das Schnurren wäre nicht das Problem“, gab er zurück. „Aber wenn er plötzlich anfängt, mir Mäuse vor die Praxistür zu legen oder ständig in Bäume zu klettern, wird es brenzlig.“

Er nahm sein Glas, trank einen Schluck Wein.

Ich wollte gerade etwas Lustiges entgegnen, da fragte er unvermittelt: „Woran ist dein Vater damals erkrankt?“

Auch wenn die Frage überraschend kam, nahm ich wahr, mit welcher Wärme in der Stimme er sie gestellt hatte. Er wollte wirklich etwas über mich erfahren. Und obwohl ich mir einredete, dass er das nur tat, um künftigen Streit zu vermeiden, oder weil es eben eine kollegiale Geste war, freute ich mich heimlich darüber. Auch wenn es ein schwieriges Thema war.

Bevor ich antwortete, trank ich ebenfalls einen Schluck Wein. Er war vollmundig und schwer und ich spürte seine Wirkung bereits, als er noch meine Kehle hinunterfloss.

„Leberkrebs“, sagte ich. „Schon weit vorgeschritten. Es war ein Zufallsbefund, denn eigentlich lag er im Krankenhaus wegen eines angeknacksten Knöchels.“

Ich sah das Zimmer noch vor mir. Die betongrauen Wände. Die dunkelgrauen Vorhänge. Die hellgraue Abdeckung, unter der sich das Essen verbarg, das die Schwester auf das Tischchen am Bett gestellt hatte. Und das mein Vater nicht angerührt hatte. Alles in diesem Krankenhaus war grau gewesen. Auch das Gesicht meines Vaters.

„Meine Mutter und ich waren dabei, als er die Diagnose erhielt. Dabei hatten wir uns gar nichts gedacht, als ein paar zusätzliche Untersuchungen mit ihm durchgeführt wurden. Wir vermuteten, die Ärzte wollten einfach gründlich sein. Und dass wir ihn am nächsten Tag mit einem Verband am Fuß mit nach Hause nehmen könnten.“

„Das war sicher ein Schock." Jannis' Augen funkelten im Licht der untergehenden Sonne.

„Nicht nur das. Die Art und Weise war – mir fehlen da immer noch die Worte!"

Wie immer, wenn ich daran dachte, kochte die blanke Wut in mir hoch. Wie hatte man so mit einem Menschen umgehen können!

„Der Arzt war wohl nicht sehr einfühlsam?", hakte Jannis vorsichtig nach.

Ich stieß die Luft aus. „Der kam hereinspaziert, das Handy noch am Ohr, weil er mit einem Kollegen über ein Tennismatch redete. Dann sagte er: ‚Ah, Herr Neumann, wir haben bei Ihnen leider große Tumore in der Leber festgestellt.' Das Ganze kam in einem Ton, als würde er sagen: ‚Ah, Herr Neumann, Sie haben leider Götterspeise statt Joghurt als Dessert bekommen.' Wir haben ihn alle drei einfach angestarrt. Und der Typ hat meinen Vater nicht mal angesehen, sondern nur in der Akte herumgeblättert! So, als wäre er kein Mensch, sondern nur eine Nummer, ein dämlicher Fall."

Meine Stimme bebte. Noch immer hatte ich einen unbändigen Hass auf diesen Klinikarzt. Und auf alle anderen Weißkittel, die sich ähnlich verhalten hatten.

Jannis nickte. „Es tut mir sehr leid. Ich kann mir leider sehr gut vorstellen, wie manche Kollegen agieren."

„So ging es dann auch weiter. Ohne dass man ihm die Chance gab, das zu verarbeiten, startete die Chemo. Und stell dir vor, ein anderer Arzt sagte auf die Frage, wie lange er noch zu leben habe, eiskalt: ‚An Ihrer Stelle würde ich ehrlich gesagt nichts mehr planen außer meiner Beerdigung.' Ich habe das meinem Vater erst nicht geglaubt, als er es erzählte, aber sein Bettnachbar hat es bestätigt. Und der das gesagt hat, war sogar ein Oberarzt!"

Dem Mann wollte ich noch heute den Hals umdrehen. Auch wenn er Recht gehabt hatte und mein Vater nur noch wenige Wochen vor sich hatte – so ging man nicht mit Patienten um!

Jannis beugte sich mir entgegen. „Es gab niemanden, der ihm Hoffnung machte? Viele Kliniken haben Psychologen, die gerade solche Patienten betreuen, außerdem Seelsorger, den Sozialdienst oder Freiwillige, die ..."

„Da war niemand", unterbrach ich ihn. „Niemand, der ihn wie einen Menschen behandelt hat. Man verpasste ihm eine Therapie nach der anderen, es ging ihm immer schlechter. Und meine Oma, die ihm zumindest ein wenig Erleichterung verschaffen wollte wegen der Übelkeit oder der Schmerzen, warf er endgültig aus dem Haus. Er hielt bis zum Ende daran fest, dass er mit dem Kräuterzeug nichts zu tun haben wollte."

„Wobei bei so einer Diagnose natürlich ..."

Erneut ging ich dazwischen. „Jannis, das ist mir klar! Meine Oma wollte ihm beruhigenden Tee geben, damit er gut schlafen und sich erholen konnte. Aber er hielt immer noch den Weißkitteln die Stange, obwohl die mit ihm umgingen wie mit einer seelenlosen Maschine. Und ja, ich weiß, dass er einfach Pech hatte in dieser völlig unterbesetzten Wald- und Wiesenklinik. Dass es in anderen Häusern anders zugeht und man empathischer mit Patienten umgeht. Aber diese reine Gerätemedizin ohne einen Hauch von Menschlichkeit hat mir den Rest gegeben! Da war mir klar, dass ich mich mit aller Kraft der Heilkunde widmen will – und zwar einer, bei der man mit den Kranken redet, sie ernst nimmt, ihnen zuhört. Verstehst du das?"

Jannis nickte langsam. „Natürlich“, sagte er weich. „Und es tut mir wahnsinnig leid, dass dein Vater so etwas erleben musste. Oder besser gesagt, deine ganze Familie.“

„Ich frage mich manchmal, ob er länger gelebt hätte, wenn irgendjemand ihm Mut zugesprochen hätte. Weißt du, er hat einfach aufgegeben. Hat ständig vor sich hingemurmelt, dass doch sowieso alles zu spät sei.“

„Glaubst du denn an Wunderheilung?“, fragte er ruhig.

Ich zuckte mit den Schultern. „Keine Ahnung. Aber ich bin mir sicher, dass der Körper über große Selbstheilungskräfte verfügt. Und dass es nicht schaden kann, mit diesen zu arbeiten. Vielleicht gewinnt man einfach noch ein wenig Zeit.“

Er schwieg eine ganze Weile. Hob sein Rotweinglas, trank aber nicht, sondern betrachtete nur die Reflexionen.

„Ist das der Grund, warum du so – nun ja – empfindlich reagierst, wenn ich Schmerztabletten gegen Migräne verschreibe?“

„Es gibt einfach so viele Ansätze, gerade bei harmlosen Dingen wie Kopfschmerzen oder Heuschnupfen. Ich finde, man muss den gesamten Menschen betrachten, nicht nur die Symptome.“

Seine Miene veränderte sich. Wurde härter, irgendwie war da plötzlich ein bitterer Zug um seinen Mund.

„Am besten noch seine Aura sehen, ihn mit seinem Krafttier sprechen lassen und auf jeden Fall zum Yoga schicken“, erwiderte er kühl. „Denn Yoga sorgt nicht nur für unantastbare Gesundheit, sondern auch für den Weltfrieden.“

Erstaunt straffte ich die Schultern. „Das klingt, als hättest du damit schlechte Erfahrungen gemacht.“

Er starrte weiterhin in sein Glas. Dann fuhr er sich

durch die Haare und sah mich entschuldigend an.

„Tut mir leid, Lenja, ich war schon wieder viel zu hart zu dir. Wir tragen eben alle unser Päckchen mit uns herum."

„Nur habe ich meines soeben geöffnet und dich hineinschauen lassen", sagte ich.

Jannis seufzte. Sehr tief und sehr lange.

„Du hast recht. Es ist nur fair, wenn ich dir auch von meinen Eltern erzähle."

Offenbar wusste er nicht, wo er anfangen sollte, denn er blickte zu Frido, der gerade träumte. Er winselte leise, zuckte mit der Schnauze und bewegte im Schlaf seine Beine, als würde er eilig hinter Tiki her flitzen. Der Welpe sah so süß aus, dass ich lächelte.

„Wäre schön, wenn auch für uns das Leben so leicht wäre, findest du nicht?", fragte ich sanft. „Fressen, Herumtoben, Schlafen. Und das Schlimmste, wovon man träumt, wäre, die Frisbeescheibe nicht in der Luft zu fangen, sondern vom Boden aufheben zu müssen."

Jannis antwortete nicht, schaute mich aber an, als würde er mich zum allerersten Mal sehen. Oder eher, als würde ihm plötzlich irgendetwas auffallen. Dass ich unter sechzig war, zum Beispiel. Oder dass ich blonde Haare, blaue Augen und ein Lächeln besaß, das Gianfranco aus Padua als *un sorriso adorabile* bezeichnet hatte.

„Es ist lange her, dass ich jemandem davon erzählt habe", sagte er leise. „Sehr lange. Aber du gibst mir das Gefühl, dass ich über alles mit dir reden kann. Das ist etwas Besonderes."

„Liegt an meinem Job", erwiderte ich schnell. „Als Teeverkäuferin bin ich so etwas Ähnliches wie ein Barmann."

Eine Kummerkastentante. Ein Sorgentelefon. Ein

Kumpel, mit dem man Pferde stehlen und dem man sein Herz ausschütten konnte. So kam ich mir zumindest vor.

War ich nur das für ihn? Ein geschlechtsloses Ohr, das ihm gern zuhörte? Kleine Stacheln bohrten sich in meinen Brustkorb und ich fragte mich, warum. Ich wollte keinen Mann in meinem Leben! Und falls doch, musste das ein Osteopath oder Qi Gong-Trainer sein. Oder zumindest jemand, der offen für ganzheitliche Heilkunde war. Aber doch kein engstirniger Mediziner!

„Also gut“, begann er. „Es ist eigentlich schnell erzählt. Mein Vater ist deinem sehr ähnlich. Dominant, kühl, nüchtern. Und selbst unsere Mütter haben etwas gemeinsam.“

„Sag nicht, deine ist Heilpraktikerin!“, stieß ich überrascht aus.

Doch er schüttelte den Kopf. „Das nicht. Aber sie fing irgendwann mit Yoga an. Ging einmal die Woche mit Freundinnen in einen Kurs der Volkshochschule. Das war anfangs kein Problem. Dann aber ist sie immer mehr in dieses Universum eingetaucht. Sie besuchte Wochenend-Seminare, dann Fünf-Tages-Retreats und faselte ständig etwas vom Yoga-Spirit.“

Atemlos lauschte ich ihm. Und ahnte bereits, wie es weiterging.

„Sie hat dann eine Ausbildung zur Yoga-Trainerin begonnen“, bestätigte er meine Vermutung. „Und sich nur noch mit Menschen getroffen, die sich mit *Namaste* begrüßt und ayurvedischen Tee getrunken haben.“

„Wie alt ward ihr da, du und deine Schwester?“, wollte ich wissen.

„Marlene war neun, ich elf. Wir wurden ihr mehr und mehr egal. Sie kreiste nur noch darum, ihre nächste Bewusstseinsstufe zu erreichen und in der Meditation metertiefen Frieden zu finden. Aber wie es uns Kindern ging, interessierte sie nicht mehr. War ja auch anstrengender als zu meditieren. Marlenes Schulnoten rasselten in den Keller, sie pubertierte früh, war ein aufmüpfiges Kind. Ich hingegen zog mich immer mehr zurück. Aber das fiel ihr gar nicht auf. Ihr war nur wichtig, dass sie zu ihren Treffen mit den anderen Yogis gehen konnte. Dafür ließ sie jeden Elternabend sausen, kümmerte sich nicht um Hausaufgaben oder ums Kochen."

„Das ist ja schrecklich!", platzte es aus mir heraus. Auch wenn ich oft im Clinch mit meinem Vater gelegen hatte – auf meine Mutter und meine Omi hatte ich immer vertrauen können. Während Jannis von beiden im Stich gelassen worden war. Ich konnte mir kaum vorstellen, wie sich das für eine zarte Kinderseele anfühlen musste.

„Irgendwann fiel ihr dann ein, dass sie lieber in einem indischen Ashram leben wollte. Um für den Frieden auf Erden zu meditieren oder was weiß ich."

Ich sah, wie sehr der Schmerz noch immer in ihm steckte. Und hätte ihn jetzt gern in den Arm genommen, festgehalten, ihm zugeflüstert, dass alles wieder gut werden würde. Aber das wäre eine Lüge gewesen. Er musste diese Last auch weiterhin tragen. Und ich konnte nichts tun, um es ihm zu erleichtern. Außer vielleicht, ihm zu zeigen, dass ich mitfühlte.

„Das muss für deine Schwester und dich der blanke Horror gewesen sein. Ein gefühlskalter Vater und eine Mutter, die sich einfach aus dem Staub macht. Der es egal ist, wie es ihren Kindern geht. Unvorstellbar."

„Es hat Marlene und mich zusammengeschweißt. Und das, obwohl wir so unterschiedlich sind. Sie war die Extrovertierte, die Laute, die überall Beliebte, der Mittelpunkt jeder Party. Und ich war der Ernste, der Streber, der Ruhige, den man zu den coolen Partys erst gar nicht einlud. War sicher besser, denn ich hätte schon mit fünfzehn ein Referat gehalten über die schädlichen Auswirkungen von Alkohol auf die Leber. Und ich schätze, so etwas kommt bei feuchtfröhlichen Klassenfeten nicht gut an."

„Du warst ein Außenseiter?", fragte ich überrascht. „Das hätte ich nie gedacht."

„Wieso nicht?"

„Na, weil du so wahnsinnig attraktiv bist!"

Verdammt! Wieso war mir das jetzt herausgerutscht? Rotwein tat mir nicht gut. Meine Leber kam vielleicht damit zurecht, aber mein Kopf und Mund nicht. Der plapperte einfach drauflos und dann kam am Ende so etwas heraus.

Ich spürte, wie mir die Röte ins Gesicht stieg, und hoffte, dass Jannis das nicht sah, weil wir fast im Dunklen saßen.

Als hätte er meine Gedanken gelesen, stand er auf, holte eine Kerze und zündete sie an.

„Danke für das Kompliment", sagte er mit dieser Mousse-au-Chocolat-Stimme, die mich erst recht durcheinanderbrachte. „Ich habe durchaus gemerkt, dass ich bei den Mädchen gut ankam. Aber ich war lange Zeit viel zu unsicher, um mich auf Liebeleien einzulassen."

Erstarrt musterte ich ihn. Er wollte mir doch nicht erzählen, dass er noch Jungfrau war?

Leider konnte man mir meine Gedanken schon immer an der Nasenspitze ablesen, was dazu führte, dass Jannis lachte. „Keine Angst, ich rede von der Teenagerzeit. Danach habe ich dann durchaus einige Erfahrungen mit Frauen gesammelt. Du musst mir also kein Aufklärungsbuch zum Geburtstag schenken.“

Ertappt senkte ich den Blick. „Hätte mich auch gewundert“, murmelte ich halblaut. „So einen Adonis wie dich lässt die Frauenwelt nicht frei herumlaufen.“

Erneut sein kehliges Lachen, das ich sehr mochte. Genau wie seinen Humor. Jannis war keiner von denen, die ständig einen lustigen Spruch auf Lager hatten. Aber er hatte etwas Leises, Verschmitztes, das mir gut gefiel.

„Wie lange blieb sie denn in diesem Ashram?“, fragte ich, denn ich wollte wissen, wie es mit seiner Mutter weitergegangen war.

„Ein halbes Jahr. Dann war sie ein paar Monate da, anschließend flatterte sie wieder davon. Ich flüchtete mich in dieser Zeit in die Bücher, hatte super Noten in der Schule, mauserte mich zum Liebling aller Lehrer.“

Das war absolut nachvollziehbar. Von irgendwoher musste er sich seine Bestätigung schließlich holen.

„Das muss deinen Vater doch auch beeindruckt haben.“

Er hob die Schultern. „Er hat das bei mir als normal vorausgesetzt. Schließlich war ich der Sohn eines Wissenschaftlers. Sein großes Problem war meine Schwester. Neben ihren Eskapaden war ich quasi unsichtbar.“

„Blieb er zu Hause, um sich um euch zu kümmern?“

Jannis lachte bitter. „Es gibt Ganztagsschulen. Wir waren immer gut *betreut.*“

„Dann bist du nicht nur ohne Mutter aufgewachsen, sondern ein Stück weit auch ohne Vater“, überlegte ich. „Das ist echt schwer.“

„Na ja, in meinen ersten Lebensjahren war meine Mutter da. Und ich war schon immer reif für mein Alter. Außerdem lief es in den meisten Familien so, dass der Vater gearbeitet und sich nicht wirklich um den Nachwuchs gekümmert hat. Ich kenne viele Menschen, die eine deutlich schlimmere Kindheit hatten als ich."

„Da hast du natürlich recht."

„Weißt du, Lenja, ich habe dir das nicht erzählt, um herum zu jammern. Sondern damit du verstehst, wieso ich so aus der Haut gefahren bin, als du bei diesem Migränepatienten heute interveniert hast. Ich dachte, du kommst jetzt mit Atemübungen und Yoga daher, um ihn zu heilen."

„Gute Idee, würde ihm sicher nicht schaden", erwiderte ich grinsend, wurde aber danach wieder ernst. „Keine Angst, ich habe es richtig verstanden. Oder besser gesagt, ich kann dich jetzt besser verstehen."

„Und ich dich, du jüngste Erbin einer Kräuterhexendynastie."

Ich lachte entspannt. Es tat gut, mit Jannis hier zu sitzen und in den Nachthimmel zu schauen. Dunkle Wolken zogen am Leuchtturm vorbei. Wenn es ganz ruhig war, hörte man den Wind. Mir kam es wieder einmal vor, als würde er mit mir sprechen. Als würde er an den Fenstern rütteln und die Wolken auf mich zu treiben, weil er mir etwas sagen wollte. Wahrscheinlich, dass ich vorsichtig sein sollte. Weil mein Herz in Gefahr wäre in dieser Nacht der langen Gespräche und mit diesem Mann, dessen dunkle Augen im Kerzenschein schimmerten und dessen warme Stimme mich einhüllte wie ein duftendes Schaumbad. „Pass gut auf, Lenja", schien der Wind dort draußen zu flüstern, „sonst schleicht Jannis sich tatsächlich in dein Herz hinein."

Sollte ich auf ihn hören? Auf den Wind, meinen uralten Begleiter und Freund? Oder war er ein klein wenig eifersüchtig, weil ich ihm kaum Beachtung schenkte, sondern mich lieber wieder Jannis zuwandte?

„Ich werde versuchen, mich mit ganzheitlichen Vorschlägen künftig zurückzuhalten“, lenkte ich ein. „Aber ich verspreche nicht, immer zu schweigen! Gerade bei harmlosen Erkrankungen gibt es tatsächlich viel Gutes aus der Natur.“

Jannis tat, als müsse er ganz schrecklich die Augen verdrehen, und stöhnte. „Okay, okay. Du darfst hin und wieder ein Kräuterchen vorschlagen. Und ich werde versuchen, mir deine Ideen anzuhören. Aber bitte nicht vor den Patienten!“

„Einverstanden. Lass uns ein Codewort vereinbaren.“

„Ein Codewort?“ Seine Augenbrauen hüpften.

„Einen Satz“, korrigierte ich eilig. „Den ich sage, wenn ich dir etwas mitteilen will. Damit wir dann kurz aus dem Zimmer gehen können.“

„Und uns nicht vor dem Patienten die Augen auskratzen müssen, ich verstehe.“ Er grinste. „Wie wäre es mit ‚Darf ich dir ganz kurz etwas im Labor zeigen?‘? Das klingt doch unverfänglich.“

„In Ordnung. Dann haben wir also einen Deal?“

„Yes, den haben wir.“ Er stand auf und streckte mir die Hand entgegen.

Ich schlug ein und schüttelte sie. Kam es mir nur so vor oder hielt Jannis meine Hand eine Sekunde länger fest als nötig?

Durch unser Aufstehen war Fridolin aufgewacht. Er gähnte lautstark, sah uns beide an und wedelte eifrig mit dem Schwanz. Dann ließ er ein kurzes Bellen ertönen.

„Offenbar ist auch er einverstanden“, sagte Jannis, setzte sich wieder und schenkte mir nach.

Ich kraulte Fridos Kopf. Jannis wollte mich noch nicht loshaben. War mir recht, denn ich hatte es ebenfalls nicht eilig, in meine einsamen vier Wände zurückzukehren.

„Erzähl mir etwas über Möwenitz“, bat er. „Wer hat hier das Sagen, mit wem sollte man es sich nicht verderben, wen kann man immer um Hilfe fragen?“

„Hui, das könnte ein langer Abend werden“, gab ich schmunzelnd zurück.

Jannis lehnte seinen Kopf an den Sessel. „Ich habe Zeit.“

Wir saßen tatsächlich noch zwei Stunden zusammen, redeten über Gott und die Welt. Ich berichtete von meiner Ausbildung zur Heilpraktikerin, von Nele und ihrer sanften Körpertherapie. Er erzählte von Uni-Dozenten und berühmten Professoren, die wissenschaftlich belegt hatten, wieso Globuli nur einen Placebo-Effekt hatten. Auch wenn wir unterschiedliche Meinungen vertraten, konnten wir darüber sprechen. Und uns so immer besser verstehen.

Er wollte alles über Möwenitz wissen und ich erzählte ihm bereitwillig von den manchmal schrulligen und oft sturen Bewohnern, die mir allesamt so sehr ans Herz gewachsen waren.

„Du liebst deine Heimat“, sagte er irgendwann. „Du sprichst mit so viel Zuneigung von all deinen Nachbarn. Sogar von dieser griesgrämigen Dortje Kröger, die außer dir niemand leiden kann.“

„Sie ist einsam. Und das hat sie verbittert gemacht“, erklärte ich.

Er nickte langsam. „Ich glaube, es gibt nicht viele Menschen, die so sind wie du, Lenja“, sagte er irgendwann weich und sah mir tief in die Augen. Viel zu tief.

„So verrückt, meinst du?“, lenkte ich ab und lachte ein wenig, weil dieser Blick mich wirklich nervös machte.

„Nein, so verständnisvoll. Dich mag sicher jeder hier im

Ort. Du bist jemand, der immer ein gutes Wort übrighat, der Menschen aufmuntert und sofort seine Hilfe anbietet. Das hast du bei mir ja auch getan."

Ich zuckte mit den Schultern. „Ist doch normal."

„Oh nein, das ist es ganz und gar nicht. Du hast eine außergewöhnliche Art, mit Menschen umzugehen. Ehrlich gesagt wünschte ich mir, ich könnte das auch."

„Aber du bist doch zu deinen Patienten total nett", widersprach ich. „Du bist ruhig und geduldig, hörst ihnen zu. Und wie du mit Lotta umgegangen bist, war großartig."

Er seufzte. „Mag sein, dass ich in der Praxis freundlich bin. Aber im Rest des Lebens bin ich nicht gern unter Menschen. Ich schätze, da bin ich noch immer der Stubenhocker von damals, der lieber seine Hausaufgaben macht, als mit Schulkameraden Fußball zu spielen."

Ich lächelte ihn an und deutete anschließend auf Fridolin. „Dann hat deine Schwester alles richtig gemacht mit dem Geschenk. Denn Frido sorgt dafür, dass du dich nicht in deinem Elfenbeinturm verkriechen kannst."

„Wuff", bestätigte Fridolin eifrig.

„Komischer Elfenbeinturm." Auch Jannis schmunzelte. „Ich hatte mir so etwas immer feudaler vorgestellt. Und nicht wie einen profanen Leuchtturm auf einer steinigen Landzunge." Seine Augen blitzten.

„Von wegen profan. Der Leuchtturm hat magische Kräfte. Das sagt zumindest Hedi. Wer weiß, was hier noch alles geschieht mit dir!"

„Du meinst, ich mutiere zum Meister des Smalltalks, zum It-Boy, zum Mittelpunkt des dörflichen Lebens?"

„Oooch, zum Mittelpunkt des dörflichen Tratsches bist du schon jetzt aufgestiegen. Insbesondere bei den Möwenitzerinnen, die ledige Töchter haben."

Stöhnend verdrehte er die Augen.

Ich hätte noch stundenlang mit ihm weiterreden können, aber Fridolin wuselte unruhig hin und her, was ein deutliches Zeichen für seinen Pipi-Drang war. Und meine Armbanduhr verriet mir, dass es Zeit war, mich auf den Heimweg zu machen.

„Es ist schon fast Mitternacht“, sagte ich. „Langsam sollte ich mich echt auf die Socken machen und nach Hause spazieren.“

„Auf keinen Fall!“, rief Jannis.

Ich starrte ihn verwundert an. Mein Bauch verwandelte sich urplötzlich in ein schwarzes Loch. Wollte er, dass ich hierblieb? Um mich um meinen Verstand zu küssen und anschließend unten im Schlafzimmer auf seine Matratze zu werfen? Mein Puls raste los wie verrückt.

„Was meinst du?“, krächzte ich.

„Du wirst nicht zu Fuß durch die Nacht marschieren“, erklärte er. „Nimm mein Auto.“

Ach so! Es ging nur um die Art des Heimwegs.

Ich musste über mich selbst lachen. Wieso hätte er ausgerechnet mit einer wie mir eine heiße Nacht verbringen wollen? Da gab es sicher ganz andere Kandidatinnen.

Stilsichere Chirurginnen, die er aus dem Studium kannte. Oder befreundete Dermatologinnen mit makelloser Haut und ellenlangen cellulitefreien Beinen.

„Hier in Möwenitz passiert mir nichts, wenn ich zu Fuß gehe“, antwortete ich.

Doch er blieb stur. „Kommt gar nicht infrage. Ich lasse dich keinesfalls allein durch die Nacht wandern. Normalerweise würde ich dich heimfahren, aber da das nicht geht, kriegst du mein Auto. Keine Widerrede.“

„Ein echter Gentleman, ich bin beeindruckt“, neckte ich

ihn und er lachte.

„Wenn ich einer wäre, hätte ich mich schon längst ordentlich bei dir bedankt für deine Hilfe. Aber das holen wir nach. Ich habe nämlich ein echtes Stubenhocker-Hobby, wovon du profitieren wirst."

„Du sammelst Briefmarken?", riet ich grinsend.

„Ich koche! Schau mich nicht so entsetzt an, wir reden nicht von Spaghetti mit Fertigsoße. Ich bin tatsächlich Hobbykoch. Und würde dich gern einladen. Vielleicht übermorgen? Am Sonntag? Oh Mist, ich brauche noch Zutaten."

Echt jetzt? Er lud mich zu Selbstgekochtem ein?

Ich strahlte ihn begeistert an. „Das ist kein Problem, morgen ist Markttag. Da gibt es jede Menge Stände und du kannst einkaufen. Wenn du brav bist, fahre ich dir die Einkäufe sogar nach Hause."

„Was bin ich nur für ein Glückskind." Sein warmer Bariton kroch mir wieder einmal unter die Haut. Ich sollte mich wirklich auf den Heimweg machen. Nicht, dass ich noch irgendetwas Dummes sagte. Oder tat. Ihn küssen zum Beispiel.

Ich stand auf, er ebenfalls. Erneut hatte ich seinen Duft in der Nase. Mir war ein schwindlig und ich war mir nicht sicher, ob das nur an den zwei Gläsern Rotwein lag.

Fridolin ahnte, dass er endlich nach draußen durfte. Er drehte eine kleine Runde um meine Beine, dann sprintete er zur Treppe. Wir gingen ebenfalls hinab. Kurze Zeit später war er auch schon im Freien und ich hörte ein leises Plätschern.

Jannis drückte mir den Schlüssel in die Hand. „Danke, dass du mir heute beim Suchen geholfen hast", raunte er mir zu. „Ohne dich wäre ich total verzweifelt, glaube ich."

„Ist ja alles gut gegangen“, gab ich zurück. „Und ich habe es gern gemacht. Außerdem konnten wir uns jetzt endlich mal richtig unterhalten.“

„Sollten wir öfter machen, nicht wahr?“ Sein Blick hielt meinen fest. Und irgendwie stand er plötzlich so nah neben mir, dass mir fast die Luft wegblieb.

Ich schluckte trocken. „Sehr gerne“, hörte ich mich antworten, bevor ich überhaupt über eine Antwort nachgedacht hatte.

Sein Lächeln hüllte mich ein. Seine dunkel schimmernden Augen übten einen so großen Sog aus, dass ich mich fast verlor.

Und dann – dann beugte Jannis sich plötzlich zu mir, hauchte mir einen Kuss auf die Wange und flüsterte mir ein „Bis morgen, Lenja“ zu, das mich erbeben ließ.

Ich wollte zurückhauchen, zurückküssen, ihn an mich ziehen. Wollte diesen Moment auskosten, ihn zum süßen Beginn von was auch immer machen. Wollte mit dem nächsten Kuss zum Mond fliegen, den Sternen zuwinken und in eine Glückswolke eintauchen.

Doch Fridolin hatte andere Pläne. Dieses enge Beisammenstehen und Herumgehauche schien ihm deutlich zu missfallen, denn er quetschte sich zwischen uns, stellte sich auf die Hinterbeine und schnappte sich den Zipfel von Jannis‘ Shirt. Mit entschlossenem Knurren zerrte er so lange am Stoff, bis dieser mit einem lauten Ratsch riss.

„Fridolin!“, herrschte Jannis ihn an. „Spinnst du? Das ist eins meiner Lieblingsshirts!“

Der Welpe sauste mit dem erbeuteten Stoffstück einmal um den Leuchtturm, so sehr freute er sich über seinen Erfolg. Ich für meinen Teil freute mich mit, denn durch den fehlenden Stoff hatte ich im Licht der Flurlampe einen guten Blick auf Jannis‘ wohltrainierten Bauch. Sogar einen Streifen dunkler Haare konnte ich erkennen. Mehr so in Richtung Hosenbund. Sah jedenfalls sehr verheißungsvoll aus.

„Du gehst jetzt sofort rein“, schimpfte Jannis mit seinem Hund.

Bevor ich anfing zu sabbern, sollte ich mich auch auf den Weg machen. Der innige Moment von vorhin war zwar zerstört, aber vielleicht war es besser so. Der Wein hatte mir die Sinne vernebelt und ich wollte schließlich keine Dummheiten machen. Insbesondere nicht mit jemandem, den ich doch unbedingt hassen wollte, weil er Nele und mir die erträumten Praxisräume weggeschnappt hatte!

15. Markttag mit wilder Jagd

Als ich am nächsten Morgen aus den Federn kroch, war es schon nach neun Uhr. Herrje, so lange schlief ich selten.

Allerdings kam es auch selten vor, dass ich beim Einschlafen ständig das Gesicht eines Mannes vor mir sah. Oder seine Stimme hörte. Und es geschah sogar noch seltener, dass ich immer wieder meine linke Wange berührte, weil ich kaum glauben konnte, dass Jannis mich tatsächlich geküsst hatte.

Gut, es hatte natürlich nichts zu bedeuten. Die Franzosen zum Beispiel küssten sich andauernd ab, sogar die Männer untereinander. Andererseits war Jannis kein Franzose. Und ich kein Mann.

Verflixt, ging das jetzt am Morgen schon wieder los mit dem Gedankenkarussell? Ich schwang die Beine aus dem Bett, wild entschlossen, keine Sekunde mehr an die gestrige Verabschiedung zu denken. Als mein Blick auf mein Handy fiel, das ich achtlos auf den Nachttisch gelegt hatte, sah ich es blinken.

Ich hatte gestern Abend nur eine kurze Entwarnungs-Nachricht herumgeschickt und mitgeteilt, dass wir Fridolin gefunden hatten. Aber danach hatte ich es nicht mehr in die Hand genommen.

Nele hatte mir mehrere Nachrichten aufgesprochen. Mich packte das schlechte Gewissen, weil ich ihr nicht geantwortet hatte. Bevor ich lange etwas eintippte, rief ich sie einfach an.

„Moin, meine lieblichste Freundin“, begrüßte ich sie gut gelaunt.

Das war ein Fehler gewesen. Denn sie wurde sofort hellhörig.

„Hat deine verdächtig gute Laune etwas mit dem Arzt unseres Misstrauens zu tun?“, schoss sie sofort ihre erste Frage auf mich ab.

„Wie kommst du denn darauf?“, gab ich mich empört.

„Weil ich eins und eins zusammenzählen kann. Du warst mit ihm auf Hundesuche, ihr habt Frido gefunden und anschließend warst du stundenlang verschollen. Da muss man keine Miss Marple sein, um einen Zusammenhang herzustellen.“

„Wir haben ein Glas Wein getrunken, mehr nicht“, wiegelte ich ab.

Wäre vielleicht doch besser gewesen, wenn ich ihr eine Nachricht geschickt hätte. Irgendwas mit *Handy verlegt* oder *Akku leer* oder so. Aber dazu war es zu spät, sie hatte mich an der Angel. Und rollte langsam die Schnur ein.

„So, so.“ Ich hörte ihr überbreites Grinsen. „Ihr habt Wein getrunken. Und euch nett unterhalten, vermute ich?“

„War ganz gut, dass wir ein paar Dinge klargestellt haben, das stimmt. Über Heilmethoden und so Sachen.“

Oh Mann, das klang jetzt echt doof.

Fand Nele wohl auch, denn sie lachte. „Raus mit der Sprache! Was ist wirklich passiert? Seid ihr euch nähergekommen? Hast du den sexy Doc mit Wein abgefüllt und anschließend vernascht? Das wäre endlich mal etwas Vernünftiges! Auch im Hinblick auf unsere Kundenakquise."

„Was bitte hätte das denn mit unseren Kunden zu tun?"

„Also hast du es getan?" Sie quietschte so laut, dass ich den Hörer vom Ohr nehmen musste, um keinen Tinnitus zu erleiden.

„Habe ich nicht! Es war total harmlos, nur ein Gespräch! Komm wieder runter."

„Nicht mal einen Kuss?", hakte sie nach.

„Keinen richtigen", entfuhr es mir.

Verdammt! Wieso konnte ich nicht die Klappe halten?

Erneut quietschte Nele, diesmal zum Glück nicht ganz so schrill. „Jetzt erzähl endlich, ich will alles wissen!"

Mir blieb wohl nichts anderes übrig.

Während ich in die Küche tappte und den Wasserkessel befüllte, erzählte ich ihr von gestern Abend. Natürlich ließ ich die Details über seine Familie weg. Die hatte er mir im Vertrauen offenbart und die gingen niemanden etwas an, nicht einmal Nele.

„Dann seid ihr jetzt ein Herz und eine Seele? Oder nein, das muss in eurem Fall heißen: Ein Herz und ein Stethoskop." Sie kicherte. „Kennst du den uralten Film mit Audrey Hepburn und Gregory Peck?"

„Du meinst *Ein Herz und eine Krone*? Na, als Prinzessin sehe ich mich wirklich nicht. Und Jannis ist kein Journalist."

„Aber ein bisschen ähnlich sieht er Gregory Peck, finde ich. Hach, du bist ein Glückspilz", schwärmte Nele.

Ich lachte. „Du, wir haben uns nicht verlobt, sondern uns nur einen Abend lang unterhalten. Das ist echt nichts Besonderes", behauptete ich.

So ganz stimmte das nicht. Denn es war nicht alltäglich, was er mir von sich erzählt hatte. Jannis hatte sich mir ein Stück weit geöffnet, mich ein wenig hinter die Fassade des stets über den Dingen stehenden Arztes sehen lassen. Und das verband. Zumindest ein klein bisschen.

„Wann trefft ihr euch wieder?“

„Um elf Uhr beim Markt. Er will ein paar Lebensmittel einkaufen.“

„Prima, dann komme ich da auch hin“, entschied sie. „Weißt du, ich kann es erkennen, wenn zwei Menschen zueinander gehören. Ja, ich werde es spüren, ob es eine glückselige Zukunft für euch beide geben wird.“

„Ach nee, du starrst uns dann die ganze Zeit an und stellst peinliche Fragen“, wehrte ich mich. Natürlich ohne Erfolg. Wenn Nele sich etwas in den Kopf gesetzt hat, ließ sie nicht mehr locker. Da war sie sturer als jeder Esel und hartnäckiger als der weltbeste Sekundenkleber.

„Du kannst mir ja kaum verbieten, rein zufällig auf dem Markt herumzuschlendern“, sagte sie auch sofort und ich hörte ihr zufriedenes Grinsen.

Ich stöhnte theatralisch.

„Außerdem ist es ein super Zeichen, dass er dich morgen bekochen will. So etwas tut ein Mann nur, wenn er eine Frau herumkriegen will“, bestätigte meine persönliche Liebesberaterin.

Ich hätte ihr nichts davon erzählen sollen. Aber Geheimniskrämerei war einfach nicht mein Ding, außerdem war Nele meine beste Freundin und mit der teilte man nun mal alles. Oder fast alles.

„Perfekt, dann bis später! Ich freue mich schon auf das neue Traumpaar von Möwenitz“, jubelte sie und legte auf.

Erneut stöhnte ich aus tiefstem Herzen. Hoffentlich riss

Nele sich zusammen! In ihrem Überschwang kam es durchaus mal vor, dass sie peinliche Bemerkungen vom Stapel ließ. „Eure Kinder sind sicher mal total hübsch", zum Beispiel. Oder: „Ich habe einen Rabattcode für den hippen Erotik-Onlineshop *Lick it, Baby*. Die Körperöle *Sinnlicher Lebkuchen* und *Hot Vanillekipferl* sind jetzt im Sommer im Sonderangebot, ich kann die wärmstens empfehlen!"

Solche Dinge waren durchaus schon vorgekommen, wenn ich mich ausnahmsweise mit einem Mann zwei Mal getroffen hatte und sie dahintergekommen war.

Aber heute würde ich ihr einschärfen, dass sie sich zurückhalten sollte. Jannis war schließlich nicht irgendein Tourist, der bald abreiste und auf Nimmerwiedersehen verschwand, sondern unser Dorfarzt.

Ich brühte mir Tee auf, aß ein wenig Obst und machte mich fertig. Es schadete nicht, rechtzeitig vor Ort zu sein, damit ich mit Nele noch ein paar Takte reden konnte.

Sie lungerte vor dem Stand mit den Melonen herum, leckte ein Stieleis und sah einfach zum Anbeißen aus in ihren kurzen, abgeschnittenen Jeans und dem knallroten Top, das ihre Figur betonte. Dagegen kam mein gepunktetes Sommerkleid eher langweilig daher. Wahrscheinlich brauchte ich mir keine Gedanken mehr über Jannis zu machen, denn wenn er Nele sah, würde er nur noch Augen für sie haben.

„Du siehst aus wie einem Werbespot entsprungen", neckte ich sie. *„Ist dir zu heiß, gönn dir ein Eis!"*, reimte ich äußerst fragwürdig. *„Und hast du dann noch Kohle, kauf dir eine Melone"*, fuhr ich fort.

Nele prustete los. „Lenja, du solltest über eine Karriere im Marketing nachdenken."

Auch ich lachte. „Es ist ein tolles Bild, wie du hier herumstehst. Jessica sollte ein paar Fotos schießen. Der Stand ist sicher ein tolles Motiv.“ Ich hatte mich Simone zugewandt, der Marktfrau.

Sie nickte schmunzelnd. „Hat auch lange gedauert, bis alles hier so schön gestapelt war.“

Das konnte ich mir vorstellen. Während die Kartoffeln am Nachbarstand recht lieblos in Holzkisten lagen, hatte Simone ihre grünen Wassermelonen, die gelben Honigmelonen, die Galias und Cantaloupes zu Pyramiden geschichtet.

„Ich habe die Tigermelone im Angebot, probiert doch mal ein Stück.“ Sie hielt uns einen Teller mit appetitlichen Fruchtwürfeln entgegen.

Nele verzichtete, aber ich steckte mir ein Stück in den Mund und lobte den frischen Geschmack. Während Simone sich einer anderen Kundin zuwandte, rückte ich näher an Nele heran.

„Sag mal, wie soll ich Jannis eigentlich begrüßen? Gestern zum Abschied hat er mir ein Küsschen auf die Wange gedrückt, aber das war vielleicht nur, weil er Wein intus hatte.“

„Du gehst natürlich lächelnd auf ihn zu und bietest ihm erneut die Wange an“, sagte sie sofort.

„Hier vor den ganzen Leuten will er das sicher nicht.“

Halb Möwenitz war hier versammelt. Ich sah den grauen Schopf von Hinnerk aus der Menge vor dem Käsestand ragen. Außerdem stolzierte soeben Tilda an den Gurken und Tomaten vorbei. Ganz zu schweigen von Meike, die mit ihren Obstvereinsdamen sogar einen eigenen Stand betrieb, wo sie selbst gekochte Marmeladen, Sirup und Fruchtlikör verkauften.

„Ihr werdet Hand in Hand durch die Marktgassen ziehen“, träumte Nele halblaut vor sich hin, „er wird dir eine Weintraube in den Mund stecken, du ihm eine Dattel. Dann werdet ihr knackiges Gemüse kaufen, er wird dich morgen bekochen und statt eines Desserts wird er dich in sein Schlafzimmer führen, wo er ein Stück Tigermelone direkt aus deinem Nabel naschen wird.“

Ich lachte. „Du hast eine blühende Phantasie.“

„Nicht wahr? Ach, ich kann es kaum erwarten. Wann taucht er endlich auf?“

Ein Blick auf meine Uhr verriet mir, dass er jeden Moment eintreffen musste.

„Vielleicht blieb Frido auf dem Weg an jedem einzelnen Grashalm stehen“, vermutete ich und verspürte ein verstörendes Kribbeln im Bauch. Himmel, es war nur Jannis! Wir sahen uns jeden Tag. Außerdem wollte ich nichts von ihm. Wieso rumorte es dann in meinem Magen, als hätte ich drei Kilo Tigermelone verdrückt?

Vielleicht, weil mir die Aussicht auf ein Abendessen mit ihm durchaus gefiel? Oder weil mir diese kleine, naive Stimme in meinem Kopf zuflüsterte, dass diese Sache mit dem Händchenhalten und der Weintraube nicht zu verachten wäre?

Gleich würde er um die Ecke biegen, über den herumhüpfenden Fridolin den Kopf schütteln und mir dieses Lächeln schenken, das mich immer ein wenig atemlos machte. „Hallo, Lenja“, würde er sagen mit seiner Stimme, die nach dunkler Schokolade klang und nach Verheißung, und mich mit seinem Blick festhalten, als gäbe es keine andere Frau auf dem Marktplatz.

Oder so ähnlich.

Als ich noch mitten im Träumen war, hörte ich ein

Dröhnen, das mir irgendwie bekannt vorkam. Für Autos interessierte ich mich weit weniger als für den Lebensraum von Nacktmulchen, deshalb wunderte ich mich darüber, dass mir der Sound überhaupt auffiel. Erst als ich etwas Schickes, Rotes heranrauschen sah, fiel es mir wieder ein.

Das war Marlenes Auto. Und auf dem Beifahrersitz saß Jannis.

Na toll. Die Kleinmädchenträume vom gemeinsamen Marktbummel, von tiefen Blicken und Bauchnabelobst zerplatzten wie Seifenblasen im Hagel.

Er schleifte seine Schwester an. Wahrscheinlich genau deshalb, weil er keine Lust darauf hatte, Zeit mit mir zu verbringen. Ich ärgerte mich. Allerdings nicht so sehr über Jannis, sondern darüber, dass ich Enttäuschung spürte. Himmel, ich war doch keine fünfzehn mehr!

Marlene war es auch, die nach dem Einparken als Erste aus dem Wagen kletterte, die Sonnenbrille ins Haar schob und strahlend zu uns herüberwinkte. Sie holte Fridolin heraus, nahm ihn an die Leine und kam auf uns zu.

„Markttag!“, freute sie sich. „Ich war schon ewig nicht mehr auf einem Markt einkaufen. Das trifft sich super.“

Während sie sofort damit begann, die Melonen zu bewundern, und sich ein Probierstück geben ließ, stellte sich Jannis neben mich.

„Sie ist heute Vormittag plötzlich bei mir aufgetaucht“, raunte er mir zu. „Und ließ sich nicht abwimmeln.“

Beim Klang seiner Stimme stellten sich sofort die kleinen Härchen auf meinen Armen auf.

„Ist doch kein Problem“, raunte ich zurück und erntete das warme Lächeln, auf das ich mich gefreut hatte.

Mehr konnten wir nicht reden, denn Marlene wandte sich mir zu. „Stell dir vor, mein feiner Herr Bruder hat mir kein Wort von seinem Unfall erzählt! Auch, dass er jetzt im Leuchtturm wohnt, musste ich erst bei Nachbarn erfragen."

„Ich wollte dir Paris nicht verderben", verteidigte er sich, doch sie machte eine wegwischende Bewegung.

„Selbst, wenn ich nicht zurückgekommen wäre, hätte ich dir Hilfe organisieren können", schimpfte sie mit ihm. „Aber wie ich höre, spannt er dich eifrig ein, Lenja. Hoffentlich bezahlt er dich anständig dafür. Du solltest einen Aufschlag verlangen für Kurzfristigkeit!"

Ein kurzer Seitenblick auf Jannis verriet mir, dass er ziemlich betreten dreinsah. Ich grinste.

„Ich mache das gerne", antwortete ich Marlene. „Schließlich lerne ich eine Menge dazu. Kennst du eigentlich schon meine Freundin Nele?"

Ich stellte die beiden einander vor. Natürlich plapperte Nele sofort drauflos und erzählte, dass die Praxis gleich in den ersten Tagen überrannt worden war. „Hauptsächlich von Neugierigen", gab sie zu. „Und von Damen, die sich für ihre ledigen Töchter eine gute Partie erhoffen." Sie lachte und Marlene stimmte mit ein.

„Hat er sich denn inzwischen unters Volk gemischt?", erkundigte sie sich. „Oder sitzt er die ganze Zeit allein herum?"

„Du musst nicht über mich reden, als wäre ich nicht anwesend", ging Jannis dazwischen, doch seine Schwester beachtete den Einwand nicht und sah mich fragend an.

Jannis warf mir einen bittenden Blick zu. Ich verstand.

„Klar, er hat schon eine Menge Leute kennengelernt. Ist ja unvermeidlich. Selbst wenn man hier am Strand spazieren geht, trifft man Nachbarn."

„Sogar Klamotten hat er sich schon von mir geliehen",

warf Nele ein.

Marlene riss überrascht die Augen auf. Sie musterte meine zierliche Freundin und anschließend ihren Bruder, der Nele um fast einen Kopf überragt. „Ihr habt aber nicht die gleiche Größe“, wunderte sie sich.

Nele nickte. „War ja auch für Lenja! Eine Jacke. Weil die beiden Fridolin gesucht haben.“

Als der seinen Namen hörte, unterließ er das begeisterte Schnuppern am Tischbein der Bude und setzte sich vor Jannis hin, wobei er natürlich eifrig wedelte.

Ich beugte mich hinunter, um ihm den Kopf zu tätscheln. Weiter vorne sah ich Jessica und Arne an einem Stand. Vielleicht kamen sie hier noch vorbei, dann konnte ich ihnen Marlene vorstellen. Und sie würde merken, dass sie sich keine Sorgen um ihren Bruder machen musste, denn es gab hier jede Menge nette Leute.

„Er ist dir ausgebüxt?“, fragte Marlene und streichelte Frido ebenfalls die seidenweichen Ohren.

„Daran war ich schuld. Ich hatte die Praxistür offengelassen“, sagte ich schnell.

Trotzdem blieb Marlenes Blick skeptisch auf Jannis gerichtet. „Kümmerst du dich denn richtig um Fluffy-Puffy? Gehst du mit ihm zur Hundeschule?“

„Ich werde ja wohl einen jungen Hund erziehen können. Außerdem hat er jetzt einen vernünftigen Namen und heißt Fridolin.“

Als hätte er nur auf seine Erwähnung gewartet, bellte Frido kurz, machte einen Hüpfer und flitzte im Kreis um Jannis‘ Beine herum, sodass der die Leine hinter ihm her wickeln musste.

Marlene hob wieder einmal die Augenbrauen. „Also, ich habe nicht den Eindruck, dass der Hund auf dich hört.“

„Klar tut er das!“ Jannis streckte den Zeigefinger seiner gesunden Hand in die Höhe, sah Frido in die Augen und sagte im besten Befehlston: „Sitz!“

Der Welpe sah ihn freundlich an, wackelte mit dem Schwanz und blieb stehen. Erst nach zwei weiteren Aufforderungen setzte er sich auf den Boden, wirkte aber eher, als täte er das aus Unschlüssigkeit darüber, was sein Herrchen eigentlich von ihm wollte.

Eine Gruppe Menschen ging an uns vorbei. Eine Frau nickte Jannis kurz zu, der Rest beachtete ihn nicht.

„Du hast ja noch gar keine Freunde gefunden“, maulte Marlene. „Trotz Hund nicht! Ich dachte, du wärst längst der Mittelpunkt aller Gespräche. Aber die Menschen hier kennen dich ja alle nicht.“ Sie schüttelte den Kopf und wandte sich den Kirschen zu, die am Stand gegenüber feilgeboten wurden.

Jannis sah mich an und verdrehte die Augen. Ich musste schmunzeln bei diesem Anblick.

„Hatten wir das nicht erst gestern?“, flüsterte er mir zu. „Dass ich durch den Zauber des Leuchtturms zum Mittelpunkt des dörflichen Lebens mutieren soll? Scheint nicht weit her zu sein mit den magischen Kräften deines Leuchtturms“, neckte er mich.

„Liegt sicher nur daran, dass du nicht an so etwas glaubst“, neckte ich zurück.

Er machte ein paar Schritte zur Seite. Fridolin trottete brav neben seinem Herrchen her.

Das musste Jannis natürlich seiner Schwester zeigen. „Schau mal“, rief er Marlene zu. „Auch ganz ohne teure Hundeschule geht er prima bei Fuß. Sogar so brav, dass ich ihn mit meiner verletzten Hand halten kann.“

Er nahm die Leine in die rechte Hand, wickelte sie

darum und sah Marlene stolz an. Na, ob das gut gehen würde?

Marlene wollte etwas entgegnen, da hörte man von weiter hinten ein entsetztes Maunzen. Ich fuhr herum. War das Tiki?

Tatsächlich. Die kleine graue Katze saß unter einem Stand mit Würsten, der Inhaber wollte sie offenbar verjagen. Tiki machte einen Satz unter dem Stand hervor, sah Frido und fauchte ihn lautstark an. Im nächsten Moment jagte sie davon, direkt in die nächste Budengasse hinein.

Bevor Jannis auch nur die Chance hatte zu reagieren, riss Frido sich los und stürmte ihr hinterher.

„Autsch“, rief Jannis und hielt sich mit der linken Hand die Rechte. Erst jetzt erkannte ich, dass Fridolin ihm die Schiene von der Hand gerissen hatte. Die hatte sich nun im Griff der Leine verhakt und schlitterte hinter dem davonjagenden Hund über den Boden.

„Fridolin!“, brüllten Jannis und ich gleichzeitig. Und gleich erfolglos.

Er war so in der Verfolgungsjagd mit Tiki verloren, dass er uns gar nicht beachtete. Wie ein schwarzer Flauscheblitz sauste er der Katze hinterher, musste einem Mann ausweichen und stürmte unter der Bude mit den Melonen hindurch.

Dummerweise blieb die Handschiene jedoch an einem Bein des Budentisches hängen. Fridolin war zwar ein Welpe, aber eben kein Zwergpinscher, sondern ein riesenhafter Berner Sennen-Mix, der wahrscheinlich schon fünfzehn oder zwanzig Kilo auf die Waage brachte. Zu dieser Hundemasse kam noch die Fliehkraft – und sorgte dafür, dass das Tischbein einknickte wie ein Streichholz. Das wiederum führte dazu, dass der ganze Tisch in Schieflage geriet und die gesamte Ladung Melonen auf den Boden kullerte. Wie in einer Bowlingbahn mähten die Wassermelonen gleich mal zwei Kegel beziehungsweise zwei Strohhut-tragende Touristen um. Die Honigmelonen rollten unter dem Kartoffelstand durch und sorgen im parallel verlaufenden Budengang für Schreie und Aufruhr. Die Cantaloupes warfen um ein Haar Lotta um, die sich aber im letzten Moment an ihrer Schwester Leonie festhalten konnte. Und die Tigermelonen machten ihrem Namen alle Ehre, indem sie eleganter herunterkugelten, aber dafür größeren Schaden anrichteten. Sie erwischten nämlich das vordere Eckbein des Kartoffelstands, sodass zwischen den Galias jetzt auch noch Sieglindes, Bintjes und festkochende Gloriettas herumkullerten.

Frido schleifte inzwischen nicht nur die Leine und die Handschiene, sondern auch einen herrenlosen Gehstock hinter sich her. Dieser blieb ausgerechnet am Absatz der silbernen Riemchensandalette unserer Frau Bürgermeisterin hängen, welche mit einem lauten Schrei auf den Boden krachte. Direkt hinter ihr gackerten ein paar Hühner, die im ganzen Tumult aus ihrem Käfig fliehen konnten. Eines davon nahm Reißaus vor einer gewissen grauen Katze und lief mit seinen staubigen Hühnerfüßen direkt über Tildas Kopf, bevor es sich zeternd davon machte.

Besagte Katze unterbrach die Hühnerverfolgung, sah sich einmal um – und lief quer über den Marktplatz. In Richtung Strand, nahm ich an, wo sie sich von den Strapazen der fatalen Verfolgungsjagd erholen und auf einem sonnigen Stein äußerst zufrieden ihr Fell putzen würde.

Fridolin hingegen kam angetrabt, hechelte eifrig vor sich hin und hatte vor lauter Freude glänzende Augen. So eine aufregende Gassirunde hatte er wohl schon lange nicht mehr erlebt.

„Ach du Scheiße“, krächzte Jannis und ich fand, man hätte es nicht besser ausdrücken können. Das musste man diesen Akademikern lassen, sie fanden immer die richtigen Worte.

Marlene und Nele starrten mit offenen Mündern auf das Chaos und schwiegen vor sich hin. Im Gegensatz dazu zeterten die betroffenen Standbesitzer mindestens so laut wie die drei entflohenen Hühner, denen zwei Leute hinterherjagten. Melonen und Kartoffeln waren weitläufig verstreut, irgendwo weinte ein Kind, außerdem schimpfte Tilda wie ein Rohrspatz vor sich hin.

„Mein Knöchel!“, rief sie. „Dieser dämliche Köter hat mich einfach umgerannt.“

Sie hatte sich aufgesetzt und fasste sich mit einer Hand an den Fuß, während die andere ihre Frisur aufschüttelte. „Und dann lief mir auch noch ein Huhn durch die Haare! Wie ekelhaft!“

Jannis war blass wie die Netzmelone, die zu seinen Füßen in zwei Hälften gebrochen war. Nach den ersten Schrecksekunden kam Leben in ihn. Er eilte zu Tilda, um ihren Knöchel zu untersuchen, während ich Fridolins Leine in die Hand nahm und festhielt. Also, *wirklich* festhielt!

„Wem gehört denn diese wilde Furie von Hund?“, hörte ich Hein Beenstedt brüllen.

Ach das noch! Der war das männliche Gegenstück zu Dortje Kröger. Nur mit dem Unterschied, dass ich mit Dortje zurechtkam. Während Hein tatsächlich so bösartig war, dass kein Mensch mit ihm befreundet war. Außerdem nuschelte er fürchterlich. Zum Glück kam er nie in meinen

Laden, da ihm die Preise als „Wucher!“ erschienen, wie er mir vor zwei Jahren lautstark mitgeteilt hatte.

„Das ist meiner“, gab Jannis zu.

Hein kam herangestapft. Wie üblich trug er eine zerbeulte Schiebermütze und ein kariertes Hemd.

Als er Jannis sah, der immer noch mit Tildas Knöchel beschäftigt war, verengte er die Augen.

„Bist du der neue Quacksalber?“, fragte er mürrisch.

„Jannis Bohnenberg heiße ich. Stimmt, ich bin Arzt.“

„Braucht kein Mensch, einen Arzt“, knurrte Hein in seinen ungepflegten Bart hinein. „Mit so einem blöden Namen schon gar nicht. Und mit einem ungezogenen Köter erst recht nicht.“

Arne ging dazwischen. „Hein, beruhige dich. Der Hund kann nichts dafür. Schuld ist meine Katze, die hat ihn wild gemacht. Die beiden wollten Fangen spielen. Jannis hat nichts falsch gemacht. Und Fridolin ist noch jung und verspielt.“

„Hmblgrmpfnbdl“, murmelte Hein vor sich hin und sah wirklich sehr finster drein.

Ich nahm an, das hieß so etwas Ähnliches wie: „Ihr seid alle miteinander Idioten und gehört zusammen mit euren Viechern ungespitzt in den Boden gerammt.“

Möglicherweise hatte er aber gesagt: „Oh, dann lag ich wohl falsch und nehme alle Anschuldigungen zurück.“ Allerdings hielt ich diese Übersetzung für eher unwahrscheinlich.

Immer mehr Menschen kamen, brachten Melonen mit und bildeten einen Kreis um Jannis, Frido und mich. Hein stand mittendrin und kam sich dadurch sehr wichtig vor.

Tilda stand mit Jannis‘ Hilfe auf und konnte wieder auftreten. „Mir ist zum Glück nichts passiert“, sagte sie. „Nur ein bisschen verstaucht. Hat sich sonst jemand verletzt?"

„Alle sind in Ordnung", rief Tjark von irgendwoher. „Es war nur ein Schreck, keiner hat sich was getan."

„Gott sei Dank", rief Jannis aus.

Er war immer noch blass.

Ich hörte die Leute um uns herum tuscheln. *„Das ist der neue Doktor, nicht wahr?" „Genau, der hat die Praxis ganz neu. Soll noch ledig sein." „Kein Wunder, wahrscheinlich stimmt mit dem irgendwas nicht. Sonst hätte er nicht so einen verrückten Hund." „Unsinn, der Hund kann nichts dafür. Aber schick isser schon, der Herr Doktor, findest du nicht?"*

Marlene kam angeschlendert, stellte sich neben mich und grinste. „Bekannt ist Jannis jetzt auf jeden Fall", stellte sie staubtrocken fest.

Auch ich schmunzelte. „Kann man wohl so sagen."

Tilda hatte sich inzwischen abgestaubt, die Haare notdürftig gerichtet und die Lippen kirschrot nachgezogen. Nun straffte sie sich, klatschte kurz in die Hände und übernahm souverän die Rolle als Bürgermeisterin.

„Liebe Möwenitzer, es gab ein kleines Chaos, wie ihr seht. Aber jetzt müssen wir zusammenhalten. Simone kann die heruntergefallenen Melonen nicht mehr bei einem anderen Markt verkaufen. Also greift bitte zu, jetzt sind die noch frisch. Und es ist kaum eine kaputtgegangen."

„Was ist mit meinen Kartoffeln?", rief die andere Marktfrau.

„Da gilt natürlich dasselbe", rief sie mit lauter Stimme. „Das herumgekullerte Obst und die Kartoffeln gibt es zum Sonderpreis. Unser Herr Doktor übernimmt dann den Verlust, würde ich sagen."

Jannis nickte natürlich und stimmte sofort zu.

„Ich zahle auch mit“, sagte Arne. „Schließlich hat Tiki ihren Teil beigetragen zu diesem Chaos.“

Meike baute sich neben Tilda auf. „Und wir, die Damen von Gartenbauverein, kümmern uns um die Melonen, die übrigbleiben oder angeschlagen sind. Zu einem Likörchen kann man die immer noch verarbeiten.“

„Melonensalat mit Feta ist auch etwas total Leckeres“, hörte ich Hedi rufen. „Ich kann euch gern das Rezept geben, sogar Hinnerk liebt den. Für heiße Tage geradezu ideal.“

Einige Frauen murmelten Zustimmung.

„Also gut“, übernahm Tilda wieder das Ruder. „Dann macht mal alle Platz, damit Simone kassieren kann.“

Tatsächlich gehorchten die Menschen. Sie verteilten sich, hoben das Obst und die Kartoffeln auf und stellten sich der Reihe nach an. Sogar die Hühner waren inzwischen wieder eingefangen worden.

„Erstaunlich“, wunderte sich Marlene. „Das ist ein richtiger Zusammenhalt. Ich glaube, am Ende werden tatsächlich alle Melonen verkauft sein.“

„In Möwenitz hilft man sich gegenseitig“, erklärte ich. „Das ist einer der vielen Gründe, warum es hier so lebenswert ist.“

Jannis hatte seinen Geldbeutel herausgezogen und zählte stirnrunzelnd die Scheine.

„Ich kann dir was leihen, Brüderchen“, sagte Marlene großzügig. „Du wirst dich ja sicher nicht lumpen lassen und lieber ein paar Euro drauflegen.“

„Klar. Und danke, das wäre gut.“

Ich beobachtete das Treiben noch eine Weile, unterhielt mich ein bisschen mit Marlene und übergab Nele den Hund, damit sie eine kleine Runde mit ihm drehen konnte, bevor sie dann leider wegmusste. Als die beiden zurückkehrten, hatte Jannis gemeinsam mit Arne bei Simone und ihrer Kollegin eine großzügige Ausgleichszahlung geleistet, was von den Möwenitzern natürlich mit Argusaugen verfolgt wurde.

Einer nach dem anderen kam mit Melonen unter dem Arm an uns vorbei, lächelte uns an oder grüßte. „Moin, Herr Doktor, man sieht sich“, hörten wir oft.

Grinsend sah ich Jannis an, der seine normale Gesichtsfarbe wiedererlangt hatte, aber noch ein wenig zerzaust aussah. Ich stellte mich neben ihn.

„Also eines muss man dir lassen: Du hast es tatsächlich geschafft, innerhalb ultrakurzer Zeit zum Zentrum des dörflichen Lebens zu werden. Respekt!“ Ich konnte mir ein kleines Kichern nicht verkneifen.

Marlene stimmte mir zu. „Wirklich wahr! Kaum sage ich, dass dich fast niemand kennt, startest du so eine tolle Imagekampagne. Hut ab, das hätte ich dir echt nicht zugetraut.“ Sie grinste bis über beide Ohren.

Jannis stöhnte laut. „Was zum Teufel habe ich nur verbrochen? Als würde es nicht reichen, einen Hund zu besitzen, dessen bester Freund eine durchgeknallte Katze ist. Nein, ich habe auch noch zwei Frauen an meiner Seite, die mir dumme Sprüche um die Ohren hauen.“

Er schüttelte über sein schweres Schicksal den Kopf. „Können wir uns irgendwo ein Erdbeereis kaufen? Wo uns niemand kennt? In Rostock oder so? Ich lade euch ein.“

„So weit müssen wir nicht fahren, in zehn Kilometer Entfernung gibt es tatsächlich eine tolle Eisdiele.“

Marlene nickte. „Aber vorher muss Jannis versprechen, Fridolin am schwersten Tisch der Eisdiele festzubinden. Und vor allem, künftig eine Hundeschule zu besuchen. Ich schätze, so ein Unterricht wird den beiden nicht schaden. Was meinst du, Lenja?“

Ich lachte. „Bin der gleichen Meinung. Sie können beide nur davon profitieren“, sagte ich, wickelte mir Fridolins Leine dreimal um die Hand und ging gut gelaunt auf Marlenes Sportwagen zu.

Der Vormittag war zwar völlig anders gelaufen als erwartet, aber mit dem Ausgang war ich durchaus zufrieden. Auch wenn ich befürchtete, heute den halben Abend lang Melonen klein zu schnippeln, denn Nele hatte drei Stück gekauft und angekündigt, sie mit mir vertilgen zu wollen. Es war ein kleines Opfer dafür, dass dieser Tag sicher in die Annalen von Möwenitz eingehen würde als der *Melonentag vom Doktor Bohnenberg und seinem verrückten Hund.*

16. Brunnen-Spiele

Beim Eisessen im Nachbarort musste sich Jannis natürlich eine Menge Neckereien seiner Schwester gefallen lassen. Da sie bereits im Auto damit angefangen hatte, betonte er bei der Bestellung: „Einen Amaretto-Becher bitte. Ohne Sahne. Aber mit einer doppelten Portion Amaretto. Etwas Stärkeres haben Sie nicht, nehme ich an?"

Bevor die arme Kellnerin etwas sagen konnte, mischte Marlene sich ein. „Oder können Sie ihm einen Wodka Sour-Becher zaubern? Zitroneneis, eine Limettenscheibe und viel Wodka? Ebenfalls ohne Sahne."

Die Bedienung sah unschlüssig von Marlene zu Jannis, bis dieser bestätigte, dass ein normaler Amaretto-Becher völlig ausreichend sei. Sie war erleichtert, als ich ein stinknormales Spaghetti-Eis wählte und Marlene einen Eiskaffee. Fridolin bekam einen Napf mit Wasser, schielte allerdings sehnsuchtsvoll auf unsere Eisbecher, als die kamen. „Du kriegst nix", stellte Jannis klar. „Du hast mich heute schon genug Geld gekostet."

Der Welpe legte sich hin und bettete seinen Flauschekopf auf seine Riesenpfoten, sodass er aussah wie der ärmste Hund unter der Sonne.

Zwangsläufig musste ich lächeln, als ich ihn ansah. Er war einfach so niedlich!

Jannis hingegen stöhnte. „Schätze, ich muss doch noch eine Hundeschule für ihn suchen. Er muss seine Impulskontrolle in den Griff kriegen."

„Oh, prima!", sagte Marlene, „da wüsste ich auch einige Kollegen, denen das nicht schaden könnte. Frag mal, ob die auch Menschen nehmen."

Wir lachten alle drei. In Marlenes Gegenwart taute Jannis richtig auf. Das gefiel mir. Die beiden bezogen mich in alle Gespräche ein, als wäre ich eine alte Freundin. Wobei nicht alle Blicke, die Jannis mir zuwarf, rein freundschaftlich waren. Oder bildete ich mir das nur ein?

Nach dem Eisessen genossen wir den herrlichen Sommertag noch eine Weile und gingen zum Strand. Im Gegensatz zu Möwenitz gab es hier ellenlange Sandflächen und flaches Meer, entsprechend gut besucht war der Strandabschnitt. Sämtliche Strandkörbe waren belegt, auch dazwischen hatten Touristen Handtücher ausgelegt oder Strandmuscheln aufgebaut, in deren Schatten kleine Kinder Sandburgen bauten. Wir drei standen auf einem befestigten Bohlenweg, sodass wir unsere Schuhe nicht ausziehen mussten.

„Ich bin sehr froh, dass bei uns weniger los ist", sagte ich. „Auch wenn es für meinen Umsatz besser wäre. Aber ständig so ein Trubel? Nein danke."

„Kann ich gut verstehen", antwortete Jannis. „Mir ist ein fast leerer Strand auch lieber. Hier hat man nie Ruhe."

Gut, das war etwas übertrieben. Die Menschen lagen nur hier so dicht. Wenn man ein Stück weiter ging, gab es durchaus ruhigere Stellen. Trotzdem freute ich mich darüber, dass Jannis ähnlich tickte wie ich.

Marlene hatte nicht zugehört, sie musterte mit fachmännischem Blick einen muskulösen Mann, der sich eincremte.

„Frag ihn, ob du ihm beim Rücken zur Hand gehen sollst", schlug Jannis grinsend vor.

„Dem würde ich auch bei anderen Sachen zur Hand gehen", schnurrte sie und senkte den Blick auf die sportlich knappe Badehose des Mannes.

„Mensch, gut, dass du es sagst!", fiel mir ein und ich deutete auf Jannis' rechte Hand. „Du brauchst eine neue Schiene."

Marlenes Grinsen wurde breiter. „Nette Überleitung", stellte sie fest und ich errötete.

„Besorg ich mir gleich am Montag", sagte er.

„Oder Lenja besorgt's dir", kicherte Marlene. „Also das Handversteifungsding, meine ich. Wobei mir beim Thema Versteifung natürlich auch andere Dinge ..."

Weiter kam sie nicht, denn Jannis kitzelte sie mit der gesunden Hand an der Taille und sie quietschte. „Wirst du eigentlich nie erwachsen?", fragte er lachend.

„Reicht doch, wenn du der Ernste bist", gab sie zurück. „Aber offenbar kommst du bei Frauen damit gut an. Die da vorne mustert dich schon seit ein paar Minuten. Oder sagen wir eher: Sie verschlingt dich mit ihren Blicken."

Mit einer kleinen Kopfbewegung deutete sie nach rechts zur betonierten Strandpromenade. Dort stand eine Frau und sah zu uns herüber. Als sie sich in Bewegung setzte und auf uns zukam, erkannte ich sie.

„Das ist Mila, Meikes Tochter. Du erinnerst dich sicher an ihre Mutter?", fragte ich Jannis.

„Beginnende Blasenentzündung und akute Neugier?"

„Yep. Sie wollte ihre Tochter sogar mit in die Praxis

bringen, damit ihr euch schön unterhalten könnt."

Er stöhnte leise. Marlene war inzwischen aufgestanden, ging jetzt auf den geölten Dreamboy zu und verwickelte ihn in ein Gespräch.

Bei uns kam nun Mila an und begrüßte mich pro forma, wobei sie mich kaum ansah, sondern nur Jannis beäugte.

„Moin, Lenja. Machst du einen Ausflug? Wer ist denn dein netter Begleiter?"

„Das ist Doktor Bohnenberg, der neue Arzt von Möwenitz. Vielleicht hat deine Mutter dir schon von ihm erzählt?" Ich gab mich extrafreundlich.

Mila tat, als müsse sie überlegen. „Kann sein, dass sie etwas erwähnt hat", säuselte sie schließlich und warf sich ihre langen Haare über die Schulter. Sie arbeitete in einem Modeunternehmen und bildete sich sonst was darauf ein. Dabei machte sie nur die Buchhaltung, wie ich aus sicherer Quelle wusste. Lief aber immer herum, als wäre sie auch als Model tätig. Heute trug sie eine tief dekolletierte weiße Seidenbluse, natürlich auf Figur geschnitten, dazu eine enge Leinenhose in hellem Roséton und ein passendes Halstuch. Sah alles teuer aus und war absolut deplatziert für einen Sonntagsbummel. Wobei sie in den hochhackigen Wildlederpumps sowieso nicht weit kommen würde, nahm ich an.

Sie schenkte Jannis ein strahlendes Lächeln und ich musste leider zugeben, dass sie verdammt attraktiv war. Zumindest wenn man auf überschminkte Tussis mit falschen Wimpern stand.

Jannis lächelte ebenso strahlend zurück. Aha! Er machte sich also etwas aus aufgetakelten Damen?

Dabei wollte ich natürlich nicht im Weg stehen. „Ich gehe mit Fridolin ein Stück den Weg entlang", schlug ich vor. „Da vorne gibt es einen Brunnen mit Trinkwasser, da kann er ein bisschen schlabbern."

Bereitwillig ließ Fridolin sich von mir wegführen. Er setzte seine Duftmarken an einige Bäumchen, flirtete verzückt mit einer sehr niedlichen Dackeldame und musste schließlich auf einer kleinen Rasenfläche sein großes Geschäft verrichten, wobei er sich fünfmal im Kreis drehte, bis er die genau passende Stelle gefunden hatte, um sich zu erleichtern.

„Pfff", machte ich und zog einen Kotbeutel hervor. „Da sagen Leute, wir Frauen seien wählerisch beim Aussuchen von Klamotten. Dabei ist das gar nichts gegen dich!"

Lächelnd kam Fridolin auf mich zu gelaufen. Ob er über meinen Witz grinste oder einfach im wörtlichen Sinne erleichtert war, wusste ich nicht. Aber ich schmunzelte ebenfalls, als ich ihn heranflitzen sah. Der wuschelige Kerl machte immer gute Laune.

Da ihm unter dem Teddybärenfell sicher warm war und er hechelte wie verrückt, wurde es Zeit für eine Erfrischung. „Komm, du darfst jetzt was trinken. Gleich da vorne ist ein Brunnen."

Es handelte sich dabei um einen Steintrog neben einer Parkbank, in den Wasser floss. Da es als trinkbar gekennzeichnet war, führte ich Frido dorthin, formte meine Hände zu einer Schale und schöpfte Wasser heraus. Doch der Welpe verstand nicht, dass er aus meinen Händen trinken solle. Und bis ich meine Hände unter sein Maul bugsiert hatte, um seine Nase hinein zu tauchen, war das Wasser zwischen meinen Fingern herausgelaufen.

„Oh Mann!" Fridolin saß neben mir und schaute mich durstig an. Künftig musste ich wohl eine kleine Plastikschüssel mitnehmen, wenn wir an sonnigen Tagen unterwegs waren. Wobei – so angeregt, wie Jannis sich mit Mila unterhielt, würde er vielleicht eher mit ihr spazieren gehen als mit mir. Ein fieser Stachel der Eifersucht pikste in meinem Brustkorb herum. Echt dämlich. Ich wollte nichts von Jannis, also konnte es mir schnurzpiepegal sein, ob er Miss Klimperwimper beim Einkauf roséfarbener Spitzendessous begleitete oder nicht.

Die beiden waren herangeschlendert und fast bei uns angekommen. Ich sollte mich beeilen, den Hund zu tränken, ohne wie eine komplette Idiotin dazustehen. Vielleicht würde es leichter gehen, wenn der Weg zwischen Brunnen und Hund kürzer wäre? Damit mir nicht so viel aus den Händen floss?

Ich bugsierte Frido mit einiger Mühe auf die Parkbank, zerrte ihn am Halsband nah an den Brunnen, wollte ihn aber nicht direkt daraus trinken lassen, weil das unhygienisch war. Also schöpfte ich erneut Wasser mit meinen Händen und hielt sie ihm vor das Maul.

„Mag er nicht trinken?“, fragte Mila, dabei war das offensichtlich. Ihr Tonfall klang wie der einer Herrin, die mit einer dämlichen Palastdienerin sprach. Wahrscheinlich kam sie sich nach dem kurzen Spaziergang mit Jannis bereits vor wie Kleopatra und sah mich als eine Sklavin, die ihr das Bad mit Eselsmilch einlassen sollte.

„Kriege ich schon noch hin“, presste ich hervor und startete einen neuen Versuch.

„Schieb ihn doch noch ein Stück nach vorne, dann tut er sich leichter“, riet sie mir von oben herab und wandte sich Jannis zu.

„Weißt du, ich kenne mich aus mit Hunden. Habe zwar selbst keinen, aber mein Chef. Als seine rechte Hand vertraut er mir den regelmäßig an. Deshalb bin ich sozusagen

Expertin“, säuselte sie.

Ich dachte kurzfristig darüber nach, dem Kind, das auf der Wiese herumlief, die bunte Wasserpistole zu entreißen und rein aus Versehen Mila damit ihre falschen Wimpern aus dem Gesicht zu spritzen. Mit verwischtem Make-up sah sie sicher nur noch halb so gut aus.

Um zu beweisen, dass sie die beste Hundeflüsterin in ganz Westeuropa war, griff sie zum Halsband und zog ein wenig. Fridolin verstand das anscheinend als Aufforderung, einen Schritt nach vorne zu machen – und platschte mitten in den Brunnen hinein.

„Igitt!“, schrie Mila auf, als ihr Seidenblüschen einen Tropfen Wasser abbekam und machte ein paar Schritte vom Brunnen weg. Praktischerweise so, dass sie kussnah neben Jannis stand.

Fridolin fand es im kühlen Wasser ganz wunderbar. Er trank eifrig, tauchte mit dem Kopf unter und fuhrwerkte so wild herum, dass er völlig von Wasser bedeckt war.

„Komm sofort heraus“, schimpfte ich und klopfte auf die Bank, um ihm anzuzeigen, dass er wieder dorthin springen sollte. Auch Jannis kam heran und gab Kommandos. Mila folgte ihm wie ein Schatten und wich keinen Zentimeter von seiner Seite.

Endlich verstand Fridolin. Er hüpfte auf die Bank, sofort von ihr herunter und eilte auf sein Herrchen zu. Mila, die Hundeexpertin, ging in die Hocke, um Frido zu loben.

„Das hast du aber fein gemacht“, flötete sie und warf Jannis einen schnellen Seitenblick zu, ob er auch wirklich sah, wie toll sie mit seinem Hund umgehen konnte und wie völlig furchtlos sie sich dessen Maul näherte.

Fridolin freute sich über das Lob. So sehr sogar, dass er

seine neue Freundin begrüßte, indem er ihr großflächig übers Gesicht schlabberte.

Als sie aufschrie und zurückzuckte, schüttelte er sich. Und zwar richtig. So ein dickes, langhaariges Berner Sennenfell konnte eine erstaunliche Menge Wasser aufnehmen, wie ich feststellte. Und auch wieder abgeben. Genau auf Milas Seidenbluse, die rosa Hose und ihr Gesicht. Sogar ein paar Haarsträhnen klebten ihr nun in der Stirn. Passte gut zur fleckigen Kleidung, die sie jetzt trug. Von den Wildlederschuhen bis zum Halstuch war alles halb nass. Dass ihr Gesicht vor Ärger tomatenrot anlief, harmonierte leider gar nicht mehr mit den zarten Rosétönen.

Ich musste mich höllisch zusammenreißen, um nicht laut los zu prusten. Und noch mehr, um Frido nicht den Kopf zu tätscheln und zu sagen: „Das hast du richtig *fein* gemacht.“

„Dieses Untier muss man erziehen!“, zeterte sie und funkelte mich böse an. „Schau doch nur, wie meine Kleidung jetzt aussieht. Das ist Markenware!“

„Ist doch nur Wasser“, erwiderte ich. „Das trocknet wieder.“

„Beste Wildseide ist das! Und erst die Schuhe! Man kann einen Hund doch nicht einfach ...“

Jannis baute sich vor ihr auf. Wahrscheinlich erwartete sie nun, dass er den Gentleman spielte, ihr ein besticktes Einstecktuch reichte und versicherte, er werde für den Schaden aufkommen und sie als kleinen Trost zu einem Hummersoufflé im Binzer Vier Jahreszeiten einladen.

Doch er verengte die Augen. „Ich dachte, du kennst dich mit Hunden aus? Es weiß doch jeder, dass die sich das Wasser abschütteln.“

„Der Chihuahua meines Chefs macht das nicht“, zischte sie zurück.

„Wirklich? Warst du mit ihm schon einmal beim Schwimmen?“, ließ Jannis nicht locker.

„Natürlich nicht“, musste sie zugeben. „Er liebt es eher, in seiner Tragetasche die Welt zu erkunden.“

„Ach Gottchen, ein Handtaschenhund“, raunte ich Jannis zu, ohne dass Mila es hören konnte. „Solche kläffenden Hamster mit Schleifchen kann man doch nicht mit Frido vergleichen.“

Ihm entfuhr ein kleines Lachen.

„Was ist daran so witzig?“, fragte sie beleidigt. „Dass er eine Tragetasche hat? Er ist nun mal ein zartes Wesen und der Augapfel meines Chefs.“

Frido, dessen Wesen eher robust als zart war, hatte es inzwischen geschafft, die Leine so zwischen seinen Beinen zu verheddern, dass er mich nur noch humpelnd umkreisen konnte. Ich befreite ihn grinsend.

„Wir sollten uns auf den Heimweg machen“, entschied Jannis. „Nicht, dass der böse Hund sich erneut schüttelt oder gar jemanden anniest. Komm, Lenja.“

Er legte seinen Arm um meine Schultern. „Wir sehen uns sicher mal wieder, Mila“, verabschiedete er sich kurz. Danach ging er einträchtig mit mir und Fridolin zurück, um Marlene aufzugabeln.

Ich strahlte vor mich hin. Es fühlte sich verflixt gut an, seinen Arm um meine Schultern zu haben! Obwohl mir natürlich klar war, dass er das nur tat, um dieser Mila eins auszuwischen.

„Mach das nie mehr“, sagte er, schmunzelte aber dabei.

Verständnislos sah ich ihn an. „Den Hund in einen Brunnen hüpfen zu lassen?“

„Solche Witze zu reißen! Kläffender Hamster. Ich musste mich so zusammenreißen, nicht laut loszuwiehern.“ Er lächelte mich an.

„Werde mich bemühen“, versprach ich, ebenfalls lächelnd.

„Ich mag deinen Humor“, sagte er aus dem Nichts. „Und die Lockerheit, wie du mit Fridolin umgehst. Neulich hat jemand gesagt, dass du die gute Seele von Möwenitz bist, und das stimmt. Jeder bekommt von dir ein Lächeln oder ein freundliches Wort.“

„Na ja“, wiegelte ich ab. „Bei Mila war ich nicht so wahnsinnig freundlich.“

„Die ist ja auch ätzend.“

„Ach ja? Ich dachte eigentlich, ihr hättet euch blendend unterhalten.“ Das konnte ich mir leider nicht verkneifen.

„Konnte sie ja nicht gleich abwimmeln, schließlich ist sie eine potentielle Patientin. Außerdem brauchen große Unternehmen manchmal Firmenärzte. Ich dachte anfangs echt, sie hat dort was zu sagen. Aber lass mich raten: Sie ist nur ein kleines Rädchen?“

„Hut ab, Herr Doktor, Sie haben ja doch ein wenig Menschenkenntnis“, neckte ich ihn. „Sie sitzt in der Buchhaltung. Und dieser ominöse Chef ist der stellvertretende Abteilungsleiter, nicht der Vorstand.“

„Dachte ich mir fast. Allerdings hat mich ihr Gesicht wirklich fasziniert. Warum kleben sich Frauen so übertriebene Wimpern auf? Und die eine hatte sich halb gelöst. Ich habe bei jedem Blinzeln darauf gewartet, dass sie endgültig abgeht und dann an ihrer Nase klebt.“

Er grinste. Und sah dabei aus wie ein frecher Junge. Fehlten nur noch ein paar Sommersprossen und ein Kaugummi.

„Wie Loriots Nudel?“

Er nickte. „Genau! Ist er nicht genial? Ich liebe seine Sketche.“

„Er hätte mit Fridolin seine Freude gehabt. Auch wenn er kein Mops ist“, antwortete ich.

„Wir müssen morgen unbedingt ein paar anschauen.“

„Morgen?“, fragte ich.

Überrascht blieb er stehen. „Das Essen! Hast du das schon vergessen? Ich koche für dich. Ist ja auch das Mindeste. Und wir bereden dann auch dein Gehalt.“

„Du brauchst mir nichts zu bezahlen, ich mache das ...“

„Kommt gar nicht infrage“, unterbrach er mich. „Du arbeitest den ganzen Tag für mich, natürlich bezahle ich das.“

„In Möwenitz hilft man sich“, beharrte ich. „Da ist das normal.“

„Mag sein. Aber ich bin noch nicht vollständig assimiliert, also bekommst du Geld von mir. Du kannst ja damit Hedi zum Essen einladen oder ihr etwas kaufen, weil sie in deinem Laden aushilft. Keine Widerrede. Und morgen werde ich dich überraschen mit einem Spezialmenü à la Jannis.“

Es war ihm also ernst. Er wollte wirklich für mich kochen. Das hatte noch kein Mann für mich getan und ehrlich gesagt freute ich mich riesig darüber. Oder würde Marlene ebenfalls dabei sein? War es einfach ein Kochen für Freunde und Nachbarn, das rein gar nichts zu bedeuten hatte?

„Dann müssen wir aber auf der Rückfahrt noch an einem Supermarkt stehenbleiben. Oder kochst du ausschließlich mit Melonen und Kartoffeln?“ Ich zwinkerte ihm zu.

„Erinnere mich nicht daran“, stöhnte er. „Fridolin hat mich heute richtig zum Affen gemacht.“

Der Hund wedelte und lächelte stolz.

„Du wirst es verkraften. Zumindest kennt dich jetzt wirklich jeder. Wahrscheinlich werden wir uns in den nächsten Tagen nicht retten können vor Patienten. Oder besser gesagt vor Patientinnen.“

Erneut stöhnte er, diesmal länger.

Ich mochte sein Stöhnen. Wie so vieles an ihm. Ob er auch im Schlafzimmer so ähnlich stöhnte? Bei dem Gedanken prickelte meine Haut. Was er wohl mochte? War er im Bett ein Draufgänger, der schnell zur Sache kam, oder eher ein zärtlicher Genießer, der mich mit allen Sinnen erkunden würde, bevor er schließlich ...

„Lenja?“, riss sein verheißungsvoller Bariton mich aus meinen Tantraträumen.

Mein Kopf fuhr zu ihm herum. Offenbar hatte er etwas gefragt, aber vor lauter Wollust hatte ich es nicht mitbekommen.

„Äh, sorry. Ich war in Gedanken. Was hast du gesagt?“

„Ob es irgendetwas gibt, das du nicht magst. Oder am liebsten magst.“

Sofort war ich zurück in meinen Tagträumen. Ich mochte Kerzenschein und duftendes Öl, außerdem mochte ich es, wenn ich ihm in die Augen schauen konnte, wenn wir beide dem Höhepunkt immer näherkamen, die Bewegungen schneller, das Stöhnen heiserer wurde ...

„Beim Essen, meine ich.“

Verflixt! Er grinste mich an. Hatte ich einen dümmlich-verklärten Gesichtsausdruck aufgehabt?

„Äh, ich mag alles. Beim Essen bin ich überhaupt nicht wählerisch“, sagte ich und ärgerte mich, dass meine

Stimme ein wenig bebte.

„Aha.“ Sein Grinsen wurde anzüglicher. „In welchen Bereichen bist du denn wählerisch?“, raunte er mir zu und hatte ein Timbre in der Stimme, das mich ganz wuschig machte.

Wie gut, dass Marlene auf uns zukam, mit einem kleinen Zettel herumwedelnd.

„Bei der Auswahl meiner Chefs“, antwortete ich schnell. „Ich gehe schließlich nicht jedem Dahergelaufenen zur Hand.“

Oh Mann. Wie das wieder klang! Ich sagte ab sofort am besten gar nichts mehr.

„Ich habe seine Telefonnummer“, freute sich Marlene. „Und morgen Abend gehe ich mit ihm tanzen.“

Dann war sie also bei dem Essen nicht dabei? Mein Herz klopfte schneller.

„Du nistest dich aber nicht so lange bei mir ein?“, fragte Jannis entsetzt.

Sie lachte. „Keine Angst, Brüderchen. Ich treffe ihn in Rostock. Wäre mir nämlich neu, dass es in Möwenitz coole Clubs gibt.“

Erleichterung breitete sich in mir aus. „Och, wir haben durchaus eine Musikszene. Sehr angesagt sind derzeit singende Seemannszwerge, die haben Coverversionen alter Hits auf Lager, da schnallst du ab.“

Ich grinste. Jannis lachte schallend. „Stimmt, die sollten wir Marlene mal vorführen. Sicher gibt sie sofort eine Bestellung auf.“

„Könnt ihr mich mal aufklären, wovon ihr redet?“, forderte sie.

„Im Auto. Kutschier uns zu einem tollen Supermarkt, dann erzählen wir dir die Geschichte.“

Wir hatte er gesagt. Ich mochte dieses *wir*. Jannis und ich kannten uns noch nicht lange, aber wir hatten schon einiges erlebt. Und ein kleines, zartes *wir* aufgebaut.

Würde morgen Abend mehr dazukommen? Würde aus dem kleinen *wir* ein größeres, bedeutungsvolleres *Wir* werden? Eines, das vielleicht sogar eine Zukunft hatte?

Die Vorstellung sandte einen heißkalten Schauer über meinen Rücken. War das Essen morgen ein Date? Und – wollte ich das überhaupt?

17. Der Herr Doktor kocht

Das rote Shirt mit V-Ausschnitt, weil es sexy war? Oder doch lieber das blaue, das meine Augen betonte?

Ich hielt mir die beiden Oberteile abwechselnd vor die Brust und sah unschlüssig in den Spiegel. Und was sollte ich mit meinen Haaren anstellen? Zu sehr auftakeln wollte ich mich nicht, sonst meinte Jannis am Ende noch, ich hätte mich extra für ihn hübsch zurechtgemacht. Was zwar stimmte, aber das durfte man einem Mann natürlich nicht zeigen. Andererseits wollte ich aber auch nicht in meinem Alltagslook bei ihm aufschlagen, denn falls er wider Erwarten doch etwas von mir wollte, musste ich ihm die richtigen Zeichen geben.

Frustriert ließ ich mich aufs Bett plumpsen und zerknitterte dabei eine weiße Hose, die ebenfalls in der engeren Auswahl war. Mann, war das kompliziert mit den Männern!

Die Türklingel riss mich aus meinen chaotischen Überlegungen. Dem Rhythmus nach, in dem die Klingel gedrückt wurde, konnte das nur eine sein: Nele. Eilig ging ich runter zur Haustür und öffnete ihr.

„Ich wollte meine Jacke holen." Sie grinste mich an.

„Klar. Weil du sie heute unbedingt brauchst. Rein mit dir, du kommst wie gerufen."

Ich hatte Nele von der Einladung erzählt und natürlich war das der Grund, warum sie bei mir hereinschneite.

„Das rote Oberteil", sagte sie sofort, als sie meine Auswahl sah. „Dazu deine neue, schmale Jeans. Du willst schließlich nicht overdressed wirken, aber trotzdem heiß daherkommen. Soll ich dir beim Schminken helfen?"

„Soweit kommt's noch! Ich bin doch nicht deine fünfzehnjährige Schwester, die zum ersten Mal mit einem Jungen aus der Klasse ins Kino geht."

Nele wiegte den Kopf hin und her. „Na ja, so etwas Ähnliches bist du durchaus. Du willst ihn doch umhauen, oder?"

Ich schob die Hose zur Seite, setzte mich aufs Bett und seufzte tief.

„Ehrlich gesagt: Ich weiß es nicht. Jannis ist attraktiv, keine Frage. Und ich finde ihn durchaus spannend."

„Aber?" Sie setzte sich auf einen Stuhl und sah mich auffordernd an.

„Ich weiß nicht, ob es ihm ernst ist. Oder ob das einfach eine Einladung ist, weil er ungern nur für eine Person kocht und weil er sich auf diese Weise bei mir bedanken kann."

„Papperlapapp", wischte Nele meinen Einwand weg. „Das wirst du ja heute Abend herausfinden. Du hast aber wegen einer anderen Sache Zweifel, das spüre ich. Sag nicht, dass es um diesen Satz deiner Großmutter geht, dass eine Heilerin sich niemals binden darf oder solchen Käse."

Ich lachte kurz. „Nee, das war sicher nicht total ernst gemeint von meiner Omi. Ich glaube, sie würde es mir gönnen, einen netten Mann an meiner Seite zu haben."

„Na also!“, jubelte Nele. „Dann nichts wie ran an den Speck. Oder besser gesagt an das durchtrainierte Sixpack.“

„Ganz so einfach ist es nicht.“

Sie verdrehte die Augen. „Komm schon, Lenja, mach nicht wieder alles so kompliziert. Schnapp dir den Herrn Doktor und probier ihn aus. Wenn es nicht klappt, ist es auch nicht schlimm.“

Das war typisch Nele. Sie verschenkte ihr Herz in Windeseile, kam aber auch blitzschnell über eine Enttäuschung hinweg. Ein paar Tränen, eine Packung Toffifee, schon war sie bereit für den nächsten Traummann.

Ich war da völlig anders. Wenn ich mein Herz verschenkte, sollte es auf Dauer sein. Mich probehalber zu verlieben, funktionierte bei mir leider nicht. Und mit dem Entlieben klappte es erst recht nicht so leicht wie bei meiner Freundin.

„Du weißt, dass das bei mir so nicht geht“, sagte ich leise.

Sie wurde ernst und nickte. „Ja, das tue ich. Leider. Ich würde mir einfach so sehr wünschen, dass du endlich mal wieder himmelhoch verliebt bist. Dass der Himmel über dem Leuchtturm voller Geigen hängt, du ständig von Schmetterlingen umflattert wirst und den ganzen Tag *James Blunt*-Songs vor dich her summst.“

Sie war einfach toll. Ich lächelte sie dankbar an. „Das ist lieb von dir. Aber glaubst du wirklich, ausgerechnet Jannis wäre dafür der Richtige? Immerhin hat er uns die Praxisräume weggeschnappt.“

Nele schwieg eine ganze Weile, was ungewöhnlich für sie war. Schließlich fragte sie ernst: „Worum geht es in Wirklichkeit? Machst du dir Sorgen, weil er ein Schulmediziner ist?“

Ich zupfte mir ein paar Fussel von der Hose. „Weißt du, wenn ich mich verliebe, dann soll es eine Beziehung auf Augenhöhe sein. Nein, mehr sogar. Ich wünsche mir einen Mann, der mich unterstützt in dem, was ich tue. Der meine Leidenschaft versteht. Und der nicht alles in Frage stellt, wofür die Frauen in meiner Familie so gekämpft haben."

Sie nickte langsam. „Du hast Angst, dass er dich nicht ernst nimmt?"

„Ganz genau. Ich mag niemanden, der über mir steht. Der mich belächelt. Für den das, wofür ich brenne, nur eine Spielerei ist."

„Na, dann überzeug ihn! Du kannst doch nicht erwarten, dass ein Mann, den du kennenlernst, von Anfang an perfekt ist. Menschen ändern sich, lernen dazu."

„Äußerst selten!", widersprach ich.

Doch Nele schüttelte den Kopf. „Nicht jeder kann das, schon klar. Aber wenn du den Richtigen gefunden hast – dann musst du ihm doch die Chance geben, sich zu entwickeln. Dich und deine Arbeit kennenzulernen. Und nicht gleich die Flinte ins Korn werfen, nur weil er ein paar Vorurteile hat."

„Bezahlt er dich dafür?", neckte ich sie.

Sie grinste. „Das könnte er sich nicht leisten. Meine Loyalität ist schweineteuer. Aber im Ernst, Lenja, du suchst Ausflüchte. Du redest dir ständig ein, dass du keinen Partner brauchst und das sowieso keiner genau passend ist. Aber dabei vergibst du vielleicht eine große Chance, richtig glücklich zu werden. Wage doch endlich mal etwas!"

Nele hatte mit so viel Inbrunst gesprochen und mir so nachdrücklich in die Augen gesehen, dass ich schlucken musste. Hatte sie recht? War ich in Liebesdingen ein Feigling, der lieber jeder Chance aus dem Weg ging aus Angst, so zu enden wie meine Mutter?

„Ich hatte schlechte Vorbilder", sagte ich leise. „Meine Mutter wurde ihr ganzes Leben lang niedergemacht. Und das macht mir höllisch Angst, da liegst du richtig."

„Jannis ist nicht wie dein Vater", sagte sie weich. „Du musst endlich mal aus dem Schatten deiner Eltern herauskommen. Es steht nirgends geschrieben, dass auch du dich einem Mann unterordnen musst. Leb doch dein eigenes Leben!"

Da war ein Kloß in meiner Kehle und meine Hände zitterten ein wenig. Sie hatte absolut recht. Ich durfte nicht länger meiner Vergangenheit nachhängen. Es war Zeit für Neues. Und genau heute würde mein neues Leben starten!

Voller Elan sprang ich auf. „Weißt du, was? Ich lege gleich heute los! Das rote Shirt, dazu roter Lippenstift und smokey Eyes. Nur auf angeklebte Wimpern verzichte ich aus gutem Grund." Ich kicherte fröhlich.

Nele sah mich erstaunt an. „Seit wann besitzt du falsche Wimpern?"

„Tu ich nicht. Es war ein Insiderwitz wegen Mila, Meikes Tochter. Du, ich muss mich jetzt echt fertig machen. Deine Jacke hängt im Flur, am Haken hinter der Tür."

Sie lachte. „Als wäre ich wirklich wegen der Jacke hier! Mach dir einen tollen Abend, Süße. Und treib es richtig bunt! Natürlich möchte ich danach alle Einzelheiten hören. Insbesondere die intimsten!"

„Vergiss es", gab ich lachend zurück.

Nele verabschiedete sich und ich machte mich zurecht. Jannis hatte mich für halb acht Uhr eingeladen und mir gestern sein Auto aufgedrängt. Es war erst Viertel nach sieben, aber ich hatte keine Lust mehr, untätig in meiner Wohnung herumzusitzen. Lieber drehte ich mit Frido noch eine Gassirunde rund um den Leuchtturm.

Ich fuhr also zur Landzunge und stieg aus. Als ich auf den Leuchtturm zuging, kamen mir Zweifel aufgrund meiner früheren Ankunft. Köche mochten es womöglich nicht, wenn man sie mitten in den letzten Vorbereitungen störte. Unsicher ging ich auf den Anbau zu, in dem sich die Küche befand. Vielleicht konnte ich durchs Fenster linsen und sehen, ob ich ungelegen kam?

Ja, das klang gut. Ich schlich zum Küchenfenster und wagte einen Blick hinein. Zwischen ein paar Basilikumzweigen, die am Fenster standen, konnte ich tatsächlich Jannis erkennen. Allerdings war er nicht am Herd beschäftigt, sondern versuchte, Frido das Kommando *Platz* beizubringen. Er hatte einen Klicker besorgt, denn durch das gekippte Fenster konnte ich immer wieder hören, wie das kleine Plastikding *Klick* machte. Frido hatte aber noch nicht kapiert, was er tun sollte. Schmunzelnd beobachtete ich ein paar Versuche.

„Hinlegen sollst du dich, Frido“, erklärte Jannis seinem Hund, doch der sah ihn nur schwanzwedelnd an.

Ich musste seine Geduld wirklich bewundern. Unermüdlich gab er Fridolin Kommandos, wartete darauf, dass er sich zufällig hinlegte, und klickte dann sofort.

Funktionierte aber trotz der Leckerlis eher mäßig.

„Pass auf, ich mach’s dir vor“, sagte er jetzt.

Ich drückte mir die Nase platt. Echt jetzt? Würde er wirklich?

Tatsächlich. Jannis rief sich selbst das Kommando „Platz!“ zu und legte sich umgehend flach auf den Küchenboden. Dummerweise fand Frido das superlustig, setzte sich auf Jannis‘ Rücken und schnupperte an seinem Nacken.

Nicht laut los zu prusten, klappte nur, weil ich mir auf die Lippe biss. Die beiden waren toll. Ein super Team. Ich liebte es, wie er mit seinem Hund umging. In Gegenwart von Frido war von dem nüchternen Mediziner, den ich anfangs kennengelernt hatte, nichts mehr zu spüren. Mit ihm war Jannis viel mehr der unbeschwerte kleine Junge, der er im wahren Leben vielleicht nie hatte sein können.

„Runter da, du Schwergewicht“, schimpfte er spielerisch. „Wird wohl nichts daraus, dass wir Lenja ein neues Kommando vorführen. Aber umziehen muss ich mich noch, also lass mich aufstehen. Ich will ihr schließlich nicht schmutzig und voller Hundehaare gegenübertreten.“

Hätte mich kein bisschen gestört. Ich hatte neulich sogar irgendwo ein Schild gesehen mit der Schrift: „Ohne Hundehaare ist man nicht richtig angezogen.“ Das würde ich kaufen und Jannis schenken.

Lächelnd entfernte ich mich vom Fenster. In der Küche hatte eine ziemliche Unordnung geherrscht, also sollte ich Jannis lieber noch eine Viertelstunde Zeit geben und pünktlich um halb acht klingeln.

Als ich das dann tat, öffnete er mir in einem leuchtend blauen Hemd zur schwarzen Jeans. Beides stand ihm hervorragend.

„Moin, Jannis“, sagte ich fröhlich, korrigierte mich aber schnell. „Ich wollte natürlich sagen: Bonsoir, Monsieur Bocuse!“, nannte ich schnell einen berühmten Koch.

„Bonsoir, Mademoiselle!“, erwiderte er und drückte mir einen Kuss rechts und links auf die Wange.

Fing schon mal nicht schlecht an, der Abend!

Mit einem Schmunzeln auf den Lippen bat Jannis mich

herein. „Mit Paul Bocuse habe ich leider nicht viel gemein. Ich bin heute eher der dänische Koch aus der Muppet Show“, seufzte er.

„*Sich Hümmern bringt Kümmern*“, zitierte ich diesen sofort. „Aber ich gehe nicht davon aus, dass du einen Hummer zubereitet hast.“

„Gott bewahre!“ Er lachte.

„Was ist denn los?“

Er fuhr sich durch die Haare. „Mein Zeitplan ist total im Eimer. Ich habe einen Putenrollbraten gemacht, ihn aber viel zu spät in den Ofen geschoben. Weil ich wieder einmal über meinen Büchern die Zeit vergessen hatte.“

Ich begrüßte Fridolin, der um mich herumturnte und vor Freude winselte. Hunde waren echt cool. Kein Mann hatte sich jemals so sehr gefreut, wenn ich aufgetaucht war. Andererseits wäre mir das Wedeln schnell auf den Senkel gegangen.

„Macht doch nichts“, sagte ich. „Dann essen wir eben etwas später. Ich habe übrigens etwas mitgebracht. Als Dessert oder als süßes Frühstück für morgen.“

Seine Brauen sprangen nach oben und er grinste. „Du willst über Nacht bleiben? Gut zu wissen.“

Natürlich lief ich sofort rot an. „Tja, man weiß nie, was so ein weinseliger Abend mit sich bringt“, rettete ich mich schnell. „Aber eigentlich meinte ich, dass du das Dessert auch noch morgen essen kannst. Falls es zu viel ist.“

Ich übergab ihm eine Plastikbox. Er öffnete eine Ecke, roch daran und sah hinein.

„Birnentartelettes?“

„Pfff“, machte ich. „Wer nimmt denn Birnen? Es sind natürlich Melonentartelettes.“

Jannis gluckste. „War ja klar. Wahrscheinlich werde ich

noch die nächsten Wochen gequält mit allem möglichen Melonenzeug."

„Darauf kannst du wetten! Jede zweite Patientin wird Melonenmarmelade oder Likör anschleppen, um dich zu beschenken."

„Ich Glückskind", sagte er ironisch. „Wir können aber schon mal die Vorspeise und die Getränke nach oben nehmen. Ich muss nur noch den Ziegenkäse in die Pfanne werfen."

Neugierig folgte ich ihm in die Küche. Dort sah es noch immer aus, als hätte eine Bombe eingeschlagen, und irgendwie gefiel mir das. In der Praxis war Jannis extrem ordentlich und ich wollte wetten, dass früher in keinem einzigen seiner Schulhefte ein Eselsohr gewesen war.

„Hätte dich gar nicht als Chaosking eingeschätzt", kommentierte ich das Tohuwabohu.

„Bin ich auch nicht. Nur beim Kochen. Keine Ahnung, wieso. Wahrscheinlich will da irgendeine kreative Ader ausgelebt werden."

Er gab zwei kleine Ziegenkäsetaler in die heiße Pfanne. Auf der Arbeitsplatte warteten bereits die liebevoll angerichtete Salatschälchen.

Gelassen lehnte ich mich an einen Küchenschrank. „Macht Spaß, dir beim Arbeiten zuzusehen."

„Das ist keine Arbeit, sondern pure Entspannung. Außer natürlich, man kriegt es mit der Zeit nicht hin. So wie ich heute."

„Was hast du denn Interessantes gelesen? Einen Roman?"

Er schüttelte den Kopf und drehte sich zu mir um. Seine Miene war mit einem Mal ernst.

„Es ging um Herrn Kleinfried. Seine Werte gefallen mir

nicht. Und die Sonografie zeigte ebenfalls eine kleine Auffälligkeit.“

Das mit dem Ultraschall hatte ich mitbekommen, aber die Ergebnisse der Blutuntersuchung hatte ich nicht gesehen. Ich kannte den älteren Mann nicht gut, er kam aus einem Nachbarort. Aber er liebte meine Nugatpralinen sehr und kaufte sich regelmäßig welche.

„Was vermutest du denn?“

„Die Blutsenkung macht mir Sorge. Ich habe ihn angerufen und er sagt, dass die schon oft über dem Normwert war. Zusammen mit ein paar anderen Auffälligkeiten tippe ich auf eine beginnende Autoimmunerkrankung. Natürlich könnte aber auch etwas anderes dahinterstecken. Ich habe ihn zu einem Spezialisten überwiesen, aber sein Fall lässt mir keine Ruhe.“

„Du hast also heute Nachmittag Fachliteratur gewälzt?“, fragte ich.

„Nicht nur das. Auch einen alten Kollegen habe ich angerufen. Recht viel weiter sind wir aber nicht gekommen. So etwas macht mich immer ganz unruhig. Ich will wissen, was dahintersteckt. Nur so kann man es richtig behandeln.“

Er wendete die Käsetaler, bestreute sie mit gehackten Nüssen und goss ein wenig Honig darüber. Mir lief das Wasser im Mund zusammen. Aber noch anziehender als die leckere Vorspeise fand ich die Art, wie Jannis sich in Problemfälle aus der Praxis verbiss.

„Dir liegt etwas an den Patienten“, sagte ich langsam.

Er wandte sich ruckartig zu mir um. „Natürlich! Hast du das bisher infrage gestellt? Ich bin doch kein *Doctor House*, dem es nur um medizinische Rätsel, aber nicht ums Menschliche geht.“

„So hatte ich das nicht gemeint. Sondern, dass es nicht selbstverständlich ist. Nicht jeder Arzt macht das wie du.“

Sein Blick wurde weich. „Vielleicht sind wir uns doch nicht so unähnlich, wie du anfangs gedacht hast?“

Ich nickte langsam. „Könnte möglich sein“, gab ich zu und fühlte ein Kribbeln auf meiner Haut.

Es roch phantastisch in seiner Küche. Aus dem kleinen Radio auf der Arbeitsplatte erklang ein alter *Commodores*-Song. Durchs gekippte Fenster hörte man den Schrei einer Möwe.

Ich beobachtete Jannis‘ Bewegungen. Er hatte sich wieder der Pfanne zugewandt und schwenkte den Käse. Dabei fiel mir auf, dass seine rechte Hand nur bandagiert war. Und das nicht wirklich gut.

„Du hast das alles ohne deine Schiene gekocht?“ Ich ging zu ihm, um seine Hand besser sehen zu können.

„Habe mir die Hand ein wenig bandagiert. Morgen kann ich mir dann eine neue holen. Oder hoffen, dass jemand doch noch die alte gefunden hat.“

„An der wird nicht mehr viel dran sein, nachdem Frido sie über den Marktplatz geschleift hat. Aber dieser Verband fällt ja fast auseinander.“

Er zuckte mit den Schultern. „Beim Putenrollbraten hat er sich verabschiedet.“

„Hast du noch eine Mullbinde? Ich mach dir das neu.“

Jannis holte einen Verbandskasten. Ich war zwar nicht die allergeübteste Krankenschwester, aber hatte immerhin zwei funktionierende Hände zur Verfügung.

Er schaltete den Herd aus und setzte sich an den Küchentisch, ich nahm ebenfalls Platz. Vorsichtig rollte ich den alten Verband von seiner Hand. Ich mochte seine Hände. Sie waren groß und doch feingliedrig, hatten schlanke Finger und weiche Haut. Am liebsten hätte ich mit meinen Fingerspitzen über seinen Handrücken gestrichen, seine Innenfläche berührt, jeden Finger liebkost. Aber ich riss mich im letzten Moment zusammen.

„Das bekomme ich sicher besser hin", sagte ich mit belegter Stimme und schob den Plastikstreifen zurecht, den er als Schiene für seinen verletzten Mittelfinger benutzt hatte. Die Schwellung war zum Glück zurückgegangen.

Sanft nahm ich seine Hand hoch, um den Verband herumwickeln zu können. Jannis' Blick war auf mein Gesicht gerichtet, was mich nervös machte.

„Du bist ein Naturtalent", sagte er dunkel.

„Das weißt du erst, wenn ich fertig bin."

„Ich meine nicht nur das Verbinden."

Ich sah auf, landete direkt in seinem Blick. Hielt die Luft an. Wollte nie wieder daraus auftauchen.

„Du hast diese Art, mit Menschen umzugehen", fuhr er leise fort. „Auch mit mir. So offen und voller Zuneigung für jeden. Dich muss man einfach mögen."

Mein Herz klopfte wie verrückt.

„Danke", flüsterte ich, weil mir nichts Besseres einfiel.

Jannis lächelte sein Traummannlächeln und ich musste aufpassen, dass ich ihm nicht mit Haut und Haar verfiel.

Nur mit Mühe schaffte ich es, meinen Blick von ihm wegzureißen und wieder auf seine Hand zu richten. Hoffentlich bemerkte er nicht, wie sehr ich zitterte.

„Jetzt bist du wieder gut bandagiert", schloss ich die Behandlung ab und lehnte mich ein wenig zurück. Himmel! Wir hatten noch nicht einmal die Vorspeise gegessen und ich war schon völlig durch den Wind.

„Dann wird es Zeit für den Salat." Wieder ging mir seine Samtstimme durch und durch.

„Kann ich helfen?“, fragte ich.

„Wenn du das Tablett nehmen magst, gerne. Ich habe oben gedeckt. Es ist zwar ein kleiner Tisch, aber die Aussicht entschädigt dafür.“

Ich trug das Tablett nach oben, er brachte eine Flasche Weißwein mit. Fridolin lief uns zwischen den Beinen herum, sodass ich froh war, heil oben angekommen zu sein.

Nachdem ich das Tablett abgesetzt hatte, musste ich erst ein paar Schritte zum Fenster machen und hinaussehen.

„Immer wieder ein spektakulärer Anblick“, murmelte ich vor mich hin.

Jannis tauchte neben mir auf. Der Duft seines Aftershaves stieg mir in die Nase und versetzte meine Hormone restlos in Aufruhr.

„Ich wünschte, ich könnte für immer hier wohnen“, raunte er mir zu. „Der Ausblick ist sicher auch im Winter grandios. Stell dir nur vor, wie es sein muss, bei einem richtigen Sturm hier zu sein. Wenn das Meer total aufgewühlt ist, der Wind an den Fenstern rüttelt, schwarze Wolken über den Himmel jagen. Das würde ich irrsinnig gerne sehen.“

„Ja, ich auch“, flüsterte ich.

Und zwar mit ihm. Ich wollte auf dem kleinen Sofa sitzen, Jannis‘ Arm um meine Schultern haben und gemeinsam den Wolken zusehen. Ich wollte leiser Musik lauschen, während wir eng umschlungen ans Fenster traten, um auf die raue Ostsee zu schauen. Und ich wollte seine Küsse spüren, wenn der Regen gegen den Leuchtturm peitschte.

Mein Hals war trocken. Ich brauchte dringend einen Schluck Wasser. Okay, Weißwein ging auch. Denn wenn ich mich nicht in der nächsten Sekunde von ihm losriss, konnte ich für nichts mehr garantieren.

„Sollen wir den Salat essen, bevor der Käse ganz kalt wird?“, schlug ich deshalb vor.

Ich war einfach aus der Übung. Ich wusste nicht mehr, wie man damit umging, einen so gut riechenden Mann so nah neben sich zu haben.

„Gern“, sagte er und wir setzten uns.

Das fruchtige Salatdressing passte perfekt zum gebratenen Ziegenkäse, der Silvaner ebenfalls. Noch viel leckerer als der Salat war allerdings der Mann, der mir gegenübersaß. Und den ich doch gar nicht in meinem Leben haben wollte! Aber es war verdammt schwer, sich daran zu erinnern.

Wir plauderten über alles Mögliche, sahen uns tief in die Augen. Sehr tief. Als ich schon kurz davor war, über den Tisch zu springen und Jannis gnadenlos niederzuküssen, rettete mich das Klingeln eines Küchenweckers.

„Der Braten muss aus dem Ofen“, sagte Jannis und stand auf.

„Ich helfe dir.“

Wir gingen nach unten, ich holte den wundervoll duftenden Putenrollbraten aus dem Backrohr. Wie herrlich der roch! Ich schnupperte daran, doch Jannis schob mich sanft zur Seite.

„Von dem mitgebratenen Gemüse kommt etwas in die Soße“, erklärte er, gab den Braten auf einen großen Teller und stülpte als Wärmeschutz einen Kochtopf darüber. Danach pürierte er die Soße, rührte Reis und Gemüse um, drehte sich schließlich zu mir um. „Die Soße muss noch kurz einkochen.“

„Soll ich den Braten nochmals in den Ofen geben?“

Jannis schüttelte den Kopf. „Den lassen wir hier auf der Arbeitsplatte stehen, dann zieht er noch durch. Unter dem Topf bleibt er warm."

Fridolin schnupperte begeistert, doch Jannis schmunzelte nur. „Du hast dein Fressen schon bekommen, der Braten ist für uns!"

„Gut, dass er nicht so hoch springen und ihn runterziehen kann", ergänzte ich.

„Echt wahr! Aber da oben ist er vor ihm sicher. Außerdem leistet er uns oben im Wohnzimmer Gesellschaft, er weicht im Haus nie von meiner Seite. Wir können den Reis und das Gemüse schon hinauftragen."

„Gut. Aber du musst mir jetzt endlich erzählen, wieso du so phantastisch kochen kannst", forderte ich.

„Das hat sich schon als Kind ergeben", sagte er, während wir die steile Wendeltreppe hochstiegen.

„Klar, deine Mutter war selten da", fiel mir ein.

„Genau. Marlene hat gern Marmorkuchen gebacken, aber zum Gemüseschnippeln fehlte ihr die Geduld. Also habe ich das Kochen übernommen."

„Du musstest früh erwachsen werden. Und Verantwortung übernehmen."

Er nickte. „Vielleicht bin ich deshalb ein komischer Außenseiter geworden." In seinem Lächeln steckte ein Hauch Bitterkeit.

„Du bist nicht komisch. Und auch kein Außenseiter. Die Menschen hier in Möwenitz mögen dich!"

Jannis stieß einen Lacher aus. „Die Melonenfrau wohl eher nicht!"

„Aber Lotta ist dein Fan. Sie findet dich *cool*, schon vergessen?"

„Ja, weil ich mich als Angsthase geoutet habe. Das mit

der Wippe war übrigens nicht gelogen. Ich hatte da als Kind wirklich total Muffensausen."

„Echt? Dann müssen wir dringend Wippen gehen, um dieses frühkindliche Trauma aufzulösen", schlug ich vor.

„Bitte nicht", stöhnte er. „Wenn die ganzen Nachbarn auch noch sehen, wie ich mich ängstlich an einer Kinderwippe festhalte, ist mein Ruf vollständig ruiniert."

Ich lachte. „Unsinn. Wir Möwenitzer mögen schrullige Menschen. Nicht umsonst ist Hinnerk überall beliebt."

„Du willst also einen zweiten Hinnerk aus mir machen?", fragte er amüsiert.

Wir stellten die Schüsseln ab. Unsere Finger berührten sich für einen Moment. Wir hatten beide keine Eile, die Hände wegzuziehen.

„Das nicht, aber vielleicht können wir ein bisschen Kindheit nachholen?", flüsterte ich. „Übermütig sein, Kirschen klauen, Kuchenteig schlecken, Pusteblumen herumblasen. Und natürlich nachts wippen."

Jannis' Mundwinkel zuckten. Er kann näher. „Das würdest du mit mir machen?", hauchte er.

Das und noch viel mehr. Ich wollte gerne versuchen, ihm so viel Unbeschwertheit wie nur möglich zu vermitteln. Ich wollte mit ihm lachen, albern sein, unvernünftige Dinge tun und einfach das Leben genießen.

„Bei mir musst du nicht der Musterschüler sein", erwiderte ich leise. „Und auch nicht der zugeknöpfte Herr Doktor."

Das am allerwenigsten. Ich konnte mir nichts Schöneres vorstellen, als Jannis aufzuknöpfen. Erst sein Hemd, um meine Hand auf seine nackte Haut zu legen und seinen Körper zu erkunden. Anschließend seine Seele.

Er berührte meine Schulter. Streichelte zart über meinen

Arm. Kam mit seinem Gesicht immer näher.

„Mit dir zusammen bin ich gern aufgeknöpft“, raunte er mir zu, legte seine Hand an meinen Hinterkopf und zog mich näher.

Im nächsten Augenblick fand sein Mund meinen. Ich schloss die Augen, schmiegte mich eng an Jannis, wollte kopfüber eintauchen in diesen Kuss ...

Doch ein lautes Scheppern von unten ließ uns beide zusammenzucken.

„Fridolin?“, rief er sofort und sah sich um.

Der Hund war doch mit uns nach oben gegangen! Aber hatte sich offenbar klammheimlich wieder in den Anbau geschlichen, denn ich sah keine Spur von ihm.

„Es klang, als hätte er einen Teller heruntergeworfen“, vermutete ich, während ich hinter Jannis nach unten sprintete.

„Kann nicht sein, er kommt da nicht hoch!“, erwiderte er, als er auf die Küche zu rannte. Was er noch sagen wollte, ging in einem heiseren Aufschrei unter.

„Verdammter Mist! Das darf nicht wahr sein!“, rief er und seine Stimme klang ungewöhnlich schrill. Gar nicht nach Schoko-Mousse, sondern eher in Richtung erkälteter Kranich.

Ich prallte gegen ihn, denn er war im Türrahmen zur Küche stehengeblieben.

„Was ist?“, keuchte ich – und da sah ich die Bescherung.

„Ich fasse es nicht“, krächzte ich und war wie versteinert.

Unser wunderbar saftiger Putenrollbraten lag inmitten von Scherben auf dem Fußboden. An einer Seite des Bratens saß Fridolin, wedelte stolz und biss herzhaft in das

Fleischstück hinein. An der anderen Seite versuchte Tiki, etwas von dem zarten Fleisch herauszuzerren. Beide schienen mit der Qualität des Bratens sehr zufrieden zu sein.

„Mein gutes Fleisch!“ Jannis stürmte auf die beiden zu und jagte sie mit wedelnden Armen zur Seite. „Geht sofort weg! Wie zum Henker habt ihr den Braten von der Arbeitsplatte bekommen? Und wieso ist Tiki überhaupt hier?“

Auch der Topf, den Jannis über den Braten gestülpt hatte, lag am Boden.

Ich hatte da meine Vermutung. Ein *Miss Marple*-Blick auf das gekippte Fenster und die Arbeitsfläche bestätigte meinen Verdacht.

„Sie hat im wahrsten Sinne des Wortes den Braten gerochen“, sagte ich und musste schmunzeln, obwohl es mir um unser Essen wahnsinnig leidtat. „Und ist zum Fenster rein.“

„Aber das war nicht offen, nur gekippt.“ Jannis legte den Braten in die Spüle und griff nach einem Lappen.

„Manche Katzen kriegen das hin, habe ich mal gelesen. Und Tiki ist wohl eine von ihnen.“

„Dieses kleine Miststück! Wo ist sie überhaupt?“

Ich zuckte mit den Schultern. „Keine Ahnung. Ist aus der Küche gelaufen. Komm, ich helfe dir.“

Gemeinsam sammelten wir die Scherben auf und putzen den Boden sauber. Ich zeigte Jannis die verdächtigen Spuren.

„Schau, hier sind Katzenspuren. Sie hat offenbar gerochen, dass unter dem Topf etwas Gutes versteckt war. Aber alleine hat sie den natürlich nicht wegschieben können. Höchstens ein bisschen zur Seite rücken.“

„Und dann ist Fridolin so lange herumgehüpft, bis er

mit seinem Holzkopf die ganze Chose zum Absturz gebracht hat“, stöhnte Jannis.

„Sieht ganz so aus. Ach Mensch, das schöne Fleisch. Ist da noch irgendwas zu retten?“

„Ich fürchte nicht. Die beiden haben überall ihre Zähne hineingeschlagen. Und der Boden ist auch nicht supersauber, da Fridolin auf ihm herumgelaufen ist.“ Ärgerlich schüttelte er den Kopf. „Ich könnte den beiden den Hals umdrehen! Sie haben das schöne Abendessen verdorben.“

Beruhigend legte ich meine Hand auf seinen Arm. „Ach komm, ist doch nicht so schlimm. Die Soße ist garantiert superlecker. Dann essen wir eben Reis und Gemüse mit Soße. Und haben dadurch mehr Platz für meine Melonennachspeise.“

Ich hielt einen Moment inne. Musterte den zerfledderten Braten in der Spüle, den feuchten Fußboden und Frido, der nun mit gesenktem Kopf wie ein armer Sünder im Flur saß und herein lugte.

Ein Kichern brach aus mir hervor. „Irgendwie ist es schon auch lustig“, gluckste ich. „Findest du nicht? Wenn man das jemandem erzählt, glaubt es einem kein Mensch.“

„Dass zwei vierbeinige Banditen in krimineller Mission zusammengearbeitet haben, um unser Abendessen zu stehlen?“ Seine Mundwinkel zuckten verräterisch.

„Das Beste dabei ist“, kicherte ich, „dass sie es nicht nur irgendjemandem geklaut haben, sondern einem einarmigen Banditen.“ Ich deutete auf seine geschiente Hand und konnte mich kaum mehr halten vor Lachen.

Auch Jannis prustete jetzt los. „Und selbst an meiner Einarmigkeit ist eines der Fellbündel schuld“, erwiderte er. „Unglaublich! Ich sollte Fridolin für zwei Wochen an Marlene ausleihen, damit sie sieht, was sie da angerichtet hat.“

„Bitte nicht. Mit ihm habe ich immer etwas zu lachen“, widersprach ich eilig und beugte mich zu Fridolin, um ihn zu streicheln.

„Mit mir auch, fürchte ich“, brummte Jannis. „Aber eher unfreiwillig.“

„Lachen ist gut für Herz und Kreislauf. Das müsstest du als studierter Mediziner doch wissen.“

Jannis streckte mir die Zunge heraus. Und lachte anschließend über sich selbst. Wahrscheinlich war es in seinem Leben noch nicht oft vorgekommen, dass er jemandem die Zunge rausgestreckt hatte. Und ich war durchaus stolz darauf, dass mir diese Ehre zuteilgeworden war.

Ich tätschelte Fridos Kopf, stand wieder auf und wurde ernster. „Hätte ich mir vor zwei Wochen nicht vorstellen können, dass du mir einmal grinsend die Zunge rausstreckst. Wo du doch ein so ernsthafter Doktor mit Goldknöpfen warst.“

„Liegt alles nur am magischen Leuchtturm“, neckte mich Jannis.

Vielleicht stimmte das sogar? Erst seit er hier wohnte, hatte er seine andere Seite gezeigt. Eine, die ich ungemein faszinierend fand.

„Da könntest du sogar recht haben“, sagte ich nachdenklich.

„Was machen wir jetzt mit Tiki? Glaubst du, wir finden sie irgendwo? So groß ist die Wohnung ja nicht. Ich Dummkopf habe die Türen offenstehen lassen.“

Ich schaute gleich mal ins Bad. „Hier ist sie nicht“, rief ich.

„Aber hier“, hörte ich Jannis aus dem Schlafzimmer rufen. Ich betrat es. Er kniete auf dem Boden und schielte unters Bett. Darunter hatte sich Tiki offenbar verkrochen.

„Ich sehe ihre Augen leuchten. Ob ich sie mit einem Besenstil anstupsen und herausholen kann?“, überlegte er.

„Ach, lass sie. Sie kommt schon raus, wenn sie irgendwo etwas knistern hört. Obwohl – zu fressen hatte sie ja bereits.“ Ich grinste.

Während Jannis sich hochrappelte, glitt mein Blick durch sein Schlafzimmer. Vor uns stand ein Doppelbett, dessen linke Seite zerwühlt war.

Mein Grinsen wurde breiter. Nicht nur, weil ich gerne auf der rechten Seite eines Doppelbettes schlief. Sondern auch, weil es mir gefiel, dass Jannis sein Bett nicht ordentlich gemacht hatte.

„Das ist jetzt peinlich.“ Er hatte meinen amüsierten Blick bemerkt. „Ich wollte die Wohnung eigentlich noch auf Vordermann bringen, bevor du kommst. Aber du weißt ja, mein Zeitplan. Da wurde ich einfach nicht mehr fertig mit den Duftkerzen auf dem Schrank und den Rosenblättern auf der Matratze.“ Er zwinkerte mir frech zu.

„Die rosa Handschellen mit Plüschüberzug nicht zu vergessen“, ergänzte ich.

„Oha, du bist ja eine ganz Wilde.“ Seine Stimme war fast auf *Barry White*-Niveau angekommen und verschaffte mir eine Gänsehaut am ganzen Körper.

„Nur, wenn ich Hunger habe“, rettete ich mich. Wobei ich nicht wusste, ob es da etwas zu retten gab.

Die Vorstellung, mich mit ihm zwischen den Laken zu wälzen, ließ sich nur schwer aus meinem Kopf vertreiben. Wieso auch, es war eine durchaus schöne Vorstellung.

Trotzdem ging ich mit Jannis nach oben in den Leuchtturm, um zumindest die Reste des so liebevoll gekochten Abendessens zu verspeisen. Die Küchentür verschlossen wir diesmal, damit Tiki und Frido nicht noch einmal etwas anstellen konnten.

Auch ohne das Fleisch schmeckte sein Essen grandios. „Halte bloß geheim, dass du so hervorragend kochen kannst. Sonst stehen sämtliche Singlefrauen von Möwenitz bald bei dir vor der Tür."

Er hob die Brauen. „Dann bin ich so etwas wie der *Bachelor* und kann mir die Damen aussuchen? Stelle ich mir nett vor, wenn ich sie im Bikini um den Leuchtturm stöckeln lasse."

„Die gute Meike wäre ganz vorn mit dabei, sie ist geschieden. Sicher in einem knappen Tigerbikini, den sie sich von Mila geliehen hat. Und mit dramatischem Make-up."

„Oh Gott, ich mag mir das gar nicht vorstellen!"

Es war schön, mit ihm herumzualbern. Da war so eine Leichtigkeit zwischen uns, die alles ganz einfach machte. Und doch lag die ganze Zeit eine Spannung in der Luft, ein Flirren und Prickeln, das nur darauf wartete, sich entladen zu können.

Jannis hatte Musik aufgelegt, lauter uralte Songs, die auch ich sehr mochte. *Neil Young* besang das *Heart of Gold*, nach dem er schon so lange suchte. Hatte ich es in Jannis gefunden?

Ich musterte ihn heimlich, während er von einem Abenteuer seiner Schwester erzählte. Normalerweise hatte ich eine sehr gute Menschenkenntnis, und mein Bauch hatte mich vom ersten Tag an vor Jannis gewarnt. Er war kühl und barsch gewesen, überheblich dazu. Alles in mir hatte sich auf Abwehr eingestellt. Ja, ich hatte ihn ein Stück weit sogar gehasst. Und das war ein Gefühl, das ich bisher gar nicht kannte.

Aber nun saß da ein Mann, der witzig und liebevoll war,

der mich bekochte, seinem Hund keinen einzigen Streich übelnahm und der, ohne es zu merken, bei *A Kiss to build a dream on* mitgesummt hatte. Konnte ein Mann hartherzig sein, der eine uralte *Louis Armstrong*-Nummer mitsummte? Nie im Leben.

Sicher hatte sich mein Bauchgefühl einfach nur in die Irre führen lassen, weil er mich an meinen Vater erinnert hatte. Aber Jannis war nicht wie er, ganz und gar nicht. Ich hatte mich getäuscht, zum Glück.

„Weißt du", sagte er unvermittelt, „ich hatte so oft in meinem Leben das Gefühl, vom Pech verfolgt zu sein. Meine Mutter hat uns verlassen, mein Vater hat mir nie das Gefühl gegeben, gut genug zu sein. Und richtige Freunde hatte ich in der Schule auch nicht. Selbst meine Noten habe ich mir verdammt hart erarbeiten müssen. Ich hatte mich damit abgefunden, nicht zu den Glückskindern zu gehören. Es war irgendwann okay. Aber jetzt ..." Er brach ab.

Mein Magen verwandelte sich in ein schwarzes Loch. Was meinte er damit? Mit angehaltenem Atem sah ich ihn an.

„Jetzt bin ich hier gelandet und plötzlich ist alles anders. Viel leichter. Und fröhlicher." Er warf Fridolin einen Seitenblick zu, der sich auf seinem Hundekissen ausgestreckt hatte.

Ach so, er sprach vom Hund. Ich entließ den Atem. Und auch mein Bauch kehrte wieder in die Erdatmosphäre zurück.

„Ich habe zum ersten Mal im Leben das Gefühl, irgendwo hinzugehören", fuhr er fort. „Was echt seltsam ist, denn ich habe dir und Nele die Räume weggeschnappt, ich weigere mich, mit ledigen Patiententöchtern auszugehen, und ich habe den Marktplatz verwüstet. Trotzdem fühle ich mich hier zu Hause. Klingt das verrückt?“

Fragend sah er mich an. Ich schenkte ihm ein kleines Lächeln.

„Ganz und gar nicht. Möwenitz hat diese Wirkung. Und die Menschen hier sind etwas Besonderes.“

Auf leisen Pfoten kam plötzlich Tiki angeschlichen. Sie blieb kurz stehen, warf uns aus ihren unergründlichen Augen einen langen Blick zu und schlich weiter zu Fridolin. Der hob träge den Kopf, dann legte er ihn wieder ab und sich selbst auf die Seite. Tiki stieg über den Rand des Kissens und leckte mit geschlossenen Augen über Fridos Kopf, der die Begrüßung mit einem verschlafenen Wedeln quittierte. Anschließend drehte sich Tiki einmal im Kreis und rollte sich direkt neben ihm zusammen, sodass sie sich an seinen Bauch schmiegen konnte. Sie schloss die Augen und fing an zu schnurren.

„Die Vierbeiner hier sind offenbar auch sehr besonders“, ergänzte ich schmunzelnd. „Sind die beiden nicht zuckersüß? Schau nur, wie sie sich aneinander kuscheln.“

Der Anblick ging richtig ans Herz. So süß, wie sie da Fell an Fell auf dem Kissen lagen, konnte man ihnen niemals etwas übelnehmen. Ich bekam feuchte Augen, weil diese ungleiche Freundschaft mich so rührte.

„Warte, ich schieße ein Foto“, flüsterte Jannis und stand im Zeitlupentempo auf, um die Fellnasen nicht aufzuschrecken. Im Hintergrund lief passenderweise *You've got a Friend*, was in mir ein wehmütiges Lächeln auslöste. Freundschaft war etwas so Wunderbares. Und ich war zutiefst dankbar, dass ich mit Nele, Jessica und Hedi so verlässliche Freundinnen hatte. Jannis hingegen hatte niemanden, mit dem er schimpfen, träumen, über die Stränge schlagen konnte. Ich ertappte mich bei dem Gedanken, gerne so jemand für ihn zu sein.

Er schlich sich an die beiden heran und knipste mit seinem Handy ein paar Bilder.

„Zeig sie mir“, sagte ich leise und rückte auf dem Sofa zur Seite, damit er sich zu mir setzen konnte.

Die Fotos waren wunderschön geworden. Noch schöner war allerdings, Jannis‘ Bein an meinem zu spüren.

„Zwei, die ganz unterschiedlich sind. Und trotzdem zueinander gefunden haben“, sagte er und hielt mich mit seinem Blick fest.

„Wie wir“, flüsterte ich.

Sein Lächeln war warm und unwiderstehlich wie flüssige Schokolade.

„Ich habe vorhin nicht zu Ende geredet“, sagte er leise. „Als ich erzählt habe, dass ich mich hier heimisch fühle. Den größten Anteil daran hast du, Lenja. Du gibst mir das Gefühl, wichtig zu sein. Du bringst mich zum Nachdenken, forderst mich heraus, lachst mit mir. Ja, du hast auf die kurze Zeit einen ganz anderen Menschen aus mir gemacht.“

Zärtlich legte er seine Hand an meine Wange. Sie war weich und warm und so wundervoll, dass ich für einen Moment die Augen schließen musste.

„Ich habe höchstens hervorgeholt, was schon da war, aber verschüttet lag“, erwiderte ich bebend.

„Weil du mich gesehen hast. Mir zugehört hast. Weil du einfach so eine wunderbare Frau bist, die ich nicht mehr missen möchte.“

Mein Herz raste, mein Atem hatte den Rhythmus verloren – aber mein Blick war ganz ruhig. Weil Jannis mich noch immer mit seinem festhielt. Mich tief in seine Seele blicken ließ und sich auf irgendeine magische Leuchtturmweise mit mir verband.

Im nächsten Moment waren seine Lippen auf meinen. Ich schlang meine Arme um ihn, schmiegte mich an seinen Körper, konnte nicht genug bekommen von seinem Kuss. Einem Kuss, der erst zart war wie der warme Sand an einem Junitag, dann leidenschaftlich wie Wellen im Herbstwind und schließlich fordernd wie ein Wintersturm. Ich liebte Jannis' Art, zu küssen. Ich liebte seinen großen, festen Körper. Ich liebte seine Arme, die mich an ihn pressten, als wolle er mich nie wieder loslassen. Und ich liebte dieses kleine, scheue, fast schon entschuldigende Lächeln, das er mir schenkte, als wir uns nach unendlich langer Zeit voneinander lösten.

„Hör nicht auf", flüsterte ich, fuhr mit der Hand durch sein Haar und zog ihn erneut zu mir.

Ich schloss die Augen und ließ mich fallen in unsere Küsse, unsere Nähe, unser *Wir*.

So lange hatte ich mich, ohne es wahrhaben zu wollen, nach diesen Küssen gesehnt. So lange darauf gewartet, mich endlich wieder als Frau fühlen zu können. Ich ließ einfach los, gab mich seinen Berührungen hin, erwiderte seine Zärtlichkeiten. Wie in Trance öffnete ich die Knöpfe seines Hemdes und schnappte nach Luft, als ich beide Hände auf die nackte Haut seiner Brust legte. Er war so schön, so warm, so nah. Und ich wollte ihn so sehr. Wollte ganz mit ihm verschmelzen. Er küsste meine Schläfe, meinen Hals, mein Schlüsselbein, ließ mich dabei erbeben. Und sandte heiße Schauer über meine Haut, als seine Zunge meinen Bauchnabel umkreiste.

„Du machst mich verrückt", stöhnte er. Und ich mochte auch dieses dunkle, heisere, verheißungsvolle Stöhnen sehr. So sehr, dass ich alles dafür tat, es noch viel dunkler und heißer und intensiver zu hören zu bekommen.

Vielleicht sahen uns neugierige Wolken dabei zu, vielleicht klopfte der Wind im Takt unserer Herzen gegen das Fenster. Das störte mich nicht. Denn hier oben im Leuchtturm, eng an Jannis geschmiegt, gab es ausschließlich Glück und Liebe und ein wirklich sehr aufregendes Stöhnen, das mich alles um mich herum vergessen ließ.

18. Ein Morgen hoch über dem Meer

Etwas Flauschiges kitzelte meinen großen Zeh. Im Sekundentakt. Und etwas viel zu Helles schien mir mitten ins Gesicht. Mühsam öffnete ich ein Auge. Und sah direkt in das lächelnde Welpengesicht von Fridolin, der neben dem Sofa stand. „Wuff!“, machte er, was wohl ein Morgengruß sein sollte. Ich stellte fest, dass Tiki auf meinen Schienbeinen saß und mit ihrer Pfote meinen Zeh untersuchte, zum Glück ohne ausgefahrene Krallen.

Von irgendwoher zog der Duft von frischem Kaffee in meine Nase. Ich setzte mich auf, blinzelte in die hereinfallende Sonne und gähnte herzhaft. Erst nach und nach erinnerte ich mich daran, was heute Nacht passiert war. Sofort lächelte ich mit der Morgensonne um die Wette. Und ganz sicher ging ich in diesem Wettstreit als Siegerin hervor!

Besonders, als auch noch Jannis auftauchte. Er war barfuß, trug nur eine Jeans, hatte zerzauste Haare, einen Bartschatten und sah dermaßen zum Anbeißen aus, dass ich ihn am liebsten sofort wieder an mich gezogen hätte.

„Guten Morgen, du Sexgöttin.“ Er grinste sehr breit und sehr zufrieden.

Bevor mir eine passende Bemerkung einfiel – mein

Gehirn war noch nicht auf Betriebstemperatur – stellte er die Kanne ab, beugte sich über mich und küsste mich.

„An so einen Start in den Tag könnte ich mich gewöhnen“, schnurrte ich.

Er strahlte mich an. „Ich mich auch. Liegt aber nur daran, weil es knusprige Melonentörtchen zum Frühstück gibt.“

Ich gab ihm einen Klaps auf die sexy Brustmuskeln. „Hey! Willst du behaupten, ich sei nicht mindestens so knusprig?“

Spielerisch wiegte er den Kopf hin und her. „Für einen Vergleich muss ich erst einmal die Tartelettes probieren.“

Wahrscheinlich waren sie inzwischen ein bisschen durchgeweicht, aber das war heute egal.

„Wie spät ist es eigentlich?“, fragte ich gähnend.

„Kurz nach neun.“

„Mein Laden!“, fiel mir ein. „Und deine Praxis sollte auch schon offen sein.“

„Ich habe Hedi angerufen. Sie schließt bei dir auf und hängt bei mir ein Schild an die Tür, dass die Sprechstunde erst um zehn startet. Und dass die frühen Patienten statt im Wartezimmer in der Teestube warten können. Ein Getränk und ein Gebäckstück gehen auf mich.“

„Wow. Ich kann also meinen Umsatz ankurbeln, indem ich dich möglichst lange von der Praxis fernhalte? Gut zu wissen.“ Neckisch ließ ich die Wolldecke, in die ich gewickelt war, von meiner nackten Schulter rutschen.

Jannis lachte. „Irgendwann sollte ich mich mal dort blicken lassen. Will mir meinen Ruf nicht gänzlich verderben. Aber ein Frühstück kriegen wir vorher noch hin.“

„Nur, wenn ich erst unter die Dusche hüpfen darf.“

„Mein gesamtes Schloss steht Ihnen zur Verfügung,

Mylady.“ Grinsend deutete er eine Verbeugung an.

Ich kicherte, küsste ihn auf die Nase und machte mich auf den Weg ins Bad.

Eine Viertelstunde später saßen wir gemeinsam beim Frühstück und machten uns über die Melonentörtchen her.

„Hat sich gelohnt, dass Fridolin so ein Chaos veranstaltet hat. Die schmecken richtig gut“, lobte Jannis.

„Danke dir. Vielleicht nehme ich sie in mein sommerliches Sortiment auf.“ Mein Blick fiel auf seine Hand, an der sich der Verband schon wieder aufgelöst hatte.

„Soll ich dich nachmittags nach Rostock fahren, damit du dir eine neue Schiene holen kannst?“

Montags hatte die Praxis ab vier Uhr geschlossen, damit Jannis noch ein paar Hausbesuche einschieben konnte.

Er schüttelte den Kopf. „Musst du nicht. Ich habe mit Arne telefoniert, um ihm Bescheid zu geben, dass Tiki bei uns ist. Da kamen wir drauf, dass er heute sowieso nach Rostock fährt. Er kann einen Umweg machen und eine neue Schiene abholen. Ich würde abends lieber noch einmal nach Herrn Kleinfried sehen.“

Warm lächelte ich ihn an. „Ich dachte, du hast ihn zu einem Spezialisten geschickt?“

„Schon, aber da hat er erst in zwei Wochen einen Termin. Und mir lässt sein Fall keine Ruhe.“

Entspannt zog ich die Beine an und setzte mich im Schneidersitz hin. „Erzähl mir mal, was genau los ist. Vielleicht habe ich eine Idee.“

Jannis, der gerade einen Schluck Kaffee trank, hob die Augenbrauen. „Eine Idee?“

„Na ja, wenn du mir alles sagst, was du herausgefunden hast, fällt mir vielleicht etwas dazu ein. So wie Sherlock ja auch seine Fälle mit Watson bespricht“, sagte ich munter.

„Nur ist Watson eben Arzt."

Autsch. Meine gute Laune bekam einen ordentlichen Dämpfer. „Soll das heißen, du findest es sinnlos, mit mir über deine Erkenntnisse zu reden?", fragte ich weit kühler als bisher.

Jannis lehnte sich zurück. „So habe ich das nicht gemeint, Lenja. Natürlich erzähle ich dir gerne, was ich herausgefunden habe."

„Aber?"

„Nun ja, ich habe in einer Menge Fachbücher nachgelesen. Da geht es um Spezialwissen. Aber du hast recht, vielleicht hilft es wirklich, darüber zu reden. Also, Doktor Watson, der Fall liegt wie folgt ..."

Bevor er weiterreden konnte, unterbrach ich ihn. „Ist schon gut." Ich sah auf die Uhr und stand auf. „Wir sollten uns allmählich fertig machen. Deine Erkenntnisse kannst du mir später mitteilen. Wir sehen uns ja noch länger. Aber vorher brauche ich neue Klamotten."

Er sah mich fragend an, deshalb packte ich ein Lächeln aus und gab ihm einen schnellen Kuss, bevor ich mein Geschirr nach unten trug.

In meinem Inneren war mir aber gar nicht nach Lächeln zumute. Etwas fühlte sich sperrig an. Die Leichtigkeit war verpufft. Aber vielleicht war ich einfach zu empfindlich?

Ich war froh, kurze Zeit später in meiner Wohnung zu sein. Alleine. Sodass ich richtig durchatmen konnte. Der Kaffee lag mir im Magen. Jannis hatte mir angeboten, Tee zu kochen, aber ich wollte nicht, dass er wieder nach unten ging. War ja auch nicht so schlimm, mal zwei Tassen Kaffee zu trinken, hin und wieder tat ich das. Aber als ich jetzt in meiner Küche stand und die Teetasse meiner Oma ansah, kam ich mir vor wie eine Verräterin. Ich nahm sie heraus und schloss meine Hände um die kühle Keramik.

„Meinst du, er passt zu mir, Omi? Oder geht es mir bei ihm wie Mama, dass er sich erst aufgeschlossen zeigt, aber ich am Ende alles aufgeben muss, was du uns gelehrt hast?“

Die Tasse in meiner Hand schwieg. Ich hatte auch nichts anderes erwartet.

Der Traum, in dem ich gestern Abend geschwebt hatte, wurde von Nüchternheit abgelöst. Hatte ich mir etwas vorgemacht? Mich einlullen lassen von Kerzenschein und Lovesongs und dem Anblick kuschelnder Fellbündel?

Als mein Handy klingelte, zuckte ich zusammen. Es war Nele, die wissen wollte, wie der Abend gelaufen war.

Ich erzählte ihr alles.

„Klingt doch super! Mönsch, einen Kerl, der mich lecker bekocht, richtig Kohle verdient und auch noch ein toller Liebhaber ist, hätte ich auch gerne. Hat dein Jannis vielleicht noch einen Bruder?“

„Hat er nicht, soweit ich weiß.“

„Du bist ein wahres Glückskind.“

War ich das? Sah ich einfach nur alles zu schwarz?

„Du findest es nicht seltsam, dass er mich wieder nur wie jemanden behandelt hat, der ihm unterlegen ist?“, hakte ich nach.

„Weil er dir nicht alle Einzelheiten von seinem Job erzählt hat?“ Nele lachte. „Gott bewahre, ich würde schreiend davonlaufen, wenn ein Typ mir ausufernd von den Duschvorhängen erzählt, die er montiert. Oder mir vorliest, welche Reklamationsbriefe er heute beantwortet hat, weil das bestellte Paket mit Luftentfeuchter-Granulat eingerissen war. Das hat echt mal einer versucht, kein Witz! Hab ihn sofort abserviert.“

„Das ist aber etwas anderes. Du bist schließlich nicht im selben Gewerbe. Stell dir mal vor, dein Freund wäre Osteopath. Oder sagen wir Akupunkteur. Dann würdest du doch auch wollen, dass er dir offen von seinen Behandlungen erzählt.“

„Nöö“, machte sie. „Ich würde wollen, dass er mich auf Händen trägt und gut im Bett ist. Alles andere wäre mir piepegal.“ Sie kicherte.

„Mit dir kann man einfach nicht reden“, stöhnte ich.

„Lenja, pass auf. Ich weiß, du hast da einen wunden Punkt. Aber vielleicht steigerst du dich zu sehr hinein. Warte doch einfach ab und beobachte. Manche Männer lernen sehr langsam. Gib ihm die Zeit.“

Ich atmete tief durch. „Du hast recht. Ich werde einfach sehen, wie er sich in den nächsten Tagen benimmt. Den in allen Punkten perfekten Mann gibt es nun mal nicht. Auch wenn ich mir das gestern Abend wohl so eingeredet habe.“

„Er hat durchaus Traummann-Potential, finde ich. Also lass ihn nicht aus den Fingern! Du, ich muss zum nächsten Patienten.“

„Für mich wird es auch Zeit.“

Wir verabschiedeten uns und ich legte nachdenklich auf. Es stimmte, was Nele sagte. Ich brauchte nichts zu überstürzen, sondern konnte in aller Ruhe beobachten, wie unsere Beziehung sich weiterhin entwickelte. Und sie würde gut werden, das flüsterten mir alle Schmetterlinge in meinem Bauch zu!

19. Gewitter in jeder Hinsicht

„Puh, heute ist es schwül", sagte ich zwei Stunden später, als Jannis und ich ein paar ruhige Minuten hatten. Wir standen im kleinen Aufenthaltsraum und genehmigten uns eine kalte Limo aus dem Kühlschrank. Im Behandlungszimmer eins war es noch auszuhalten, aber in Zimmer zwei schien die Sonne direkt hinein und heizte es auf wie eine Sauna. Jannis' Büro war der einzige kühle Ort, weil es zur Nordseite ausgerichtet war.

„Kommt nicht oft vor hier, oder?", fragte er.

„Nein. So heiße Tage wie jetzt sind eher die Ausnahme. Drückend wie in der Stadt wird es bei uns nur selten."

„Frau Overdiek hat vorhin prophezeit, dass es ein schlimmes Gewitter geben wird. Ihr linkes Knie kann das angeblich vorhersagen." Er schmunzelte.

„Das kann es wirklich! Ihr Knie ist in Möwenitz eine Legende. Sogar die Bauern fragen sie um Rat, wenn sie wissen wollen, ob sie die Ernte noch hinausschieben können oder in ihre Trecker steigen müssen."

„Erinnert mich ein wenig an den Kraken, der bei irgendeiner Fußballmeisterschaft die Ergebnisse vorhergesagt hat."

„Das Overdiek-Knie ist viel zuverlässiger“, widersprach ich. „Könnte es auch Zahlen vorhersagen, wären wir Möwenitzer alle schon Lottomillionäre.“

Er lachte. Und mit einem Mal war alles wieder gut, waren all meine dummen Zweifel fort.

Sein wunderbares dunkles Lachen wischte alle Bedenken weg und trieb mich direkt in seine Arme. Er drückte mich an sich und küsste in mein Haar hinein.

„Lange darfst du aber nicht an mir kleben. Sonst sind wir beide nass geschwitzt. Und was sollen die Patienten dann von uns denken?“, flüsterte er mir zu.

Ich lachte befreit und löste mich von ihm. „Also, auf in den Kampf! Wenn ich richtig gehört habe, ist schon wieder jemand hereingekommen.“

Er zupfte sich den Kragen seines Poloshirts zurecht. „Ah, fast hätte ich es vergessen. Birgit hat sich gemeldet.“

Im ersten Moment wusste ich nicht, welche Patientin er meinte. Dann fiel der Groschen.

„Deine Arzthelferin?“

„Genau. Sie kann schon am Donnerstag anfangen. Dann bist du mich endlich los!“ Jannis strahlte mich an.

Ich schluckte. „Cool!“, rang ich mir ab. „Hedi wird sich freuen. Und ich kann wieder in meinem eigenen Laden den Kunden auf die Nerven gehen.“

Auch wenn ich mich erfreut gab, war da etwas anderes.

Wie oft würden wir uns überhaupt sehen, wenn ich nicht mehr mit ihm zusammenarbeitete? War Birgit dann diejenige, welche den meisten Anteil an seinem Leben nahm? Zumindest, was seinen Beruf anbelangte, würde das sicher so sein. Die Vorstellung, nicht mehr am laufenden Band Patienten begrüßen zu dürfen, fühlte sich überraschend bitter an.

Aber offenbar ging es nur mir so, denn Jannis pfiff fröhlich vor sich hin, während er sich auf den Weg in den Behandlungsraum machte.

Ach, es würde bestimmt alles gut werden! Seit wann war ich so eine Pessimistin? Ich würde jetzt endlich aufhören mit der dämlichen Grübelei und mich stattdessen darüber freuen, einen Mann mit dem Aussehen eines griechischen Gottes und dem Kuschelfaktor eines Berner Sennenhundes an meiner Seite zu haben!

Die drückende Schwüle nahm im Laufe des Tages sogar noch zu. Ich wischte mir ständig Schweiß von der Stirn und stellte für die Patienten im Warteraum eine Wasserkaraffe und Gläser bereit. Als um halb fünf endlich der letzte Patient die Praxis verließ, plumpste ich erschöpft auf einen Stuhl.

„Ich brauche eine Dusche“, sagte ich.

„Kann ich mit reinkommen“, fragte Jannis grinsend.

„No way. Du nimmst mir sonst das kalte Wasser weg.“

Mein Blick fiel aufs Fenster. Der Himmel sah heute anders aus als sonst. Und wenn ich mich nicht täuschte, bauschten sich in der Ferne schwarze Wolken auf.

„Wir sollten mit den Hausbesuchen bald beginnen. Ich glaube, da braut sich tatsächlich ein richtiges Gewitter zusammen.“

„So viele sind es zum Glück nicht, ich habe nur zwei auf meiner Liste stehen. Die kann ich auch alleine erledigen. Ruh du dich inzwischen ein wenig aus. Könnte ja sein, dass es wieder eine anstrengende Nacht wird.“ Er zwinkerte mehrmals, was mich zum Lachen brachte.

„Wie willst du denn Autofahren?“, fragte ich überrascht.

Jannis hielt die frisch geschiente Hand hoch. „Das kriege ich hin. Notfalls düse ich im Ort einfach immer im zweiten Gang herum. Mach du dir einen schönen Abend, wir sehen uns später."

Lag es daran, dass er Herrn Kleinfried lieber alleine sehen wollte? Ach was. Schnell schob ich den Gedanken beiseite. Er erkannte einfach, dass ich mich auf eine Dusche freute, und wollte mir diese Entspannung gönnen, was wirklich lieb war.

„Lass Fridolin bei mir", schlug ich vor. „Der kann auf den kühlen Badfliesen relaxen, während ich dusche. Den armen Kerl musst du wirklich nicht in ein heißes Auto setzen. Sein Fell ist eher für Schweizer Alpenklima gedacht."

Oder für normales Ostseewetter. Gut, dass Hitzetage wie dieser kaum vorkamen.

Wir verabredeten uns also für später. Dann würden wir die Reste des gestrigen Gemüsedinners vertilgen, notfalls noch ein Melonentörtchen hinterherschieben und es uns im Leuchtturm gemütlich machen. Hoffentlich war das Gewitter dann schon vorbeigezogen. Ich mochte zwar die Naturgewalten und würde jederzeit bei Sturm im Leuchtturm meine Nase an den Fenstern plattdrücken. Aber ein Gewitter? Das war dort oben sicher ein bisschen unheimlich.

Als ich mir nach der Dusche ein wenig Mascara auflegen wollte, musste ich das Licht des Badezimmerspiegels anknipsen. Dabei war es noch nicht mal sieben Uhr abends und um diese Zeit normalerweise nicht dunkel. Ein Blick aus dem Fenster zeigte mir bedrohliche Wolkenberge, die sich über den Hausdächern aufgebauscht hatten. So schwarz, wie die aussahen, würde sicher jeden Moment ein gewaltiger Regenguss vom Himmel prasseln.

Ich ließ Frido noch schnell draußen seinen Lieblingsbaum aufsuchen, bevor es richtig losging. Als ich ihn zurückscheuchte, zuckte bereits der erste Blitz über den Himmel und in der Ferne grollte ein Donner.

„Schnell, rein mit dir!“, rief ich. „Bestimmt fängt es gleich an zu regnen. Und ich will nicht, dass du mir die Bude voll stinkst wie ein alter, nasser Teppich.“

Das war der einzige Nachteil vom dicken Hundefell: Wurde der Vierbeiner nass, müffelte er eine ganze Weile vor sich hin.

Ich löste gerade die Leine vom Halsband, da klingelte mein Handy. Jannis. Sofort raste mein Puls los. Wollte er mich zu einem romantischen Gewitterdinner einladen? Wo er ritterlich den Arm um meine Schultern legte, damit ich mich nicht vor den Blitzen fürchtete?

Doch seine Stimme klang alles andere als romantisch.

„Ein neuer Notfall kam rein. Leider ziemlich außerhalb. Und mein Navi verweigert den Dienst, es kriegt kein Signal rein. Weißt du zufällig, wo das Ehepaar Mommsen wohnt?“

Ich überlegte einen Augenblick, dann fiel es mir ein. „Die leben auf einem Einödhof, in the middle of nowhere. Ich bin mal dort gewesen, weil ich für Tjark eine Lieferung ausgefahren habe. Soll ich dich hinlotsen?“

„Gerne. Wäre mir sowieso recht, wenn du mitkommst. Die Ehefrau ist sich nicht sicher, ob der Mann Probleme mit dem Rücken oder dem Bauch hat. Das klingt ernst.“

„Hol mich ab. Ich packe nur noch einen Schirm ein.“

„Bin gleich bei dir.“

Wo zum Teufel war mein Stockschirm nur? Auf die Schnelle fand ich ihn nicht. Also griff ich zu einem Knirps, stopfte ihn in meinen Rucksack und warf auch ein paar Hundeknabberstangen hinein. Mit denen konnten wir Fridolin notfalls im Auto alleine lassen.

Ein Hupen kündigte eine Viertelstunde später Jannis an. Frido und ich liefen hinaus. Ich hob den Hund in seine Box, ging zur Fahrertür und öffnete sie. „Raus mit dir. Wenn wir mitten in die Pampa müssen, fahre lieber ich."

Jannis schmunzelte. „Sehr wohl, Frau Generalin", sagte er und salutierte mit der linken Hand.

Wir wechselten die Plätze, wobei ich ihm eine spielerische Standpauke hielt, dass ein Gefreiter gefälligst mit rechts zu salutieren hätte, Handschiene hin oder her.

Er lachte kurz, wurde jedoch schnell wieder ernst.

„Hoffentlich kommen wir noch vor dem großen Regen an", sagte er, wobei die letzten Wörter fast in einem ohrenbetäubenden Donner untergingen. Auch die Blitze näherten sich uns immer mehr. Und es kam ein mächtiger Wind auf.

Ich musste das Lenkrad mit beiden Händen festhalten, während wir über die Landstraße düsten. Die Böen waren so heftig, dass ich Angst hatte, der Wagen würde gleich umkippen. Um ein Haar hätte ich das kleine Hinweisschild verpasst, das den Weg nach Waldlüttenhagen zeigte. Von diesem winzigen Weiler führte dann eine schmale Straße noch ein paar Kilometer weiter zum Hof der Mommsens. Die alten Bäume, die die Straße säumten, schwankten bedenklich im Wind. Blätter lagen auf der Fahrbahn. Blitze in schnellem Abstand erhellten den dunklen Himmel.

„Ein Wetter wie aus einem Horrorfilm", kommentierte Jannis. „Als wären wir auf dem Weg zu den Frankensteins."

„Die Mommsens sind total nette Leute. Ende sechzig, würde ich sagen. Ich glaube, Frau Mommsen hat bei mir hin und wieder Tee gekauft.“ Mit einem Seitenblick auf ihn fügte ich an. „Ganz normalen Kräutertee. Völlig ohne Krötenbeine und Alraunenwurzel.“

Er grinste. „Das scheinen also vernünftige Menschen zu sein, umso besser.“

Das Häuschen, in dem sie wohnten, kam in Sicht. Ich parkte neben einem klapprigen Opel, wollte aussteigen, konnte aber die Tür nicht öffnen.

„Verdammt, was für ein Sturm!“, fluchte ich und schaffte es beim vierten Versuch, aus dem Auto zu klettern. Der Wind peitschte mir die Haare ins Gesicht. Ein kleiner Stock landete an meiner Schulter. Die Fichten hinter dem Haus bogen sich gefährlich.

„Nichts wie rein!“, schrie Jannis gegen den Wind an.

„Was ist mit Frido?“, brüllte ich zurück.

Blitze zuckten, sofort danach ließ ein Donner die Erde erbeben.

„Wir müssen erst fragen, ob es den Mommsens recht ist, dass wir ihn mitbringen. Er kann kurz warten. Komm jetzt.“

Er nahm seine bauchige Arzttasche in die Linke und eilte auf den Hauseingang zu. Nach dem Klingeln öffnete uns Frau Mommsen. Sie war eine zierliche Frau mit grauen Haaren, die sie zu einem Pferdeschwanz gebunden hatte. In ihrem Gesicht stand Besorgnis.

„Gut, dass Sie kommen konnten, Herr Doktor. Ach, das ist ja Lenja!“ Sie lächelte mich an.

„Ich assistierte Doktor Bohnenberg“, erklärte ich. „Er ist ein wenig eingeschränkt an der Hand.“

Jannis deutete auf seine Rechte. „Keine Angst, wir sind

ein eingespieltes Team. Wo ist denn Ihr Mann?"

„Auf dem Sofa. Ich weiß wirklich nicht, was los ist. Wissen Sie, er ist sonst nicht so empfindlich. Selbst mit einer Erkältung läuft er noch draußen herum. So wie heute habe ich ihn noch nie erlebt. Und wir sind seit fast vierzig Jahren verheiratet."

Ich sah Jannis an, dass er ihre Worte ernst nahm. Mit eiligen Schritten ging er neben Frau Mommsen her. Ich folgte den beiden.

Als ich Herrn Mommsen sah, wusste ich, was seine Frau meinte. Zusammengekrümmt lag er auf dem Sofa, Schweiß stand auf seiner Stirn.

Mir wurde richtig Angst, als ich ihn sah. Das nächste Krankenhaus war leider über eine halbe Stunde entfernt. Aber ich konnte mir gut vorstellen, dass Jannis ihn dorthin überweisen würde.

Er ging vor dem Mann in die Hocke. „Herr Mommsen, ich bin Doktor Bohnenberg", sagte er mit so ruhiger und entspannter Stimme, dass ich ihn dafür nur bewundern konnte.

„Ihre Frau hat mich angerufen. Können Sie mir sagen, was passiert ist?"

„Ich glaube, es ist der Rücken. Hatte schon mal einen Bandscheibenvorfall. Das zieht sich dann doch auch in den Bauch, oder?", presste der Mann hervor.

„Ist durchaus möglich. Können Sie mir der Reihe nach erzählen, wie es dazu kam? Haben Sie eine ruckartige Bewegung gemacht?"

Er schüttelte im Liegen den Kopf.

Jannis wandte sich seiner Frau zu. „Haben Sie denn beobachtet, was mit Ihrem Mann passiert ist?"

Sie zuckte mit den Schultern. „Er war eigentlich ganz

normal. Wir haben zu Mittag gegessen, da hatte er schon wenig Appetit. Danach wurde er immer einsilbiger, weil er Schmerzen hatte. ‚Habe mir bestimmt bei der Gartenarbeit was verrissen', hat er gesagt. Aber es ist schon zwei Tage her, dass wir das Gemüsebeet umgegraben haben."

„Verstehe. Hat er etwas eingenommen? Eine Aspirin oder etwas anderes?"

Frau Mommsen schüttelte den Kopf. „Eine Wärmflasche habe ich ihm gemacht für den Rücken. Aber die konnte er nicht lange ertragen."

„Gut." Jannis zog seine Tasche heran. „Herr Mommsen, ich würde gerne Fiebermessen bei Ihnen. Das geschieht im Ohr, nicht erschrecken."

Ich ging zu ihm und suchte das Thermometer aus der Tasche heraus. Den Rest schaffte Jannis alleine.

„Das ist Lenja", stellte er mich dem Patienten vor. „Ich habe sie mitgenommen, damit sie mich unterstützt. Sie sehen ja, ich bin ein wenig gehandicapped. Und als Hundesitterin ist sie auch im Einsatz, denn unser Fridolin sitzt hinten im Auto."

Er war einfach wunderbar. Auch wenn der Zustand des Patienten sicher besorgniserregend war, blieb Jannis die Ruhe selbst. Und vermittelte dadurch dem Kranken das Gefühl, dass er alles im Griff hatte und ihn in Nullkommanix heilen würde.

Mir selbst zitterten die Hände. Ich hatte mir nie darüber Gedanken gemacht, dass ein Hausarzt auch zu Notfällen gerufen wurde. Und dass er manchmal sogar Entscheidungen treffen musste, bei denen es um Leben und Tod ging. Hier hoffentlich nicht.

Wieder ein Donner. So stark, dass Frau Mommsen sich bekreuzigte. An den alten Fenstern rüttelte wild der Sturm.

Durch irgendeine Ritze im Flur hörte man ihn sogar hereinpfeifen. Und immer wieder erhellten Blitze den Himmel, den ich durch das Wohnzimmerfenster sah.

„Ich würde gerne Ihren Rücken abklopfen. Keine Angst, ich bin vorsichtig.“ Jannis beugte sich über den Patienten. Der keuchte, als Jannis ihn eingehend untersuchte.

Anschließend setzte Jannis sich auf einen Stuhl. „Ist Ihnen zufällig aufgefallen, dass Ihr Urin anders gerochen hat als sonst?“, fragte er.

„Ich war heute nicht oft auf‘m Klo“, antwortete Herr Mommsen.

„Hatten Sie Schmerzen beim Wasserlassen?“

„Heute Morgen war alles ganz normal.“

„Er geht so selten, weil er so wenig trinkt“, mischte seine Frau sich ein. „Nur seinen Tee am Nachmittag, den liebt er. Und ab und zu ein Bierchen. Dabei ist das gar nicht gut wegen seiner Gicht. Wissen Sie, wir sind eigentlich bei Doktor Willberger, aber den habe ich nicht erreicht.“

In der Ferne krachte es laut. Hatte der Blitz in einen Baum eingeschlagen? Mir lief es kalt über den Rücken hinab.

Jannis nickte. „Welche Medikamente nimmt Ihr Mann denn?“

„Gar keine. Nur wenn die Gicht mal akut ist, hat er Tabletten. Ansonsten ist er eigentlich total gesund. Wissen Sie denn schon, was es ist?“ Sie stand neben dem Sofa und knetete ihre Hände.

„Ich vermute, es ist ein Nierenstein. Diese Steine machen keine Probleme, so lange sie im Nierenbecken liegen. Schwierig wird es, wenn einer sich selbstständig macht und im Harnleiter steckenbleibt. Das ist die Verbindung zwischen Niere und Blase. Sie können sich das wie einen dünnen Schlauch vorstellen, in dem der Urin nach unten in die Blase läuft."

„Und das ist bei mir passiert?", fragte Herr Mommsen mit aufgerissenen Augen.

„Genaueres kann nur eine Ultraschalluntersuchung zeigen. Oder ein kleines CT. Manchmal hat man Glück, und der Stein geht von selbst ab. Es gibt Medikamente, die das erleichtern, weil sie den Harnleiter erweitern."

Atemlos hörte ich ihm zu. Er bereitete den Patienten ganz sanft darauf vor, dass er in eine Klinik überwiesen werden würde. Und er versuchte, erst gar keine Panik aufkommen zu lassen.

„Aber wenn so ein Stein auch von alleine abgeht, kann ich doch einfach warten", sagte Herr Mommsen. „In ein Krankenhaus gehe ich nicht. Gar nicht. Da hört man nur schlimme Sachen. Schreiben Sie mir einfach was gegen die Schmerzen auf, dann klappt das schon."

Ich konnte seiner Stimme anhören, dass er Angst hatte. Wahrscheinlich war er noch nie in einer Klinik gewesen und malte sich irgendwelche Horrorszenarien aus. Dabei ging es doch nur um harmlose Untersuchungen.

„So einfach ist es leider nicht", widersprach Jannis. „Sie haben hohes Fieber. Ich vermute, es hat sich eine Nierenbeckenentzündung entwickelt, und damit ist nicht zu spaßen. Aber keine Angst, das kriegt man alles schnell in den Griff. Fast jeder dritte Mann hat irgendwann mal einen Nierenstein, da müssen Sie sich keine Sorgen machen. Das ist keine schlimme Sache. Und mit einem Antibiotikum verschwindet auch die Entzündung sehr schnell."

Der Dachstuhl krachte und ächzte. Etwas schlug scheppernd gegen die Eingangstür. Der Sturm peitschte Blumentöpfe herum, vermutete ich. Und ein Prasseln setzte ein.

„Kann ich unseren Hund aus dem Auto holen und im Flur sitzen lassen?“, fragte ich Frau Mommsen.

„Natürlich. Wir hatten früher selbst einen.“

Während Jannis dem Patienten erneut erklärte, was genau er hatte und wieso er ein Fall fürs Krankenhaus war, wurde mir fast die Eingangstür aus der Hand gerissen. Regen schlug mir so heftig ins Gesicht, dass ich kaum etwas mehr sah. Draußen war eine wahre Verwüstung im Gange. Der Gewittersturm riss kleine Büsche aus dem Boden, trieb einen Plastikstuhl vor sich her, zerrte an den Bäumen. Ich öffnete mit viel Mühe die Heckklappe, zog mir das dort verstaute Regencape über, obwohl es wohl nicht mehr viel brachte, und warf mir den Rucksack über die Schultern. Dann nahm ich Fridolin in die Arme, der sich sofort an mich schmiegte. Es war bestimmt sein erstes heftiges Gewitter und ich war froh, ihn ins Haus holen zu dürfen. Ich zog das Cape über ihn und drückte mit aller Macht gegen die Heckklappe, bis ich sie schließen konnte.

Anschließend rannte ich mit Fridolin ins Haus.

Frau Mommsen hatte Tränen in den Augen, als ich hereinkam.

„Das Telefon!“ Sie zitterte am ganzen Leib. „Es funktioniert nicht! Wir können keinen Krankenwagen rufen.“

Jannis kam aus dem Wohnzimmer, große Besorgnis stand ihm ins Gesicht geschrieben.

„Offenbar hat das Gewitter einen Telefonmasten erwischt“, sagte er.

Ich verstand nicht, wieso das ein Problem war. Jannis und ich besaßen beide ein Handy. Ich setzte Fridolin ab, schlüpfte aus meinem nassen Cape und zog mein Handy heraus.

Als ich auf die Anzeige blickte, wurde ich blass. „Kein Netz“, sagte ich tonlos.

„Hier ist ein Funkloch“, erklärte sie. „Schon immer. Deshalb besitzen wir auch gar kein Handy.“

„Verdammt“, keuchte ich.

Das konnte doch nicht wahr sein. Dieses verfluchte schlechte Netz!

Ich sah Jannis an. „Dann müssen wir Herrn Mommsen selbst in die Klinik fahren, oder?“ Einen anderen Ausweg sah ich nicht.

Doch er schüttelte den Kopf. „Wir brauchen sicher länger als ein Rettungswagen. Außerdem können die Sanitäter ihm direkt einen Zugang legen, Flüssigkeit und Schmerzmittel verabreichen. Und stell dir nur mal vor, bei diesem Unwetter da draußen kommen wir von der Straße ab oder geraten in einen Stau.“

Mein Hals schnürte sich zusammen. „Aber wir können doch nicht einfach herumsitzen und warten, bis das Telefon wieder funktioniert. Das kann Stunden dauern!“

Er griff nach dem Autoschlüssel, den ich noch in der Hand hielt. „Deshalb fahre ich jetzt einfach ein paar Kilometer die Straße entlang. Bis ich Netz habe. Und von dort rufe ich den Rettungswagen.“

Ich atmete auf. Natürlich! Das war die viel bessere Lösung. In meiner Panik war ich darauf gar nicht gekommen.

Frau Mommsen nahm Fridolin mit in die Küche, um ihm etwas zu trinken zu geben. Da ich mit Jannis allein war, drückte ich ihm einen schnellen Kuss auf den Mund.

„Ich liebe es, dass du immer einen kühlen Kopf

bewahrst“, flüsterte ich ihm zu. „Du bist wirklich ein *McDreamy*!“

„Du vergleichst mich mit einem Burger?“, erwiderte er überrascht.

Trotz der Anspannung musste ich kurz lachen. „Das ist der Superdoc aus *Grey's Anatomy*, für den sämtliche Frauen schwärmen.“

„Ach so. Ich hatte mich schon gewundert.“ Er lächelte mich an und ich schmolz wieder einmal dahin.

Alles würde gut werden. Der Krankenwagen war bald unterwegs, Herr Mommsen würde sich schnell erholen, Jannis und ich miteinander glücklich werden. So schlecht war das Leben gar nicht!

Er hatte die Hand schon am Türgriff, da fiel mir etwas ein. „Jannis?“

„Ja?“ Er hielt inne.

„Herr Mommsen braucht ein Medikament zur Entspannung, habe ich das richtig verstanden? Damit der Harnleiter sich erweitert und der Stein ausgeschwemmt werden kann.“

Skepsis zeigte sich in seiner Miene. „Du denkst hoffentlich nicht darüber nach, ihm irgendwelche Tropfen einzuflößen?“

Sofort verspannte ich mich. „Ich denke darüber nach, ihn so gut wie möglich zu entspannen“, sagte ich kühl. „Das wird wohl nicht verboten sein.“

„Du tust bitte gar nichts, bis ich wieder da bin. Das sind sicher nur ein paar Minuten. Ich habe schließlich die Verantwortung für ihn und will keinesfalls, dass du mit irgendwas dazwischen pfuschst.“

Er beugte sich zu mir, küsste mich eilig und verschwand.

Unschlüssig betrat ich die Küche. Frau Mommsen hatte Fridolin mit Wasser versorgt, was er eifrig schlabberte. Sie streichelte ihn, dabei zitterten ihre Hände.

„Es wird alles gut“, beruhigte ich sie. „Bald kommt der Krankenwagen. So ein Stein ist wirklich keine große Sache.“

„Ich habe so Angst um ihn.“ Ihre Stimme bebte. „Er ist mein Ein und Alles. Ich wüsste nicht, was ich tun sollte, wenn ihm etwas passiert.“ Ein Schluchzen brach hervor.

Ich ging auf sie zu und nahm sie in den Arm. „Machen Sie sich keine Sorgen, Frau Mommsen. Ihr Mann ist in guten Händen.“

Doch ihr ganzer Körper schlotterte. Ich setzte sie vorsichtig auf einen Stuhl. „Ich koche Ihnen jetzt einen Tee. Darf ich schauen, was Sie dahaben?“

Sie nickte dankbar und deutete auf einen Hängeschrank. Ganz vorne stand ein Gute-Nacht-Tee aus dem Supermarkt, der war besser als nichts. Während ich weiter beruhigend auf sie einredete, setzte ich Wasser auf.

Zwischendurch sah ich nach Herrn Mommsen. Er lag immer noch zusammengekrümmt da und tat mir unfassbar leid. „Ich kümmere mich schnell um Ihre Frau, dann bin ich sofort bei Ihnen.“

„Schon gut.“ Er lächelte schmal. „Mir können Sie sowieso nicht helfen.“

Das stimmte nicht. Ich hatte da durchaus Ideen.

„Komme gleich wieder“, bekräftigte ich, holte meinen Rucksack aus dem Flur und ging in die Küche, wo seine Frau noch immer total aufgelöst war.

„Ich gebe Ihnen jetzt erst einmal Bachblütentropfen“, entschied ich. „Bei großem Stress helfen die gut.“

Ein Fläschchen mit Notfalltropfen hatte ich darin verstaut. „Und dann trinken Sie in Ruhe eine Tasse Tee. Versuchen Sie mal, ganz tief in den Bauch zu atmen, das hilft ebenfalls.“

Mit einem zuversichtlichen Lächeln machte ich es ihr vor und sie tat es mir gleich. Auch die Tropfen nahm sie dankbar ein.

„Sie sind ein Engel, Lenja“, sagte sie, als ich ihr die Tasse hinstellte.

„Gar nicht.“ Ich legte ihr eine Hand auf die Schulter und strich kurz über ihren Rücken. Danach kramte ich erneut im Schrank herum und fand zwei Packungen Tee, die gut passten. Heißes Wasser war noch vorrätig, also bereitete ich für den Patienten einen Tee zu, der die Niere durchspülte.

Mit einer großen Teetasse und meinem Rucksack kehrte ich ins Wohnzimmer zurück. Herr Mommsen hatte sich ein wenig aufgesetzt.

Wo blieb eigentlich Jannis? Es waren schon zehn Minuten vergangen. So lange konnte es doch nicht dauern, ein Stück die Straße vor zu fahren, bis er wieder Netz hatte? Ich warf einen Blick aus dem Fenster, aber außer Regen sah ich nichts. Deshalb wandte ich mich wieder Herrn Mommsen zu.

„Es hilft, wenn Sie viel trinken“, erklärte ich und reichte ihm die Tasse. „Und danach gebe ich Ihnen noch ein paar Kügelchen, die Sie unter der Zunge zergehen lassen.“

Gut, dass ich mein Mäppchen mit den Globuli-Röhrchen in meinem Rucksack hatte. Danach holte ich etwas anderes hervor. Erstaunt sah Herr Mommsen mich an. „Wollen Sie mir ein Lied singen?“, fragte er und schaffte sogar ein kleines Schmunzeln.

„Daran hätten Sie keinen Spaß. Nein, die Stimmgabel

ist für etwas anderes. Man kann mit ihr Akupressur-Punkte anregen. Darf ich damit Kreise auf Ihrer Handfläche machen?"

Er zögerte einen Moment, aber dann reichte er mir seine Hand. Vor einigen Jahren hatte ich einen Kurs für die Therapie mit Stimmgabeln besucht und fand diese sogar besser als Akupunktur, weil man die Punkte nicht so genau treffen musste. Mit ihr konnte ich auf sanfte Art die Selbstheilungskräfte anregen, aber auch wie jetzt Ruhe und Entspannung auslösen.

Ich schlug die schwere Metallgabel an meinem Knie an, setzte ihr kugelförmiges Ende auf die Hand des Patienten und zog damit Kreise.

„Man hört gar keinen Ton", sagte er skeptisch. „Es vibriert nur ein bisschen."

„Ihr Körper hört es", sagte ich weich. „Und er leitet den Impuls dorthin, wo er gebraucht wird. Machen Sie einfach die Augen zu und versuchen Sie, ein bisschen loszulassen."

Er folgte meinen Anweisungen und wirkte tatsächlich ein wenig ruhiger.

Während ich in seiner Handfläche Kreis um Kreis zog und die Gabel zwischendurch immer mal wieder anschlug, entspannte er sich merklich. Ich hingegen wurde immer unruhiger. War Jannis etwas passiert? Er müsste schon längst wieder zurück sein!

Frau Mommsen gesellte sich zu uns und brachte eine Kanne Tee für ihren Mann mit. Der schien tatsächlich etwas von seiner Anspannung loszuwerden.

„Was es nicht alles gibt", sagte sie mit Blick auf die Stimmgabel, wirkte aber deutlich gefasster als vorhin. Die Bachblütentropfen hatten geholfen.

Endlich klopfte es an der Tür. Sie sprang auf und ließ Jannis herein.

„Gleich geht es weiter“, sagte ich. „Trinken Sie bitte auch die zweite Tasse Tee aus.“ Ich reichte sie ihm, stand auf und ging in den Flur. Was immer auch passiert war – es war besser, wir regten den Patienten nicht weiter auf.

Ich zog Jannis also in Richtung Küche und bat seine Frau, ihrem Mann beim Trinken behilflich zu sein.

„Was ist los? Du bist ja klatschnass!“

Er rubbelte sich mit einem Geschirrtuch über die Haare. „Ein Baum liegt quer über der Straße“, sprudelte er heraus. „Ich konnte nicht vorbei.“

„Was?“ Ich schnappte nach Luft. „Dann konntest du keinen Krankenwagen rufen?“ Oh Gott, das war ja furchtbar!

„Doch, konnte ich. Ich bin zu Fuß weitergelaufen. Um den Baum konnte ich herumgehen. Die Feuerwehr ist alarmiert, die beseitigt den Baum. Dann kann auch der Rettungswagen durch. Dauert allerdings noch ein wenig, das ist das Problem.“

Vor Erleichterung fiel ich ihm um den Hals. „Gott sei Dank“, stieß ich aus. Und dann sprudelte ich los: „Frau Mommsen hatte einen kleinen Zusammenbruch, ich habe ihr Bachblütentropfen gegeben und einen Tee gemacht, jetzt ist sie wieder stabil. Ihr Mann trinkt auch gerade die zweite Tasse. Und ich habe ihm Lycopodium gegeben.“

Er schob mich von sich. „Du hast *was*?“ Seine Augen funkelten ärgerlich.

„Ihm Globuli gegeben. Und einen Tee gekocht.“

„Bist du von allen guten Geistern verlassen?“, fuhr er mich an.

Ich schloss die Küchentür, damit das Ehepaar nichts

mitbekam.

„Du warst nicht da, also habe ich ..."

„Lenja, ich habe dir klare Anweisungen gegeben!" Er wurde laut. „Das ist mein Patient und ich alleine behandle ihn! Ich verbiete mir ein für alle Mal, dass du mir bei irgendetwas dazwischenfunkst! Das kann doch nicht so schwer zu verstehen sein!"

Nun riss auch mir der Geduldsfaden. „Du hast ein totales Brett vor dem Kopf! Wir reden hier von Tee und Blütenextrakten. Außerdem warst du nicht da und ich wusste nicht, wann du wiederkommst."

Ich sah das wütende Gesicht meines Vaters vor mir, hörte ihn toben und schreien, als stünde er mir direkt gegenüber. Ich hörte das unterdrückte Schluchzen meiner Mutter, hörte Omis einlenkende Worte, die Vater aber nur noch rasender machten. Meine Hände zitterten. War Jannis also doch wie mein Vater? Würde auch er jedes Mal ausrasten, wenn ich harmlose Kräutertropfen in der Hand hatte? Alles in mir zog sich zusammen.

Jannis merkte nichts davon, sein Gesicht war rot vor Zorn. Auch das weckte Erinnerungen in mir. Er kam mir näher, seine Stirnfalte grub sich tief in die Haut.

„Habe ich dir nicht ausdrücklich gesagt, du sollst die Finger von ihm lassen? Ich alleine habe die Verantwortung, akzeptier das endlich!"

Er funkelte mich an.

Ich schnaubte wütend. *Er* war es doch, der überhaupt nichts verstand!

„Es kann rein gar nichts passieren bei den Dingen, die ich tue", konterte ich. „Wieso veranstaltest du jedes Mal so ein Theater?"

Jannis' Miene versteinerte mit einem Mal. Er presste

die Lippen aufeinander, dann fuhr er fort. „Weil ich wegen genau solcher *Dinge,* wie du sie nennst, eine Patientin verloren habe."

Ich erstarrte.

„Wenn du es genau wissen willst: Sie hieß Amelie, war dreiundzwanzig Jahre alt und hatte ihr ganzes Leben noch vor sich. Ihr Freund hat sie in die Praxis geschleppt, weil sie nach einer Verletzung leichtes Fieber hatte. Alles deutete auf eine Sepsis hin. Ich habe die beiden mit einem Einweisungsschein in die Klinik geschickt. Aber sie kamen nie dort an. Weil ihre Mutter nämlich dazwischenfunkte, ihr einen Vortrag hielt, dass alle Ärzte Quacksalber wären und von der Pharmaindustrie bezahlt. Und dass man leichtes Fieber wunderbar mit Lindenblütentee und Bürstenmassagen zur Anregung des Lymphflusses behandeln könnte. Drei Tage später war Amelie tot. Kannst du dir vorstellen, wie ich mich da gefühlt habe?" Er fuhr sich übers Gesicht. Schmerz stand in seinen Zügen.

Mein Hals war eng, mein Mund staubtrocken. Ich schwieg.

„Sie war bei mir in der Praxis. Ich hätte sie retten können. Verstehst du das? Wenn ich einen Krankenwagen gerufen hätte, der sie direkt in die Klinik bringt, würde sie noch leben! Aber sie war noch fit und ihr Freund hatte versprochen, sie sofort hinzufahren. Weißt du, was es für ein Gefühl ist, am Grab einer so jungen Patientin zu stehen?"

Ein Frösteln erfasste mich.

„Das tut mir so leid, Jannis."

„Mir auch. Und deshalb will ich mit all dem Hokuspokus nichts zu tun haben."

Auch wenn ich seinen Schmerz sah und mir Amelies Schicksal nahe ging – ich hasste es, dass er das Ganze so schwarz-weiß sah und grundsätzlich alles verurteilte. Er durfte nicht die gesamte Alternativmedizin verteufeln, nur weil in diesem Fall jemand eine wichtige schulmedizinische Behandlung verweigert hatte. Die ganzheitliche Medizin konnte eine sinnvolle Ergänzung zur anderen sein, wieso wollte er das nicht wahrhaben?

Und – hieß das auch, dass er mich und alles, was ich tat, auf ewig geringschätzen würde?

Dem Tonfall nach, den er mir gegenüber angeschlagen hatte, musste ich wohl davon ausgehen. Und es tat verdammt weh. Aber ich sah das gütige Gesicht meiner Großmutter vor mir, sah die vielen Menschen, die sich bei ihr bedankt hatten. Hörte meinen Vater poltern und sah meine Mutter den Kopf einziehen. Nein, wie meine Mutter wollte ich nicht enden. Ich verriet meine Überzeugungen nicht. Nicht mal für einen Mann, der abseits des Gesundheitsthemas ein Traummann war.

Mein Wissen und meine Leidenschaft gehörten zu mir. Wenn er diesen Teil von mir ablehnte, wenn er mich jedes Mal so anfuhr und runtermachte – dann gab es keine Zukunft für uns. Einen Mann, der diesen Teil von mir so radikal ablehnte, wollte ich nicht als Partner haben.

Es fiel mir nicht schwer, eine Entscheidung zu treffen.

Ich straffte mich. Atmete durch und sah ihm selbstbewusst in die Augen. „Auch wenn ich dich verstehen kann – das gibt dir noch lange nicht das Recht, so von oben herab mit mir zu sprechen. Ich bin keine Idiotin und ich habe niemals jemanden davon abgehalten, sich klassisch untersuchen zu lassen."

Er musste aus meinem Leben verschwinden. Je früher, desto besser. Das wurde mir immer klarer.

„Aber du hast diese Tropfen ...", fing Jannis erneut an.

„Du willst es einfach nicht kapieren“, unterbrach ich ihn aufgewühlt. „Auch recht. Dann war es das mit uns beiden. Wie meine Mutter werde ich keinesfalls enden. Sieh zu, wie du ohne mich über die Runden kommst, bis deine Arzthelferin da ist. Auf mich brauchst du nicht mehr zu zählen. In der Praxis nicht und sonst auch nicht.“

„Lenja! Lass uns doch noch einmal in aller Ruhe darüber reden, wenn wir wieder daheim sind.“ Jannis war plötzlich blass.

„Da gibt es nichts mehr zu bereden. Und damit eines klar ist: Ich mache jetzt bei Herrn Mommsen weiter mit meiner Stimmgabeltherapie, auch wenn du dich auf den Kopf stellst. Schon alleine, weil das besser für ihn ist, als wenn er zusehen muss, wie der Herr Doktor Däumchen dreht, während wir auf den Krankenwagen warten.“

Entschlossen stieß ich die Hand weg, mit der er nach mir greifen wollte, und kehrte ins Wohnzimmer zurück.

Es fiel mir schwer, meine Gefühle in den Griff zu bekommen, aber da Herr Mommsen mir seine Hand entgegenstreckte, nahm ich Platz und schlug bereitwillig die Stimmgabel an.

„Damit komme ich tatsächlich zur Ruhe“, sagte er. „Und zwei Tassen Tee habe ich auch getrunken.“

„Na sehen Sie“, lobte ich. „Dann werde ich noch ein paar andere Punkte am Handgelenk stimulieren. Hier ist ein Schmerzpunkt, den versuchen wir mal.“ Ich setzte die Metallkugel auf den Akupressurpunkt.

Jannis stand im Türrahmen, das konnte ich fühlen. Zum Glück wagte er es nicht, mir die Stimmgabel aus der Hand zu reißen. Selbst sein Sturkopf sah offenbar ein, dass man mit einem schwingenden Metallstab keine Schäden anrichten konnte.

„Ich glaube, ich muss mal“, kündigte Herr Mommsen an.

Jannis half ihm auf, seine Frau führte ihn auf die Toilette.

„Er hat stinknormalen Kräutertee getrunken“, erklärte ich ihm kühl, als die beiden außer Hörweite waren. „Und da du Zuckerkügelchen sowieso für unwirksam hältst, hat es ihm sicher nicht geschadet, ein paar davon zu nehmen.“

Seine Miene blieb versteinert und er schwieg.

„Jetzt nutze ich die üblichen Akupressurpunkte. Und stinknormale Schwingungen von Metall. Es gibt ihm das Gefühl, dass sich jemand um ihn kümmert, und lässt ihn die Zeit vergessen. Außerdem kommt er dadurch wirklich zur Ruhe und sein Körper kann sich ein wenig erholen. Kann also nicht so schrecklich sein.“

Herr Mommsen kam zurück. Ich schenkte ihm aus der Kanne nach, die seine Frau bereitgestellt hatte, und nahm wieder seine Hand.

Fridolin, der bisher in einer Ecke gelegen hatte, kam herangetappt. Das Gesicht des Patienten hellte sich auf. Er setzte sich sogar auf, damit er mit der freien Hand den Hund streicheln konnte. Frido war ruhig wie selten, er spürte, dass es dem Mann schlecht ging, und verharrte seelenruhig, damit er ihn streicheln konnte.

Nach einer weiteren Viertelstunde krampfte Herr Mommsen sich leider erneut zusammen. Er stieß ruckartig Luft aus und kündigte an, schon wieder auf die Toilette zu müssen.

„Ich lasse Fridolin mal raus“, beschloss Jannis.

In seiner Miene konnte ich nicht lesen, was er dachte und fühlte. Er sah aus, als purzelten viele Gedanken durch seinen Kopf.

Der Patient verweilte lange auf der Toilette. Ich machte mir Sorgen und wollte schon nachfragen, ob alles in Ordnung wäre, da kam er Hand in Hand mit seiner Frau in den Flur. Jannis und Fridolin polterten im gleichen Moment wieder zur Haustür herein.

„Ich glaube, er ist weg!“, rief Herr Mommsen begeistert.

„Wer?“, fragte ich verwirrt.

„Der Stein! Kann denn das sein?“ Er sah Jannis fragend an. Auch ich wandte mich ihm zu.

Jannis räusperte sich. „Ein spontanes Ausscheiden kommt tatsächlich oft vor. Manchmal dehnt sich der Harnleiter von alleine und der Stein geht ab.“

„Lag bestimmt an den Entspannungsübungen.“ Der Patient warf mir einen dankbaren Blick zu. Er war aber noch recht wackelig auf den Beinen.

„Dann muss ich gar nicht ins Krankenhaus, oder?“ Erwartungsvoll sah er Jannis an.

„Die Niere ist trotzdem noch gestaut, vermute ich“, sagte der. „Und wir müssen die Entzündung in den Griff bekommen. Aber was halten Sie von diesem Vorschlag: Ich fahre mit in die Klinik und spreche mit den Ärzten dort. Ein Ultraschall sollte auf jeden Fall stattfinden, Labor auch. Aber wenn das alles okay ist, können Sie vielleicht schon morgen entlassen werden und Ihr Antibiotikum zu Hause einnehmen.“

Begeisterung sah anders aus, aber Herr Mommsen willigte schließlich ein.

„Ich pack dir gleich mal ein paar Sachen zusammen“, entschied seine Frau, während er sich wieder aufs Sofa legte.

Kurze Zeit später kündigten blinkende Lichter den

Krankenwagen an. Das Gewitter war zum Glück weitergezogen, auch der Regen hatte nachgelassen. Die Sanitäter kamen herein und ließen sich von Jannis erklären, worum es ging, bevor sie den Patienten selbst untersuchten.

Frau Mommsen stand neben Jannis und mir. „Ich bin Ihnen beiden so dankbar. Ohne Lenja wäre ich wirklich durchgedreht, sie war so eine Hilfe! Diese Notfalltropfen haben Wunder gewirkt. Und der Stein kam sicher auch deshalb heraus, weil sie sich so aufopfernd um meinen Mann gekümmert hat." Sie schenkte mir ein strahlendes Lächeln und nickte Jannis ebenfalls zu.

„Der wäre vielleicht auch einfach so gekommen, ganz ohne mein Zutun", wiegelte ich ab.

Doch sie schüttelte den Kopf. „Das glaube ich nicht. Auf jeden Fall sind Sie beide ein perfektes Team. Ich kann mich gar nicht genug bedanken." Sie sah abwechselnd von Jannis zu mir.

„Müssen Sie nicht", erwiderte er. „Wir haben das gern gemacht."

Fast hätte ich ironisch aufgelacht. Er hatte vielleicht seinen Teil gern gemacht, meiner war ihm jedoch ein Dorn im Auge. Aber ich zwang mich zu einem freundlichen Lächeln.

Dann ging alles ganz schnell. Herr Mommsen wurde in den Krankenwagen geladen, Jannis hob Fridolin in sein Auto, ich beschloss, mich von Frau Mommsen im Wagen mitnehmen zu lassen. Sie würde einen kleinen Umweg fahren, sodass ich in Möwenitz aussteigen konnte.

Jannis' Blicke mied ich. Ich war einfach nur enttäuscht von ihm und wollte ihn am liebsten gar nicht mehr sehen. Er wusste inzwischen so viel über mich, er konnte sich doch sicher sein, dass ich nie einen Patienten gefährden würde – und trotzdem hatte er in dieser Weise reagiert.

Das waren keine guten Voraussetzungen für eine Beziehung. Und deshalb schüttelte ich auch den Kopf, als er mich fragte, ob er mich später besuchen dürfe.

„Dann können wir nochmals über alles sprechen, Lenja“, sagte er und hatte einen ungewohnt flehenden Ton in der Stimme.

„Da gibt es nichts mehr zu besprechen“, blieb ich hart. Ich musste weg hier. Zurück in meine eigenen vier Wände. Mich in mein eigenes Bett legen, die Decke über den Kopf ziehen und mich dafür verfluchen, dass ich Gefühle für Jannis entwickelt hatte. Ich hätte es doch wissen müssen!

Trotzdem tat es schrecklich weh.

Ich sah den verletzten Ausdruck in seinen Augen. Ich fühlte seine Stimme tief in meinen Magen kriechen, als er sich mit knappen Worten verabschiedete. Mir war plötzlich eiskalt, weil mir bewusst wurde, dass ich mich nie mehr in seiner warmen Umarmung geborgen fühlen würde.

„Ist alles in Ordnung, Lenja?“ Frau Mommsen sah mich besorgt an.

Ich wischte mir eine Träne von der Wange. Verdammt. Wie war die denn dorthin gekommen?

„Hatte nur eine dumme Wimper im Auge“, log ich und setzte ein aufmunterndes Lächeln auf. „Kommen Sie, wir fahren los. Dann sind Sie schnell bei Ihrem Mann.“

„Gott sei Dank“, entfuhr es ihr. „Wissen Sie, ich komme alleine gar nicht zurecht. Schon wenn er mal einen Abend weg ist, fühle ich mich furchtbar einsam. Aber bald habe ich ihn ja wieder und muss nicht mehr alleine sein.“

Sie nahm den Autoschlüssel vom Haken und ging mit eiligen Schritten hinaus.

Ich folgte ihr und hing meinen Gedanken nach.

Bei mir würde der Mann nicht zurückkommen. Und die Einsamkeit würde wieder Einzug halten. Vorbei waren die innigen Abende hoch oben im Leuchtturm. Vorbei Jannis' Fröhlichkeit, seine Hand an meiner Wange, sein Stöhnen in meinem Ohr. Alles vorbei.

Sicher war es besser so.

Auch wenn sich in mir alles zusammenzog bei dem Gedanken, nun doch keinen nächtlichen Ausflug zu einem Spielplatz zu unternehmen, um ihn in die Geheimnisse des richtigen Wippens einzuweihen. Keine Hundeschule gemeinsam zu besuchen. Keiner Möwe hinterherzusehen nach dem gemeinsamen Aufwachen im Leuchtturm.

Ich war wieder allein.

Und würde es für immer und ewig bleiben.

20. Fridos Brief

Als ich endlich in meiner Wohnung ankam, lehnte ich mich im Flur gegen die kalte Wand und schloss die Augen. Jannis würde sicher behaupten, dass ich schrecklich überreagierte. Ja, wahrscheinlich würde die halbe Welt das behaupten. Aber es ging nicht nur um eine Stimmgabel oder ein Zuckerkügelchen. Es ging darum, dass er mich nicht ernst nahm. Dass wir niemals gleichberechtigte Partner sein würden. Dass sein Beruf und seine Meinung immer wichtiger sein würden als meiner.

Wie in Trance ging ich in die Küche. Ich brauchte jetzt einen Tee. Und den Rat meiner Oma, aber die war nicht mehr bei mir. Ich holte ihre Tasse aus dem Schrank und legte die Hände an die Seiten.

„Es würde werden wie bei meiner Mutter, oder?", fragte ich die Tasse. „Selbst wenn Jannis sich jetzt entschuldigte – seine Einstellung war klar. Und unsere Beziehung wäre ein fauler Kompromiss. Ich müsste mich immer klein fühlen, wertloser als er, der allwissende Herr Doktor."

Der Teekessel pfiff, als wollte er mir beipflichten.

Als ich das Wasser eingoss, klingelte mein Handy. Jannis. Mein Herzschlag begann zu rasen.

Aber ich hob nicht ab. Und las auch nicht die Nachricht, die er mir gleich im Anschluss sandte. Meine Hände zitterten, als ich das Handy ausschaltete.

Seine Stimme zu hören, würde mich schwach werden lassen. Ich würde seinen Entschuldigungen glauben, nur um ein paar Tage, Wochen, Monate später erneut enttäuscht zu werden. Besser war, gleich jetzt einen Schlussstrich zu ziehen. Jetzt tat es sicher weniger weh als in ein paar Monaten.

Wobei ich mir kaum vorstellen konnte, dass es irgendwann tatsächlich noch schmerzhafter sein könnte als jetzt.

Wie nah waren wir uns gestern Abend gewesen! Dort oben im Leuchtturm, wo das Leben wie ein Traum daherkam, wo der Mann ein Prinz war und die Zukunft rosarot wie eine Magnolienblüte. Doch das waren Luftschlösser. Phantasieblüten.

Das wahre Leben sah anders aus. Im wahren Leben ging es um Diplome und Approbationen, um Vorwürfe und Verletzungen und Enttäuschungen. Kein Rosa weit und breit.

Außer auf der Tasse meiner Omi, da gab es winzige Hornveilchen und sattgelbe Butterblumen und hellblaue Vergiss-mein-nicht. Ich fuhr mit der Fingerspitze über eine der blauen Blüten. Nein, vergessen würde ich die Zeit mit Jannis niemals. Ich würde seine Hände sicher bis in alle Ewigkeit auf meinem Körper spüren, würde sein Lachen hören, seine Küsse schmecken können.

Der Schmerz kam in Wellen, sorgte dafür, dass ich mich zusammenkrümmte und meine Wangen nass waren. Ärgerlich wischte ich sie weg. Trank Tee. Öffnete nicht, als später jemand klingelte. Hielt mir die Ohren zu, als ich Jannis meinen Namen rufen hörte.

Er würde bald aufgeben. Ich war nur eine Episode, eine Zufallsbekanntschaft. Seine Auswahl an Frauen war riesig und wenn er wollte, konnte er sich schon morgen mit einer trösten.

Ich würde das nicht tun. Ich würde allein bleiben mit meiner Tasse, dem alten Teekessel und den Erinnerungen an Spaziergänge mit Fridolin, an Ziegenkäse und innige Blicke, an warme Umarmungen und den Geruch seiner Haut.

Verdammt. Ich vermisste ihn schon jetzt so sehr, dass ich es kaum aushielt.

Irgendwann schleppte ich mich ins Bett. Starrte die Zimmerdecke an, die nichts Besseres zu tun hatte, als immer wieder Bilder von Jannis' Lächeln aufblitzen zu lassen. Diesem Lächeln, das ich so sehr liebte.

Ich warf mich auf die Seite. Presste die Lider zusammen. Hörte sein Raunen in meinem Ohr, fühlte den Hauch seines Atems auf meiner Wange. Und erneut flossen die Tränen.

Morgen würde es sicher besser sein, redete ich mir ein. Morgen schien die Sonne, begann ein neuer Tag. Würden diese Bilder nur noch blasse Erinnerungen sein, vergilbte Seiten eines Fotoalbums, das man weit hinten in einen Schrank steckte. Ja, morgen würde ich mir sicher sein, die richtige Entscheidung getroffen zu haben.

Doch als ich am nächsten Morgen gerädert aus dem Bett kroch, war da immer noch der gleiche Schmerz. Ich sah Jannis vor mir, wie er gestern die Treppe hochgekommen war, barfuß, nur eine Jeans am Körper und ein umwerfendes Lächeln im Gesicht.

Verflucht noch mal! Ich schleppte mich ins Bad, nahm

eine lange Dusche und seifte mich dreimal ein, weil ich hoffte, ihn irgendwie fortspülen zu können.

Klappte kein bisschen. Dazu verriet mir mein gnadenloser Badspiegel, dass ich aussah wie durch den Fleischwolf gedreht. Meine Haut war fahl, meine Haare ohne Glanz, meine Augen rot. Ich seufzte, verzichtete auf Wimperntusche und zog mich an.

Ich ging nach unten, um im Laden alles herzurichten, doch Hedi war bereits da. Und sah sofort, wie es um mich bestellt war.

„Um Gottes willen, was ist denn los, Lenja? Ist mit Herrn Mommsen noch etwas passiert? Ich dachte, es wäre alles gut gelaufen im Krankenhaus?"

Sie war besser informiert als ich. „Es geht nicht um Herrn Mommsen", sagte ich und meine Stimme klang in meinen Ohren so fremd, als gehörte sie jemand anderem.

Hedi musterte mich genau. „Es geht um Jannis, nicht wahr? Hattet ihr Streit?"

Ich nickte. Und dann erzählte ich ihr alles.

„Ich weiß schon, was du jetzt sagen wirst", schloss ich meinen Bericht. „Dass ich überempfindlich bin und aus einer Mücke einen Elefanten mache. Aber ich bin mir sicher, dass Jannis immer wieder in dieses Muster zurückfallen würde. Ich kenne das von früher, Männer sind so."

„Ach Kindchen, nicht alle Männer sind gleich!"

„Aber überleg doch: Ich wäre immer nur die kleine Teeverkäuferin und er der studierte Arzt. Der Akademiker. Der das Sagen hätte. Ich weiß, andere Frauen hätten damit kein Problem. Aber ich sehr wohl. Ich will nichts aufgeben. Nicht das, wofür meine Großmutter gelebt hat und was auch mir in die Wiege gelegt wurde. Es reicht, dass meine Mutter all dies verleugnen musste."

Mitfühlend legte sie mir eine Hand auf den Arm und reichte mir ein Taschentuch. „Ihr müsst noch einmal miteinander reden."

Ich schüttelte den Kopf. Und deutete auf das Regal hinter mir. „Jannis würde jedes Mal die Nase rümpfen, wenn ich einen Hustentee verkaufe. Und ich will an meiner Seite keinen Nasenrümpfer. Ich will einen Unterstützer, einen Mutmacher, einen, mit dem ich über alles reden kann. Auch über den Traum, den Nele und ich haben."

Hedi wiegte den Kopf hin und her. „Also, ein wenig Menschenkenntnis habe ich auch. Jannis hat sicher seine Gründe, wieso er ein bisschen engstirnig ist. Aber er liebt dich. Das sehe ich ganz deutlich. Und er ist gewiss bereit, sich für die Frau, die ganz tief in seinem Herzen ist, zu ändern."

„Es ist okay, wie es ist, Hedi. Ich habe Freunde und Nachbarn und ein Ziel, für das ich arbeiten werde. Nele und ich werden irgendwann unser kleines Reich haben! Außerdem weiß ich nun, dass meine Oma recht hatte: Wenn ich nicht für einen einzelnen Mann Hackbraten kochen und Hemden bügeln muss, habe ich Zeit, um mich um ganz viele Menschen zu kümmern."

„Das ist doch albern. Ich kannte deine Großmutter gut, sie hätte niemals gewollt, dass du alleine bleibst", widersprach Hedi.

„Wir sollten allmählich aufschließen", entschied ich. Die Arbeit würde mich ablenken. Es gab eine Menge zu tun, denn ich musste Sanddornmuffins backen sowie gefüllte Leuchttürme. Leuchttürme. Ich fühlte einen Stich in meiner Brust.

Würde ich jemals wieder meinen geliebten Leuchtturm

ansehen können, ohne an Jannis zu denken?

Mit aller Macht schob ich die Bilder beiseite und wollte gerade in meine kleine Backstube gehen, da sah ich einen Schatten vor der Ladentür.

War das Jannis?

„Ich bin nicht da!“, schärfte ich Hedi ein und flitzte mit pochendem Herzen nach unten.

Gut, dass die Morgensonne sich in der Scheibe spiegelte, auf diese Weise hatte er mich nicht sehen können.

Einige Sekunden später hörte ich tatsächlich, dass sich die Ladentür öffnete. Noch nie hatte mir das silberne Bimmeln der Glöckchen solches Herzklopfen beschert. Hoffentlich hielt Hedi sich an meine Anweisung, mich zu verleugnen! Ich hielt die Luft an und lauschte.

„Hallo, Hedi“, sagte Jannis. „Ich würde gern mit Lenja sprechen.“

Mein Puls schoss in die Höhe. Klang seine Stimme anders als sonst? Irgendwie bedrückt? Nein, das bildete ich mir sicher nur ein.

„Moin, Jannis“, begrüßte Hedi ihn freundlich. „Magst du ein Vollkornbrötchen? Sind frisch reingekommen. Lenja ist leider nicht da.“

„Kannst du sie nicht anrufen?“, bat er. „Bei mir geht sie nicht ans Telefon. Ich muss aber dringend mit ihr sprechen.“

„Ist es wegen Herrn Mommsen?“, hakte sie nach.

Ich wagte es nicht, mich zu bewegen.

„Nein. Es ist wegen .... wie soll ich sagen ... es ist meinetwegen. Ich muss wirklich mit ihr reden!“

Meine Hände zitterten. Und ich musste mich an der Wand anlehnen, weil ich mich mit einem Mal schwach fühlte.

„Gib ihr noch ein bisschen Zeit“, hörte ich Hedi weich antworten.

Er schwieg. Vielleicht nickte er, vielleicht ließ er den Kopf hängen, ich wusste es nicht.

Sollte ich einfach nach vorne gehen? Ihn anlächeln und sagen, dass alles wieder gut werden würde?

Ich konnte es nicht. Meine Füße waren wie festgewachsen und ließen sich nicht von der Stelle bewegen. Und mir war so flau im Magen, als hätte ich seit Tagen nichts gegessen.

Die beiden wechselten ein paar Grußworte, dann verkündete die Türglocke, dass Jannis meinen Laden verlassen hatte.

Meine Knie hatten sich in Marshmallows verwandelt. Ich blieb noch kurz an die Wand gelehnt stehen und ließ langsam die Luft entweichen, die ich angehalten hatte. Anschließend lugte ich vorsichtig um die Ecke.

„Er ist weg“, sagte Hedi. „Und er sieht richtig schlecht aus. Ihr solltet euch zusammenraufen, Kinners.“

„Danke, Hedi“, wich ich aus. „Ich muss mich jetzt erst mal beim Backen beruhigen.“ Mit diesen Worten ging ich in meine Backstube.

Nachdem ich wie wild gebacken hatte und die Auslage nur so strotzte vor Spezialgebäck, fühlte ich mich bereit, auch wieder den Laden und das Café zu betreuen. Ich schickte Hedi, die wahrlich genug geschuftet hatte, nach Hause und widmete mich dem Kundenansturm selbst. Das war gut, auf diese Weise kam ich nicht zum Denken. Und nicht zum Fühlen.

Nele hatte mich für den Abend zu sich eingeladen und wollte wissen, wie denn nun der Stand der Dinge war, aber ich war zu matt, um irgendwo hinzugehen oder mit jemandem zu reden.

Ich rief sie nicht an, sondern tippte nur eine Nachricht. „Lass es uns auf morgen verschieben. Da bin ich wieder fit“, schrieb ich ihr und hoffte, dass sich dies bewahrheiten würde.

Nach einer unruhigen Nacht stand ich am nächsten Vormittag wieder im Laden. Entgegen meiner Hoffnung schmerzte es immer noch höllisch, an Jannis zu denken. Vielleicht sollte ich doch einen Schritt auf ihn zu machen? Mit ihm reden? Ihm noch eine Chance geben?

Ich seufzte leise. Mein Kopf schien nur aus Watte zu bestehen. Aus Watte und aus Unsicherheit, was denn nun das Richtige wäre.

Abgelenkt wurde ich durch den Ansturm der Kunden, der den ganzen Tag über anhielt. Es war ein strahlend schöner Sommertag. Wie gemacht für einen Ausflug an die Ostsee, und so hatte ich alle Hände voll zu tun.

Am Nachmittag betrat eine hübsche Brünette mit sonnengebräuntem Teint den Laden. Sie sah sich interessiert um, lächelte mich an und sagte: „Das ist ja wunderbar! So einen tollen Laden gleich nebenan. Ich bin ein totaler Kuchenfan und werde wahrscheinlich in einem halben Jahr nicht mehr durch die Praxistür passen.“

Praxistür?

„Du bist Birgit!“, platzte es aus mir heraus. „Die Arzthelferin.“

Überrascht riss sie die Augen auf. „Hat sich meine Ankunft schon herumgesprochen? Normalerweise ist der Herr Doktor nicht so ein Plappermaul. Ja, ich fange morgen hier an.“

„Ich bin Lenja“, stellte ich mich vor und meine Stimme zitterte leicht.

„Ah!“ Sie strahlte mich an. „Freut mich, dich kennenzulernen. Wir werden uns ja noch oft über den Weg laufen. Auf gute Zusammenarbeit.“

Ich musterte sie heimlich. Sie war hübsch. Und sie würde sicher widerspruchslos alle Anweisungen des Herrn Doktor befolgen. Mit ihr war Jannis auf jeden Fall besser dran als mit mir. Vielleicht sogar in allen Bereichen.

Wieso sie von einer Zusammenarbeit sprach, wo wir doch nur Nachbarn waren und sie sich höchstens mal Tee oder Gebäck bei mir holen würde, war mir schleierhaft. Aber vielleicht war das dort, wo sie herkam, ein gängiger Ausdruck für neue Bekannte. Ich wollte mir darüber keine Gedanken machen.

„Ich nehme einen von diesen Leuchttürmen. Der sieht ganz wunderbar aus. Überhaupt ist es hier in Möwenitz richtig schön. Nur auf meinen Chef hat das offenbar nicht abgefärbt, der hat eine Laune zum Davonlaufen“, stöhnte sie.

Ach ja? Ein klein wenig freute mich das. Steckte er unsere Trennung also auch nicht so leicht weg? Geschah ihm recht. Er sollte auch leiden, schließlich war er schuld.

Ich strich mir eine Strähne hinters Ohr. Nein, das sollte er nicht. Ich wollte nicht, dass es ihm schlecht ging. Ich wollte mit ihm im Leuchtturm sitzen, seine Hände berühren, wenn wir Frido streichelten. Ich wollte jeden Tag mit ihm zusammenarbeiten, wollte seine *Birgit* sein.

Doch die streckte mir gerade ein paar Münzen entgegen und lächelte mich freundlich an.

„Bis morgen dann“, flötete sie munter und verschwand.

Ich musste mich kurz an der Kuchentheke festhalten, weil mir schwindelig war. Tat ich das Richtige? Oder war ich momentan genauso stur wie Jannis?

„Eine Packung Frühlingstee, bitte“, riss die nächste Kundin mich aus meinen Überlegungen.

Ich würde später darüber nachdenken. Abends. Wenn ich Ruhe hatte. Hier im Laden hatte ich alle Hände voll zu tun, was mir als Ablenkung sehr recht war.

In der nächsten Stunde kam ich kaum zum Durchschnaufen. Ich nahm Bestellungen entgegen, schickte Touristen nach oben in die Teestube, kassierte, räumte Geschirr ab. Arne und Jessica schneiten irgendwann herein.

„Hey, das sind ja tolle Neuigkeiten mit der Praxis“, strahlte Arne mich an.

„Dass Jannis‘ Arzthelferin angekommen ist, meinst du?“ Seltsam, dass ihn diese Ankunft so sehr erfreute.

„Hast du es noch gar nicht gesehen?“, fragte Jessica überrascht.

„Was denn?“ Ich bereitete einen japanischen Grüntee zu und musste genau auf die Ziehzeit achten.

„Das Schild!“

Die beiden waren heute echt komisch. Wahrscheinlich hatte Tilda sich bezirzen lassen und irgendwelche Parkschilder genehmigt. Oder das Halteverbot am Ende der Straße entfernt. Jedenfalls war das nichts, was mich besonders interessierte.

Ich wollte nachfragen, doch da kam eine ganze Gruppe schnatternder Frauen in den Laden und baute sich begeistert vor der Kuchentheke auf.

Es dauerte eine Weile, bis ich alle Wünsche erfüllt und anschließend zwei Handwerker mit Brötchen versorgt hatte.Als ich zur Ladentür schaute, tuschelten Arne und Jessica aufgeregt mit Hedi. Was war nur los mit allen?

In einer Viertelstunde konnte ich das Café und den

Laden schließen. Dann würde ich endlich Zeit haben, der geheimnisvollen Sache auf den Grund zu gehen.

Hedi steckte den Kopf zur Tür herein.

„Lenja, komm bitte mal heraus“, rief sie.

„Später“, gab ich zurück. „Ich habe hier noch einiges zu tun.“ Es waren zwar momentan keine Kunden im Laden, aber die Kuchentheke war voller Brösel, die Glasscheibe voller Fingertapper und der Boden sollte gewischt werden.

„Unsinn“, widersprach Hedi. „Das läuft alles nicht weg. Nun komm endlich!“

„Ist es wegen des Verkehrsschildes? Du, das kann ich mir doch auch am Abend ansehen.“

„Kannst du nicht“, beharrte sie und gab mir wilde Handzeichen, dass ich unbedingt nach draußen gehen sollte.

„Also gut“, stöhnte ich. „Wenn ich danach endlich Ruhe habe.“

Ich legte den Putzlappen zur Seite, wusch mir die Hände und zog die Schürze aus. Dann verließ ich meinen Laden und suchte die Umgebung nach neuen Verkehrsschildern ab. Hedi, Jessica und Arne standen beisammen und sahen mich gespannt an.

Verflixt, was wollten die denn?

Ich machte ein paar Schritte auf sie zu, um endlich Klarheit zu bekommen, da sah ich aus dem Augenwinkel eine Bewegung. Fridolin flitzte auf mich zu, mit wehenden Ohren und seinem schönsten Berner Senn-Lächeln im Welpengesicht. Mein Herz krampfte sich vor lauter Sehnsucht zusammen. Wie sehr vermisste ich ihn! Und sein Herrchen leider ebenso, so sehr ich auch versucht hatte, mir das Gegenteil einzureden.

Ich wuschelte ihm durchs Fell und hätte ihn am liebsten

an mich gedrückt, um ihn nie wieder loszulassen. Etwas knisterte. Erstaunt stellte ich fest, dass an seinem Halsband ein Kuvert befestigt war.

Von Jannis? Mein Herz raste los.

Ich schaffte es fast nicht, den Umschlag an mich zu nehmen, weil Frido wie verrückt um mich herumlief und am liebsten in meine Arme gesprungen wäre.

Als er endlich für eine halbe Sekunde stillhielt, entriss ich ihm das Kuvert.

An Lenja – von Fridolin stand in Druckbuchstaben darauf.

Meine Hände zitterten, als ich den Brief herausholte. Ich las sofort los.

Liebe Lenja,

mit meinem Herrchen magst du nicht mehr reden, also habe ich dir geschrieben. Weißt du, das Herrchen kann ein richtiger Idiot sein! Aber das ist dir bestimmt schon selbst aufgefallen. So idiotisch wie bei den Mommsens hat er sich aber noch nie benommen, sagt er. Und ich soll dir ausrichten, dass ihm das wahnsinnig leidtut und er unbedingt wieder mit dir zusammen sein will.

Ich, also Fridolin, will das übrigens auch! Weil mich niemand so schön hinter den Ohren krault wie du!

Na, jedenfalls hat sich das Herrchen in die Hinterbeine gebissen (oder wie immer das bei euch Menschen heißt), dass er so ausgeflippt ist. Und dass er dir das Gefühl gegeben hat, dass es nicht so viel wert sei, was du tust. Er hat jetzt endlich kapiert, dass ihr Hand in Hand wunderbar zusammenarbeiten könnt.

Und damit du ihm das auch glaubst, hat er gleich Nägel mit Köpfen gemacht. Ich glaube, diese Freundin von dir, die Nele, die findet das auch gut. Zumindest ist sie so wild herumgesprungen, dass ich fast neidisch geworden bin. Du kannst dir das ja anschauen, ist nicht zu übersehen.

Ach, jetzt tun mir langsam die Pfoten weh vom Schreiben. Ist echt nicht leicht, mit meinen Bärentatzen einen Stift zu halten. Aber eins hat mein Herrchen mir noch aufgetragen, das soll ich unbedingt Wort für Wort so aufschreiben. Weil es so wichtig ist. Also, ich fang mal an und zitiere meinen Zweibeiner:

Lenja, ich bin der größte Esel unter der Sonne. Ich will dich zurück in meinem Leben, ich will mit dir lachen und mit Fridolin Gassi gehen, ich will für dich kochen und mit dir den Wolken zusehen. Ich will dich küssen, dich im Arm halten und nie mehr ohne dich sein. Falls dir das alles zu viel ist, will ich aber zumindest ein guter Freund sein. Ein Nachbar, dem du beim Rotwein von deinen Sorgen erzählst. Ein Kumpel, mit dem du dich heimlich auf einen Spielplatz schleichst und der dort für dich bis in den Himmel hinein wippt, auch wenn er sich vor Angst in die Hosen macht. Bitte komm zurück zu mir. Ich liebe dich - mit deinem Tee, deinem wunderbaren Lächeln, deiner Stimmgabel und deiner Oma. Ich will all das wieder in meinem Leben haben.

(Und geh jetzt endlich, endlich, eeeendlich zur Praxis rüber, um meine Überraschung zu sehen!)

Dein Fridolin mit Herrchen

Mir waren beim Lesen die Tränen gekommen. Als ich den Brief sinken ließ und zur Praxis sah, stand dort Jannis. Der Blick, mit dem er zu mir herübersah, war so flehend, dass mein Hals eng wurde.

Mit weichen Knien ging ich auf ihn zu. Er sagte nichts, deutete aber zu seinem Namensschild an der Hausmauer neben der Tür.

Verwirrt drehte ich den Kopf. Und erstarrte.

Das Schild mit seinem Titel und Namen kannte ich natürlich. Aber nun war es plötzlich viel höher. Denn unter *Dr. Jannis Bohnenberg* standen zwei weitere Namen. Meiner und der von Nele. Und dahinter: *Praxis für ganzheitliche Gesundheit.*

Ich schnappte nach Luft. Fuhr zu ihm herum.

„Wir haben ein gemeinsames Schild?“, krächzte ich.

Er ließ ein schüchternes Lächeln aufblitzen.

„Nicht nur ein Schild. Wir haben ab sofort eine gemeinsame Praxis, wo wir Hand in Hand arbeiten können.“

„Eine gemeinsame Praxis?“ Nun kam ein Kiekser in meiner Stimme dazu.

Jannis nickte. „Nele ist Feuer und Flamme. Nun hoffe ich natürlich, dass du zustimmst.“ Er senkte kurz den Blick, sah dann wieder auf und suchte meinen. Anschließend nahm er meine Hand. „Lenja, ich hätte am liebsten nicht nur ein gemeinsames Schild mit dir, sondern ein gemeinsames Leben. Willst du es noch einmal mit mir versuchen?“

Da war sie wieder, diese Stimme, die alles in mir zum Vibrieren brachte. Dieses vorsichtige Lächeln, in das ich am liebsten hineingekrochen wäre.

„Ja!“, kiekste ich. Räusperte mich und versuchte es noch einmal.

„Ja!“, rief ich mit fester, lauter Stimme, in der kein Hauch einer Unsicherheit zu finden war. „Ja, verdammt, ich will nichts lieber als wieder mit dir zusammen zu sein!“

Er zog mich an sich, küsste mich, ließ mich eintauchen in seine Umarmung. Da war nur noch Jannis, nur noch sein Duft, seine Nähe, sein erleichtertes Lachen, das alle

Sorgen dieser Welt einfach aufzulösen schien. Ich schloss die Augen, schmiegte mich an ihn, wollte nichts mehr denken, nichts mehr wissen, nur diese Umarmung aufsaugen. Eine Umarmung, die ewig andauern sollte. Die wie eine kuschelige Höhle sein sollte, in der man sich versteckt und die Welt draußen lässt.

Natürlich war es wieder Fridolin, der uns einen Strich durch die Rechnung machte. Aber es war ein flauschiger Strich, denn er drängte sich zwischen uns, wedelte wild, bekam gar nicht genug davon, sich von uns beiden den Kopf tätscheln zu lassen. So, wie auch ich nicht genug von Jannis bekommen konnte.

Wie in Trance ließ ich mich von ihm an der Hand nehmen und in die leere Praxis führen.

„Mir reicht ein Behandlungszimmer“, sagte er. „Wenn ein Patient wirklich mal länger darin verweilen muss, kann er im Labor sitzen. Und ein Arbeitszimmer brauche ich auch nicht, schließlich ist meine Wohnung über der Praxis wieder trocken. Unser Materiallager können wir sicher hinter einem Raumteiler verstecken. Deshalb kann ich dir und Nele jetzt gleich zweieinhalb Räume präsentieren.“

Er blieb vor dem zweiten Behandlungsraum stehen, machte eine Verbeugung wie ein Zirkusdirektor und strahlte mich an. „Voilà, dein zukünftiger Arbeitsbereich!“

Mit Tesafilm hatte er an der Tür einen Ausdruck befestigt. Darauf stand in bunter Schrift *Lenjas ganzheitlicher Luxustempel* und darunter saß ein grinsender Buddha.

Ich weinte und lachte gleichzeitig.

„Du Kindskopf“, stieß ich aus, wandte mich zu ihm und drückte ihm einen langen Kuss auf den Mund.

Aus dem Nichts tauchte plötzlich Nele auf. Sie strahlte so sehr, dass selbst die Julisonne sicher vor Neid erblasste.

„Ich störe eure Knutscherei nur ungern. Aber, Lenja, ist das nicht absolute und obergeniale Superklasse? Wir haben unsere eigenen Räume!“ Sie stieß ein begeistertes Quietschen aus und hüpfte gleichzeitig auf und ab wie ein Kind, das sich über das erste eigene Pony freute.

Ich lachte, ließ aber Jannis‘ Hand nicht los.

„Unfassbar, dass unser Traum in Erfüllung geht!“, sagte ich. Jannis strahlte ebenfalls, aber mehr, wenn er mich ansah.

„Ich werde euch eine Menge Patienten schicken“, kündigte er grinsend an. „Freut euch also nicht zu früh. Ihr werdet alle Hände voll zu tun haben.“

Nele plapperte irgendetwas, Fridolin sauste zwischen uns allen hin und her, im Hintergrund läutete ein Telefon.

„Komm mit“, flüsterte Jannis mir zu und zog mich ins Labor, wo wir Ruhe hatten.

„Hat dir Fridolins Brief gefallen?“, fragte er vorsichtig und strich mir eine Strähne aus der Stirn.

Ich lächelte. „Fridolin hat das großartig formuliert. Ein wahrer Wunderhund! Und was die Frage seines Herrchens anbelangt: Ja, ich will dich wieder in meinem Leben, und zwar nicht nur als guten Freund. Du bist viel mehr für mich, Jannis.“

„Und du für mich“, raunte er in mein Ohr. „Du bist die Frau, die ich liebe. Mit der ich nicht nur tagsüber zusammen sein will. Und die ich für immer in meinem Leben haben will.“

„Wuff!“, bestätigte Fridolin, der sich klammheimlich hereingeschlichen hatte, die Worte seines Herrchens.

So einem entschlossenen *Wuff* konnte ich logischerweise nicht widersprechen. Also fuhr ich mit meinen Fingern durch Jannis‘ Haar, lächelte glücklich und zog seinen

Kopf näher zu mir.

„Ich liebe dich auch, Jannis. Und will nie mehr ohne dich sein.“

„Das wirst du nicht. Nie wieder“, hauchte er und hielt mich so fest, dass ich die Augen schloss, seinen Duft inhalierte und kopfüber in unsere Liebe eintauchte.

So glücklich hatte ich mich in meinem ganzen Leben noch nicht gefühlt. Und ich wusste, dass ich dieses Glück festhalten konnte, dass es immer bei mir sein durfte, dass mein Herz nie mehr wieder einsam sein würde.

21. Auf der Wippe des Lebens

Wenige Wochen später

Ich verabschiedete mich gerade von einem Patienten, da kam Jannis schon mit dem nächsten um die Ecke.

„Frau Wiedehopf, das ist Lenja“, stellte er mich vor. „Bei ihr können Sie sich bestimmt viele Anregungen holen, die Ihrem Reizdarm helfen.“

„Aber das Medikament von Ihnen kann ich trotzdem nehmen, Herr Doktor?“, fragte die Patientin.

„Natürlich.“ Er legte ihr beruhigend die Hand auf den Oberarm. „Wissen Sie, Lenja und ich, wir ergänzen uns da wunderbar. Ich kann von medizinischer Seite aus tun, was ich kann. Aber da stoße ich gerade beim Reizdarm an meine Grenzen. Lenja kann Ihnen sicher bei der Ernährung weiterhelfen oder mit den Kräften der Natur Ihre Gesundheit unterstützen.“

„Das hört sich sehr gut an“, sagte Frau Wiedehopf. „Können wir gleich einen Termin vereinbaren?“

Und wie wir das konnten!

Noch immer kam es mir wie ein Traum vor, dass Jannis seine Praxis mit Nele und mir teilte.

Es funktionierte einfach phantastisch! Diagnostizierte er bei jemandem einen Beckenschiefstand oder verrutschten Wirbel, konnten Neles Behandlungen Wunder wirken. Und auch meine Termine waren erfreulich belegt.

Natürlich wollte nicht jeder Patient etwas mit Alternativheilkunde zu tun haben. Und manchen fehlte schlichtweg das Geld dafür, obwohl Nele und ich in solchen Fällen günstige Sonderpreise anboten.

Andersherum fielen auch uns bei den Gesprächen mit den Menschen manchmal Dinge auf, die wir gern einen Arzt anschauen lassen würden. Wie praktisch, dass der dann nur ein Zimmer weiter saß!

„Die Möwenitzer haben das große Los gezogen, findest du nicht?“, fragte ich Jannis eine halbe Stunde später, als der Nachmittagsansturm vorbei war und wir uns im gemeinsamen Aufenthaltsraum einen Kräutertee gönnten.

„Sowieso. Sie kriegen von uns dreien super Behandlungen und auch noch die besten Zitronenmöwen weit und breit.“ Lässig lehnte er an der schmalen Arbeitsplatte und sah zum Anbeißen aus mit seinem frechen Lächeln, den etwas zu langen Haaren und den dunklen Samtaugen. Bei der Rasur hatte er sich heute Morgen beeilen müssen, sodass an ein paar Stellen der Bartschatten durchkam, was ich sehr mochte. Schuld an der Kurzrasur war ich gewesen, da ich ihn in sehr inniger Weise am Aufstehen gehindert hatte. Ich musste jetzt noch verträumt lächeln, wenn ich daran dachte. Ach, Jannis war ein Traummann, in jeder Hinsicht!

Kurze Zeit später standen wir im Flur und unterhielten uns über eine Patientin. Da öffnete sich die Eingangstür und ein Geschenkkorb auf Beinen kam hereinmarschiert. Sah richtig lustig aus.

Das Ding war so riesig, dass ich nicht erkennen konnte, wer sich hinter dem Cellophan versteckte. Erst als ich die zweite Person sah, ahnte ich es.

„Herr Mommsen?“, riet ich.

Der Geschenkkorb wurde auf dem Anmeldetresen abgestellt und endlich tauchte auch das Gesicht des älteren Herrn auf. Seine Frau griff lächelnd zu seiner Hand. Die beiden waren so ein süßes Paar!

„Endlich sind wir dazu gekommen, Ihnen beiden ein kleines Dankeschön zu besorgen“, sagte Herr Mommsen.

„Das wäre wirklich nicht nötig gewesen.“ Jannis ging auf die beiden zu und schüttelte ihnen die Hände. „Wir haben das gern gemacht und freuen uns, dass es Ihnen wieder gut geht. Sie brauchen uns nichts zu schenken.“

„Oh doch“, widersprach seine Frau schmunzelnd. „Das war uns ein großes Anliegen. Wer weiß, ob mein Mann ohne Sie beide so schnell aus der Klinik entlassen worden wäre. Und überhaupt: Sie haben sich so aufopfernd um uns gekümmert, das soll belohnt werden.“

Der Harnwegsinfekt war problemlos abgeheilt, wie ich wusste. Nach nur einer Nacht in der Klinik waren die beiden wieder vereint gewesen und Herr Mommsen hatte den Rest der Behandlung zu Hause durchführen können.

„Übrigens trinkt mein Mann jetzt viel mehr“, fuhr sie fort und zwinkerte uns zu. „Von Lenjas Tees ist er neuerdings ganz angetan. Und wegen der Gicht können wir uns vielleicht ein paar Tipps holen?“

„Sehr gerne“, sagte ich. „Wir geben den Nierensteinen keine Chance mehr!“

Wir lachten alle vier und plauderten noch eine Weile. Schließlich verabschiedete sich das Ehepaar und verschwand.

„Unser erster gemeinsamer Fall“, neckte ich Jannis.

„Der uns fast auseinandergebracht hätte.“

„Ach was“, winkte ich ab. „Als wenn uns beide irgendetwas ernsthaft auseinanderbringen könnte!“

Ich grinste ihn an und zuckte zusammen, als er mich in die Seite knuffte, um mich zurück zu necken.

Nele war heute nicht da, sie arbeitete auch weiterhin in Bad Doberan, aber nur noch die Hälfte der Zeit. Ich hatte für den Laden und das Café eine Teilzeitkraft angestellt, weil ich natürlich nicht den ganzen Tag über Patienten hatte. Außerdem liebte ich meinen Laden und wollte nicht nur in der Praxis sitzen.

Selbst für Fridolin hatte sich alles zum Besten gewendet, denn er konnte sich nicht retten vor Leuten, die mit ihm eine Gassirunde drehen wollten. Außerdem bekam er in seinem Gartendomizil regelmäßig Besuch von Tiki, die ihm natürlich das Futter wegfraß, ihm sein Hundekissen streitig machte und ihm manchmal einen Tatzenhieb verpasste. Trotzdem liebten die beiden sich abgöttisch. Wann immer sie kam, rieb sie erst einmal ihr Köpfchen an Fridos Schulter, während er ihr im Gegenzug über den Kopf leckte. Ich hatte diese Begrüßung schon mehrmals gefilmt, weil ich sie so niedlich fand. Und es existierten auf meinem Handy ungefähr eine Million Fotos von den beiden, wenn sie aneinandergeschmiegt im Hundekissen lagen und schliefen.

„Lass uns hier zusammenräumen und einen langen Spaziergang machen“, schlug Jannis vor.

Birgit war heute etwas früher gegangen, weil sie ein spannendes Date hatte, deshalb half ich Jannis noch schnell beim Desinfizieren und Aufräumen.

Heute war ein traumhafter Sommerabend und ich

konnte es kaum erwarten, barfuß am Strand meiner geliebten Ostsee herumzulaufen, mich von Fridolin mit Sand bespritzen zu lassen und mit Jannis Händchen zu halten.

Als wir zu dritt die Praxis verließen und losmarschierten, kamen wir am kleinen Rathaus von Möwenitz vorbei.

Lachend deutete Jannis auf die skurrilen Holzfiguren, die vor dem Eingang standen. „Sag nicht, Hinnerk hat Tilda beschwatzt, ihm diese jaulenden Piratenzwerge abzukaufen?", fragte er.

„Das sind nicht die Prototypen, sondern neue. Er schnitzt die wohl am laufenden Band. Hedi sagt, es gehen tatsächlich hin und wieder Bestellungen ein. Nur mit Hein Beenstedt gab es Ärger, der wollte nämlich eine Figur, die ihm ähnlich sieht. Hinnerk hat natürlich großspurig versprochen, dass er das hinkriegt."

„Lass mich raten: Am Ende sah die Figur aus wie Frankensteins Monster?"

„Eher wie Freddy Krueger aus *A Nightmare on Elm Street.* Allerdings finde ich, dass er dem auch in Wirklichkeit ein bisschen ähnlich sieht." Ich gluckste. „Jedenfalls hat Hein sich tierisch aufgeregt und das Ding natürlich nicht bezahlt. Aber Tjark fand es super, es steht jetzt am Eingang des Küstenmarkts. Direkt vor dem Aufsteller mit den Sonderangeboten."

Wir schlenderten weiter durch den Ort. Kurz darauf hielten wir unsere nackten Füße ins Meer, ließen Fridolin voller Elan Löcher in den Sand buddeln. Zwischendurch küssten wir uns, flüsterten uns zu, wie glücklich wir waren, und winkten zum Leuchtturm hinüber.

Auf dem Rückweg kamen wir am Friedhof vorbei und wie so oft öffnete ich das kleine Tor, um hineinzugehen. Fridolin banden wir dort an, denn er sollte nicht vor lauter

Übermut eine Grabblume köpfen. Oder auffressen. Wir schlenderten gemeinsam zum Grab meiner Großmutter.

„Arne hat das Kreuz geschmiedet“, erklärte ich Jannis leise. „Sie hätte es so geliebt! Siehst du das kleine Vogelpärchen?“

Er nickte.

„Das sind Goldregenpfeifer, ihre Lieblingsvögel. Und sogar ein paar Iris-Blüten und -Blätter hat er angedeutet, weil sie die so gern mochte.“

Ich bückte mich, um ein verwelktes Blatt der bunten Zinnien auszurupfen, die auf ihrem Grab wuchsen. Jannis schlang seinen Arm um mich, als ich wieder stand. Ich lehnte meinen Kopf an seine Schulter.

„Danke, Lenjas Oma“, flüsterte er. „Dass du sie so liebevoll erzogen hast. Du kannst wirklich stolz auf sie sein. Sie ist ein ganz wunderbarer Mensch. Aber das weißt du sicher.“

Meine Augen wurden feucht. „Sie hätte dich sehr gemocht“, sagte ich.

Unschlüssig wiegte er den Kopf. „Aber hat sie dir nicht geraten, alleine zu bleiben? Weil sich das für Heilerinnen so gehört?“.

„Das hat sie gesagt, ohne dich zu kennen. Und ohne zu wissen, dass wir auf Augenhöhe sind und du ihre Hexenkräuter inzwischen so schätzt.“

Das tat er wirklich. Er hatte sich mehrfach für sein Verhalten bei den Mommsens entschuldigt und mir erzählt, dass er eine Art Flashback gehabt hatte. Dass plötzlich Bilder von Amelie aufgetaucht waren, dass er erneut die Atemnot von damals gefühlt hatte, als er von ihrem Tod gehört hatte. Ich konnte das nachvollziehen. Wir hatten beide unsere bitteren Erfahrungen gemacht und waren gemeinsam über diese hinweggekommen. Das würde meine geliebte Großmutter nicht anders sehen.

„Liebe Omi, du findest sicher auch, dass Jannis und ich perfekt zusammenpassen. Und dass es so viel besser ist, einen Mann zu lieben, als immer nur alleine zu sein, nicht wahr?“, fragte ich leise.

Zwischen die von mir angepflanzten Tagetes, Zinnien und Kosmos hatten sich Ringelblumen geschummelt. Sie hatten sich wild ausgesät und ich ließ sie wachsen, weil Omi ihre gelborangenen Blüten immer sehr gemocht hatte. Als Jannis und ich nun auf das Grab sahen, fuhr eine kleine Windböe aus Richtung des Kreuzes in die Blumen. Es sah aus, als nickten die Köpfe der Ringelblumen uns zu.

Überrascht sah Jannis mich an. „Wo kommt denn hier ein Windstoß her? Neben uns läuft die Friedhofsmauer entlang.“

„So etwas passiert schon mal“, behauptete ich, wusste es aber besser. Omi hatte mir zugenickt. Mir und Jannis. Weil auch sie sah, wie gut er mir tat. Ich musste ein paar Tränen hinunterschlucken und ging aufs Kreuz zu. Zärtlich strich ich über die Rücken der beiden Goldregenpfeifer.

„Danke, liebe Omi, dass du ihn magst. Vielleicht auch dafür, dass du ihn mir geschickt hast“, murmelte ich vor mich hin.

Jannis sah mir zu, sein Blick war warm wie Omis Milch mit Honig, die sie mir abends gebracht hatte, wenn ich nicht schlafen konnte.

„Mag sie mich?“, fragte er sanft lächelnd. „Das war es doch, was ihr besprochen habt, oder?“

Ich küsste ihn zärtlich. „Natürlich tut sie das“, erwiderte ich. „Aber nur, wenn wir ihren Blumen endlich ein bisschen Wasser spendieren.“

Wir gossen das Grab, verließen den Friedhof und ließen Fridolin über ein leeres Fußballfeld flitzen. Dahinter lag der größte Spielplatz des Ortes und dorthin zog es mich.

„Du willst schon wieder wippen?“, stöhnte Jannis.

Bereits letzte Woche hatte ich ihn dorthin geschleift, um ihn in die Geheimnisse des richtigen Wippens einzuweihen. Er hatte sich todesmutig darauf eingelassen und richtig Spaß gehabt.

„Klar. Du bist schließlich inzwischen der größte Wipp-Held von ganz Möwenitz“, neckte ich ihn.

„Lass das bloß nicht Lotta hören, sonst fordert sie mich zu einem Duell heraus.“

„Gute Idee! Das werde ich ihr vorschlagen.“

Er stöhnte theatralisch. Seine Hand war zum Glück schnell verheilt, sodass es keine Ausrede mehr gab. Da die Sonne sich bereits ihren roten Schlafanzug angezogen hatte und dabei war, gähnend in ihrem Horizontbett zu verschwinden, waren keine Kinder mehr auf dem Spielplatz. Zielsicher lief ich zur Wippe, setzte mich darauf und wartete, dass Jannis ebenfalls Platz nahm. Fridolin war schon beim ersten Mal so fasziniert gewesen, dass er sich brav in den Sand setzte und uns zusah.

Jannis nahm Platz, stieß sich fest vom Boden ab und rief fröhlich: „Jetzt beginnt der wilde Ritt! Schnall dich an, ich kenne keine Gnade.“

Ich lachte glücklich, als ich nach oben schwang und er sich nicht mit den Beinen abfederte, sondern den Sitzbalken auf den herausragenden Autoreifen prallen ließ. Ich wurde ein paar Zentimeter vom Sitz nach oben geschleudert und fand das ganz wunderbar. Genau wie er. Er konnte gar nicht genug bekommen von der Wipperei.

„Lass mich mal oben“, bat er. „Ich habe hier eine so

tolle Sicht auf den Leuchtturm. Hinter ihm geht die Sonne unter, das ganze Meer ist rot.“

Mist, das konnte ich von meiner Seite aus nicht gut sehen. Aber vom Rutschturm aus müsste es funktionieren, sogar zu zweit.

Ich stieg von der Wippe, ließ Jannis nach unten sausen, was er mit einem Lachen quittierte, und nahm ihn an der Hand. „Komm, wir klettern da hoch.“ Ich deutete auf den Turm aus Holz.

Die Stufen waren zu klein für uns und auch oben konnten wir nur geduckt stehen, aber das war egal. Der Blick war phänomenal.

„Es berührt mich immer wieder aufs Neue“, sagte ich leise. „Diese Farben! Schau dir nur den Himmel an, die Wolken sind tiefblau, dazu diese rosa Streifen.“

„Und das Meer hat sich wunderschön eingefärbt“, schwärmte auch er.

Lange Minuten standen wir gebeugt hier oben und bewunderten schweigend den Sonnenuntergang. Ich spürte Jannis‘ Atemzüge. Sah den Glanz in seinen Augen und sein winziges Lächeln. Mein Herz zog sich zusammen, weil ich diesen Mann so sehr liebte! Und kaum mein Glück fassen konnte, dass wir zusammen waren und so viel Harmonie erlebten. Dafür war ich unfassbar dankbar.

Fridolin bellte uns ungeduldig an.

„Wir sollten wieder runterklettern, er hat lange genug gewartet“, sagte Jannis.

Ungläubig starrte ich ihn an. „Runterklettern? Nie im Leben! Das ist eine Rutsche. Also los, setz dich hin.“

„Ich habe noch meine weiße Hose an.“

„Du besitzt eine Waschmaschine.“ Ich grinste ihn an.

„Deine Logik ist bestechend“, brummte er, setzte sich

aber tatsächlich am oberen Rand der Rutsche hin. Ich gab ihm einen Schubs und schon sauste er nach unten. Ich natürlich hinterher. Damit hatte Jannis nicht gerechnet, denn er stand auf, als er unten angekommen war. Und ich sauste direkt in ihn hinein, sodass er umfiel und wir beide im Sand lagen.

Fridolin fand das super, hüpfte mitten zwischen uns hinein und wirbelte so viel Sand auf, dass es zwischen meinen Zähnen knirschte. Ich lachte und lachte, bis mir der Bauch wehtat. Auch Jannis konnte sich nicht mehr halten und stieß sein wundervolles Lachen aus, das für mich schöner war als jede Musik.

Er kroch neben mich, zog Fridolin auf seinen Schoß und sah so glücklich aus, dass ich schon wieder feuchte Augen bekam.

„Wir sind total durchgeknallt, aber irgendwie ein perfektes Paar", sagte er.

„Ein perfekt durchgeknalltes Trio", korrigierte ich und Fridolin wedelte zustimmend.

Dann beugte sich Jannis mitten in der untergehenden Sonne zu mir und küsste mich lange. Seine Lippen waren rau, weil sich ein paar Sandkörner eingeschlichen hatten, seine streichelnden Hände waren ebenfalls voller Sand, und irgendetwas Feuchtes stupste mich von unten am Kinn. Trotzdem war das der allerbeste Traummann-Sommerglücks-Kuss, den ich mir nur vorstellen konnte. Mein Herz hatte nicht den geringsten Zweifel, dass noch unzählige solcher Sandküsse mit Hundeschnauze folgen würden – und ich freute mich schon jetzt auf jeden einzelnen.

ENDE

Liebe Leserin, lieber Leser,

wenn du nun denkst: „Pah, so ein Käse! Ein Hund und eine Katze können niemals Freunde werden!“ – dann hast du dich getäuscht. Hier kommen die Beweisfotos aus unserem privaten Zoo.

Falls dir das Buch gefallen hat, würde sich Frido übrigens sehr über eine kleine Bewertung freuen.

Gerne kannst du mir folgen bei Amazon, Instagram, Facebook, damit du keine Neuerscheinung verpasst.

Deine Karin

Willst du erneut nach Möwenitz reisen?

Auch ein Kaninchen und eine Katze treiben im Leuchtturm ihr Unwesen! Schau doch mal rein. (Auch als Hörbuch)

Winterküsse im Leuchtturm

Liebeschaos im Leuchtturm

Freu dich auf 3 kostenlose Kurzromane!

Melde dich zu meinem lustigen Newsletter an und erhalte 3 kostenlose Kurzromane!

Anmeldung unter www.karinkoenicke.de

Mehr Lesestoff und Hörstoff

Kennst du schon meine Reihe LIEBE, LANDLUFT, ECHTE KERLE?

Da triffst du eine Menge skurriler Figuren – und natürlich die große Liebe.

Besonders witzig geht es zu in meiner Reihe rund um „HARTE KERLE“, wo ich das Thema Männlichkeit auf die Schippe nehme. Die Jungs in den Romanen haben es echt nicht leicht!

Neben vielen anderen Büchern und auch Hörbüchern will ich dir auch die NORDSEE-ROMANE ans Herz legen. Die Reihe schreibe ich gemeinsam mit Karin Lindberg, Stina Jensen und bald auch Lotte Römer.

Nach den Sommerbüchern („Himmelhoch verliebt“ etc) wird es im Winter 2024 weitergehen.

Viel Spaß!

Karin

Printed in Poland
by Amazon Fulfillment
Poland Sp. z o.o., Wrocław

36949564R00181